No me dejes
(Ne me quitte pas)

Novela

Màxim Huerta

No me dejes
(Ne me quitte pas)

ESPASA

El papel utilizado para la impresión de este libro es cien por cien libre de cloro y está calificado como **papel ecológico**.

Avinguda Diagonal, 662, 6.ª planta. 08034 Barcelona (España)
www.espasa.com
www.planetadelibros.com

Adaptación de la cubierta: Booket / Área Editorial Grupo Planeta
Fotografía de la cubierta: © Jean-François Jonvelle
Fotografía del autor: © Luis Gaspar
Primera edición en Colección Booket: noviembre de 2016

Depósito legal: B. 20.818-2016
ISBN: 978-84-670-4677-9
Impresión y encuadernación: CPI (Barcelona)
Printed in Spain - Impreso en España

Biografía

Máxim Huerta Hernández (Utiel, Valencia, 1971) es licenciado en Ciencias de la Información por la Universidad CEU San Pablo de Valencia. En 2014 obtuvo el Premio Primavera de Novela con *La noche soñada*. Anteriormente publicó las novelas *Que sea la última vez...*, *El susurro de la caracola* y *Una tienda en París*. Además es autor de varias piezas teatrales. Ha sido editor y presentador en Informativos Telecinco, RTVV y copresentador durante once años en «El Programa de AR». Como periodista ha sido además responsable de política en prensa valenciana, ha trabajado en radio y colabora en numerosas revistas, entre ellas, *National Geographic*, *Glamour*, *20Minutos* y *El Español*. *No me dejes (Ne me quitte pas)* es su última novela.

www.maximhuerta.com
@maximhuerta
www.facebook.com/Maximhuerta
#Nomedejes

A la memoria de Ana María Matute,
que me trajo la primavera.

Hay que inventar la vida porque acaba siendo verdad.

ANA MARÍA MATUTE

Viento del este y niebla gris anuncian que viene lo que ha de venir. No me imagino qué irá a suceder, más lo que ahora pase ya pasó otra vez.

MARY POPPINS

Un pájaro que se ha escapado hace pocos minutos de una jaula sobrevuela París. Busca lugar en los tejados de Saint-Germain-des-Prés. Sale humo de algunas chimeneas. El aire juega con las formas y una mujer se asoma a la ventana para ver el tiempo que hace. Como siempre, gris. El pájaro se posa en el toldo del Café de Flore y observa a la gente que entra y sale. Más allá, empieza la vida. Un portal se abre, una joven recoge su equipaje, dos hombres encienden un cigarrillo, un policía se ajusta la chaqueta, la señora cierra la ventana y cuando se vuelca una silla de la terraza del Café de Flore el pájaro que se ha escapado de una jaula se asusta y busca otro lugar donde hospedarse.

Nunca huele mal en una floristería.

L'Étoile Manquante es de esos lugares en los que merece la pena pararse a esperar a que se abra la puerta cuando sale o entra alguien. Hoy entramos.

La primera clienta es una emigrante española que viajó en autobús hasta Grenoble con su recién estrenado marido y al llegar la abandonó por una francesa que se apoyaba en la barra del café con un botón desabrochado. Mercedes se dijo que si había que huir de él, lo mejor era París. Y allí se quedó, sin saber francés y sin marido.

Vive desde aquel entonces en el número 14 de un viejo edificio de apartamentos de la rue Visconti de portal azul Prusia con patio interior, paredes agrietadas, pavimento de piedra arenisca, conserje de escrupulosos modales y en compañía de un perrito que ladra poco porque es tan viejo como ella y que se pasa el día dormido junto a la ventana. Una ventana que no cierra bien. Creo que está a punto de morir. Tiene dos habitaciones pequeñas, chimenea de mármol, baldosas de terracota muy gastada por miles de pisadas de varios siglos y algo de parqué que forma un peligroso desnivel. No es raro, el registro más antiguo de esta casa es del 7 de marzo de 1580, cuando Sédille Martin vendió el edificio a Louis Claude Bertrand y esposa. Por el juego de las sucesivas herencias, la casa acaba en manos de unos primos que a finales de 1691 también la venden. Uno de ellos, Jean-Baptiste Hallor de Serranville o Ferranville. No se sabe bien. Pocos años después, un asesor del Parlamento, propietario del número 16 de la misma calle, la compra. Los Louvencourt. Se convierte entonces en un hotel para la primera compañía de mosqueteros de la guardia del rey, al igual que otros edificios del barrio. Cuando este murió, alrededor de 1772, sus hijos compiten por el legado, tanto que vuelven a venderla el 9 de mayo de 1777 a Pierre Elie Barraux Desgranges. Y así va pasando de mano en mano, de heredero en heredero, vendiéndose y revendiéndose, habitando y deshabitándose con pintores y comerciantes de arte. Los últimos dueños serán conocidos por su tacañería, a pesar de la inmensa riqueza que atesoran. El señor Frémont, bravucón y fanfarrón, fue propietario de casi todo el pueblo de Bormes-les-Mimosas y la señora Frémont decora catedrales y tiene amistad con grandes pintores, consciente de que por allí ha pasado Delacroix. Una pareja que, contrariamente a lo que se pudiera pensar, no quiso hacer gastos en el edificio y fueron conocidos por recuperar flores marchitas de la basura y dejarlas florecer en el jardín.

Así han pasado los años hasta hoy.

Y junto a esa ventana que no cierra bien, desde la que se ven tejados y chimeneas de París, doña Mercedes tiene instalada una mesa camilla en la que hay un jarrón en el que pone flores. Hoy está vacío. El ramo de hojas y pétalos secos a estas horas ya está en una bolsa en la papelera del patio interior y el conserje lo ha empujado hasta el fondo con el mango de la escoba.

—*Bonjour, madame.*

—*Bonjour*, Julien. Hace muy buen día.

—Los últimos rayos de sol del verano. Aun así, tenga cuidado con el agua de la entrada, acabo de pasar la manguera. No ha llovido. He sido yo.

—Ya veo... Pase buen día.

Dos pájaros que bebían agua del charco echaron a volar cuando doña Mercedes cruzó la puerta de la calle.

En la floristería del señor Dominique Brulé a veces una señora pedía flores y se marchaba oliéndolas. Al principio Brulé se preguntaba quién sería y si tenían destinatario.

Ahora su ausencia era parte de todas las dudas que llenan cada día una floristería. ¿A dónde fueron las flores? ¿Y la mujer? Desde que la muerte estaba unida también a su trabajo sentía que su dedicación no era simplemente hacer ramos. Todo era, como dirá Violeta más adelante, «un juego misterioso de dolor y vida».

Sonó el timbre de la puerta dos veces porque el señor Dominique seguía arrodillado en el suelo como si rezara, absorto como estaba con las caléndulas. Mercedes había entrado en la floristería cargada de bolsas de la compra y le miraba fijamente como si pudiera hacerle despertar de esa minuciosa tarea en la que estaba inmerso. Decidió abrir y cerrar la puerta para que todas las campanillas tubulares hicieran más ruido. Nada. Optó por levantar la voz.

—Señor... Señor Dominique, ¿podría atenderme? Hola.

—¡Oh, sí, perdón, disculpe! ¿Acaba de entrar?

La señora asintió mientras dejaba escapar una sonrisa maliciosa.

—Disculpe, disculpe, disculpe... —dijo él, dejando las tijeras sobre el mostrador—. No me diga que lleva mucho rato esperando... ¡Oh, Dios mío, soy un patán! ¡Y medio sordo! Empiezo a regar y a cortar tallos y acabo olvidando lo principal: que estoy aquí para algo.

—Le dije la semana pasada que debería revisar las pilas del sonotone más a menudo o van a entrar y robarle mientras está usted cortando flores. Y no se dará ni cuenta: le abrirán la caja, sacarán el dinero y se llevarán todo... ¡Vamos! Hasta les dará tiempo a cogerse unas margaritas... Y usted, ni se enterará.

—¿Qué?

—Que si entran... ¡Que le van a robar! ¡A ro-bar!

—Si me roban y no me entero, es como si no me hubiesen robado.

—Vaya por Dios.

—Es que la mayoría de los problemas solo aparecen cuando nos damos cuenta de ellos; así que si entran, roban y no me doy cuenta, es que eso que me han robado no merecía la pena tenerlo.

—¡Hay que ver! ¡Avisaré a todos de que aquí se puede robar!

—Solo duele lo que echas de menos. ¿Le parece bien, doña Mercedes?

—Pero es que... —Se dio por vencida—. Yo temo por usted, Dominique.

—No tema por mí. No doy miedo.

—Usted no da miedo. A nuestra edad ya no damos miedo ninguno. Pero... me da miedo lo que le pueda pasar. Siempre está a lo suyo, con sus flores... Y le tengo que decir que ya he visto más de una vez salir a los chiquillos con flores en la mano...

—Estarán enamorados.

Ella soltó un bufido de desesperación mirando al suelo:

—¡Incorregible! —exclamó.

—Si es amor... ¿No cree? ¿Usted no se ha enamorado nunca y ha cogido flores del campo?

—Del campo sí, robadas no.

—Yo de pequeño robaba flores de las macetas de la portera de mi edificio, las tenía preciosas. Aunque la mayoría de las veces me colaba por los pasillos del mercado de las flores y allí, mientras mamá compraba semillas, yo iba robando, tan rápido y tan torpe que... no servían para un ramo. Se me deshacían en la mano. —Hizo el gesto de tirar pétalos moviendo los dedos—. Al final, convencí a nuestra portera para que pusiera rosas. Y aquello fue la envidia de la calle, todos se quedaban mirando la puerta cuando la dejaba entreabierta para barrer y echar un agua. Y pasó lo que tenía que pasar: todos acabábamos robándole flores.

—Pobre señora. ¿Los pillaba?

—¡Oh, no! Estaba orgullosa de su pared abarrotada de flores que trepaban hasta el tercero. Y, si nos veía, disimulaba entornando sus grandes ojos saltones rebuscando en los buzones del vecindario.

—Ya veo entonces a quién ha salido usted...

—¡He salido a muchas cosas! Las circunstancias... Pero es cierto que las flores, para mal o para bien, forman parte de mi vida.

Brulé sabía que sonaba un poco raro. Y lo era, pero también sabía que Mercedes conocía de dolores y de vida, y no se extrañaría.

—De niño se hacen mil barbaridades... —arrancó ella a hablar para romper el silencio que flotaba en el aire.

—Creo que me ponía pálido cuando aquella mujer clavaba esos enormes ojos saltones azules en mí con cierta intranquilidad. Como nosotros. Con las prisas para robarle me pinchaba con las espinas y tocaba ahogar el grito para que no saliera del portal y siguiera mirando los buzones.

—Las mujeres siempre disimulamos.

—Ah.

—Se lo aseguro.

—La mayoría de las ocasiones se enteraba de que le robábamos sus rosas, pero sabía que era por amor. Y por amor todo está permitido. La buena mujer, con tal de que no nos pincháramos ningún niño de aquel edificio, acabó cortando las espinas... Y míreme, si la pobre mujer supiera que ahora ya no siento nada al pincharme... Nada. —El viento de sus palabras movió las campanillas de la puerta. O fue un ángel—. ¿Qué le decía? —De pronto hizo chasquear los dedos—. Me perdí.

—Seguro que iba a decirme que el dolor va acompañado de la vida. Pero no estamos para boleros. Ni falta que nos hace.

—Pues, dígame.

—Solo quería flores.

—Imagino que no viene a casarse conmigo.

—Por el amor de Dios, usted siempre me sonroja. Acabará por hacerme cambiar de floristería. Si no fuera por...

—Si no fuera porque les leo la mente y sé adivinar qué flores quieren y para qué. Cuénteme.

Al señor Dominique Brulé le gusta llegar de noche a su establecimiento, abre con una llave que lleva colgada al pecho y entra con el pie derecho en L'Étoile Manquante. Siempre cierra los ojos antes de encender las luces y abrir la persiana, se comunica en silencio con todas las especies e imagina cómo será el día. Les da un tiempo prudencial para que se coloquen porque sospecha que han estado toda la noche mezclándose unas con otras y él espera a que vuelvan a estar en sus jarrones de agua limpia cuando da al interruptor. Nunca las pilla en movimiento, un día sucederá. Su floristería es la más bella de Saint-Germain-des-Prés, ha ganado varios premios y siempre se los dedica a las peonías. Tiene setenta y cuatro años, es acuario y el día que abrió la tienda pensó encerrarse y dejarse morir. Cuando vio que las tímidas siemprevivas sobrevivían sin agua después de semanas sin atención alguna y presas del olvido en la oscuridad de su duelo, se dio cuenta de que él también podría vivir sin su amor. Había muerto Julie, pero había nacido L'Étoile Manquante.

—Caléndulas, hoy se va a llevar un ramo de caléndulas. La invito. Le vendrá bien. Dicen que cambian el estado de ánimo.

A Mercedes le gusta comer sola en la cocina, compra revistas mensuales en el quiosco y revisa el buzón por si llegan cartas de España que nunca recibe. Compra la prensa, comida para perros y flores después de tomar un café con dos galletas que saca del bolso y de repasar las esquelas del diario. Le gusta no ver su nombre nunca. No hay ninguna Mercedes en París y el día que lo lea sabrá que ya es un fantasma que toma cafés sin pagar en el Café de Flore y que pasea sola por la ciudad. Más sola todavía. Rompe los recibos en trozos muy pequeños y confía en la bondad de los desconocidos como Blanche Dubois, porque ve mucho cine todos los lunes y memoriza las frases. Su película favorita es aquella en la que sale París, todas. Le gusta reconocer Montmartre, Pigalle, el Moulin Rouge, la place des Vosges, el parque de Luxemburgo, la Ópera, el Louvre, los barcos en el Sena... Y le gusta porque, como los recuerdos, la realidad siempre es más bonita en las fotografías. Jamás se ha acostumbrado a la ciudad. Después del impacto de su llegada a París, Mercedes sigue igual. Por supuesto que la ha recorrido entera, pero en cada nuevo paseo, en esas avenidas enormes o en las calles estrechas, vuelve a sentir la libertad y cierto grado de orfandad. Le gusta. Compra postales y ve cine francés. Ella evoca así todo lo que nunca ha vivido. Sigue siendo una mujer casada con un señor que se quedó en Grenoble vete tú a saber de qué manera y con qué circunstancia. Y la foto de su boda sigue colgada en el salón, solo que la cara de aquel hombre de buenos rasgos y postura elegante está tapada con un reloj de bolsillo que cuelga del marco.

El único hombre con el que habla es Dominique Brulé, el florista.

A veces, cuando él le pregunta por su pasado, ella dice que es una española sin memoria y que como tantos otros se ha visto obligada a perderla. Que solo recuerda las cifras del teléfono fijo de la casa de su infancia y el código de la puerta de entrada de París. «¡Bastante tengo!». Bromea con la tortilla francesa que no es francesa, le gusta pintarse las uñas todos los viernes después de comer y siempre pone la televisión muy bajita para poder dormirse la siesta con el perro a sus pies. Va a misa. Pero no escucha. Le gusta porque le recuerda a su abuela, cuando era niña y pasaba el cestillo de mimbre para que echaran monedas las viejas en el pueblo donde nació. Mercedes fuma de forma nerviosa desde que llegó huyendo de aquella mujer que llevaba el botón desabrochado y de aquel hombre que no dejó de mirarla y, ahora, desde que ve a los jóvenes volver al tabaco de liar ha pensado en imitarlos porque de niña su padre le dejaba hacer cigarrillos con los dedos pequeños, con la perfección de una habanera de fábrica, impoluta. Mercedes es feliz, pero se enfada muchas veces con las cartas que no llegan y por eso hoy necesitaba caléndulas.

—Cambian el estado de ánimo, Mercedes.

—¡Qué sabrá usted, señor Dominique!

—Sé muchas cosas, por ejemplo, que hoy no se ha comido sus galletas con el café y que se acercan las lluvias.

—Acaba de empezar septiembre... Es lo único a lo que no logro acostumbrarme aquí. Qué bien me sentaría el sol del membrillo, ese sol de casa.

—¿Nostalgia?

—A veces me viene la melancolía, pero la espanto enseguida. La tristeza es un mueble viejo, no vale. Cojea. Hace ruidos por la noche y no trae más que bichos.

—Así me gusta.

—Huele tan bien esta mañana —dijo, cambiando de tema—. ¿Qué flores nuevas hay?

Mercedes se sentó en su silla y puso su bolso encima de las piernas. La silla azul donde siempre se queda esperando a que Dominique le prepare las flores para llevar.

—¡Por cierto!

—Dígame, Mercedes...

—¿Cómo sabe que no he pasado todavía por el café?

—Soy un investigador.

—No juegue conmigo... Bastante tengo con llevarme las margaritas esas que dice usted para el ánimo...

—Caléndulas.

—Eso. Caléndulas. Que en verdad le digo, aquí entre nosotros, que si quiero subirme el ánimo, me tomo un vasito de vino blanco en cuanto llegue a casa y estoy bien animada. Se lo digo como lo pienso. Que no soy yo de esas que no se saben animar.

Estaba mintiendo. Aunque es cierto que Mercedes guarda alcohol en su despensa «para cocinar». Y muchas veces, más de la cuenta, se toma un vaso para guisar sus emociones.

Mercedes pensaba a veces que el señor Dominique era un loco que jugaba con las flores y los sentimientos de los clientes. No en vano ella dejaba pasar a los asiduos compradores para ver cómo los trataba y los convencía de lo que debían llevarse con aires más de prestidigitador que de florista. Primero creyó que era porque quería deshacerse de las flores de temporada y de las que estaban a punto de marchitarse; sin embargo, estaba en un error. El señor Dominique Brulé era testigo del amor y de las pérdidas, de las conquistas y las despedidas, de los regalos y las sorpresas. ¿Tanto jugaban las flores con el corazón? Desde el día que nacemos, se decía, aparecen las flores en nuestras vidas. Y ahí siguen, ininterrumpidamente, hasta el último día.

—Quiere decir..., ¿que...?

—Por supuesto. Llévese dalias. Y si me permite la nota, se la escribiré yo.

—Es que no sé qué poner...

—¿Cumpleaños? ¿El segundo ya?

—Recuerda que le dije que...

—¡Oh, por supuesto! Debería confiar en mí. ¿Quiere un caramelo? Coja de la copa mientras le preparo el ramo.

—Es usted muy amable, tan educado...

—Ahí se equivoca... se equivoca... Solo soy un traductor de flores.

—Pues debería decirme qué me cuentan...

—Le van a gustar. Le van a gustar.

—¿Sí?

—Y usted también... Créame.

La clienta cerró la puerta y doña Mercedes sonrió cómplice.

—Adulador. Es usted un adulador de manual.

—Paparruchas. Esa chica está guapa y hoy necesita que se lo digan. Hoy le dirán que la quieren.

El día de la boda de la pequeña Brigitte decidió llenar la capilla de Saint-Germain con claveles blancos. No te gastes más, le dijo. Se fueron de viaje de novios, hicieron fotos y se bañaron en las aguas del Caribe porque siempre había querido hacer corazones en la arena blanca, coger corales y bucear entre tortugas y tiburones. Hasta ese momento los claveles eran lo único sencillo de aquella boda de postín de los nuevos señores Bannalec. Acertó. Dos meses después, el matrimonio se había roto porque los abrazos no llegaban al corazón. O dicho de otra manera: porque los abrazos no coincidían con el amor. La medida de las flores había sido necesaria.

Desde el primer día que entró en aquel viejo taller de numismática convertido en floristería, el señor Dominique se había propuesto hacer la vida feliz a todos. Si él no lo era, que lo fueran los demás. Y su instinto con los episodios que vivimos las personas a lo largo de nuestra vida era milimétrico, casi de relojero.

—A ver, dígame querido investigador, cómo sabe que no he ido a desayunar... que no he pasado por el bistró como de costumbre.

—Nada más entrar lo noté.

—¿...?

—Cuando ha entrado y ha apoyado el bolso...

—No entiendo cómo...

—Pues... algo ha crujido.

—¡Oh, Dios mío! Ni me di cuenta. Estará todo lleno de migas. Eso me pasa por despistada...

Mientras ella vaciaba su bolso en el mostrador, el señor Dominique se puso a ordenar las dalias que llenaban el escaparate.

La casa de doña Mercedes es un museo de antigüedades baratas que saca de los puestos de chamarilería de las galerías Saint Paul. Los hogares se plasman en los detalles, en las cosas. Y ella teme que quien llegue a su pequeño piso de la rue Visconti —apenas recibe visitas— vea que no tenía pasado. Se compra retratos de gente desconocida en Le Marché des Enfants Rouges y les inventa vidas para sentirse acompañada. Recoge muñecas rotas que reviste con telas de vestidos usados. Tiene un reloj alemán en el que baila una pareja cada vez que suena la hora en punto. Eso, según ella, era de su abuelo. «La suerte que tengo de conservar las pequeñas cosas es providencial», dice, porque, también según ella, en la guerra los echaron de su casa palaciega, una próxima a Oviedo, rodeada de prado y vacas, y tuvieron que buscar lugar en peores pisos urbanos. Afortunada que seguía teniendo «esas pequeñas cosas». Como le encanta madrugar, aprovecha para pasearse por los puestos y cazar joyas que por cuatro euros le hacen pasar por una señora de maravilloso postín. Le encanta dedicar la tarde a recrear sus hallazgos, recordando con gusto el porqué de cada objeto. Ni que decir tiene que los ceniceros con el fondo ilustrado con paisajes y flores la fascinan.

Dominique lo sabía. Y siempre le regalaba las flores.

—¡Por Dios! Llevo todo el forro lleno de miguitas de las galletas, tendré que vaciar hasta el último bolsillo... Y lo peor, llevarlo a la tintorería porque son de mantequilla, de las que vienen en cajita metálica, y he puesto todo perdido de grasa y azúcar. Soy una boba, soy una boba... —se repetía sin parar mientras justificaba unas viejas manchas del bolso que tenían forma de mapa escolar con islas y penínsulas.

Dominique se ofreció a limpiar la geografía de seda con uno de sus productos del almacén a cambio de que le escribiera con buena letra femenina —así lo dijo— un cartel que quería colgar en el escaparate. Por supuesto, doña Mercedes aceptó encantada a cambio de más conversación. Él frotaba y ella escribía lo siguiente:

> SE BUSCA AYUDANTE DE FLORISTERÍA.
> RAZÓN AQUÍ.
> ME LLAMO DOMINIQUE BRULÉ.
> P. D.: MEJOR SI TIENES NOMBRE DE FLOR.

1

Al día siguiente, doña Mercedes ya estaba sentada en casa de Tilde, cartas en mano, para echar una partidita a la brisca. Se puede decir, querido lector, que es la única tradición española que guardan las dos emigrantes en París. No hay perfume que dure más que el olor a café y no hay recuerdo que siga en pie más allá de unos años. Todo caduca. Las flores pierden el aroma y hasta las fotos el color; en cambio, las pequeñas tradiciones se mantienen firmes como si fueran la única cosa a la que aferrarse. Los exiliados no se encuentran bien en ninguna parte; se acomodan, se buscan, se tropiezan, se inventan, pero solo les quedan los recuerdos desvaídos. Qué pálida es la memoria.

Tres cartas para cada una y un café en taza grande. Sabía por qué había ido allí. Se le había revelado una nueva razón para vivir. Desde hacía casi dos años no había ocurrido nada en sus vidas. Últimamente no pasaba nada. Habían llegado a echar de menos a los maridos invisibles, porque cuando no se tiene a nadie hace falta contrincante, como en las partidas de cartas. Fueron tomando una a una de la baraja hasta que el café se enfrió.

Había ganado Tilde.

Mercedes pensaba.

—¿Estás bien? Tienes cara de dolor.

—No... No... estoy bien... Bueno, eso creo. Porque si vas al médico algo te saca. Yo por eso no voy. Prefiero pasear.

—Pero ¡qué tendrá que ver el médico con los paseos!

Lo dijo pasmada. Tilde pensaba que Mercedes era la que la hacía sentir bien en la vida porque estaba más loca y más sola que ella. Y las locas y solas (o viceversa) se llevan bien, dependiendo del grado de delicadeza con el que se traten. Ellas jugaban a ser señoras respetables, amigas y enemigas solo en el juego de la brisca.

—Te voy a sacar un ibuprofeno.

—¡Huy, no! Un paracetamol, mejor. Que dicen que lo otro te destroza.

—Me da igual. Tú te crees que a ti y a mí nos va a destrozar una pastillita de esas con lo que llevan nuestros cuerpos... Que ni tú ni yo somos jipis y podemos con toda la química.

—Pues dame un omeprazol primero.

—Venga. Cuéntame. ¿Qué te pasa?

A veces cuando tienes ganas de hablar, no te sale lo que querías decir y si te preguntan para que sueltes lo que llevas dentro, toda tu perorata preparada, te atascas y no hay manera de arrancarse. El rodeo hasta alcanzar la almendra llega a ser kilométrico pasados los sesenta. Y así podía suceder con estas dos amigas: Mercedes y Tilde.

Abrocharse un botón de la rebeca acentuó el interés por lo que tenía que contar. Un poco como esas escenas de *La casa de Bernarda Alba*, pero exenta de drama, de negros y de ventanas cerradas. Estas dos mujeres vivían de cara a la luz y a la calle, sus complicidades eran comentadas en el barrio y sus parones en la calle, casi como frenazos, para echarse a reír, también. Vibraban con la novedad, con la sorpresa y con la juventud ajena. Tilde tenía una pensión mejor que la de Mercedes, pero eso esta lo solucionaba con un ingenio aplastante. Se cosía cuellos de blusa con restos de tela que ajustaba a la rebeca o al abrigo con varios imperdibles, con lo que siempre parecía que estrenaba algo nuevo. Lo que estás pensando es cierto: no podía descubrirse jamás. Su fachón imponente, querido lector, bastaba para confiar en que esos cuellecitos de lunares, rayas, flores o estampados varios continuaban desde el cuello hasta el pecho y de ahí a las mangas y a la cintura. No. Mercedes solo tenía «lo que se ve». Y «lo que se ve» lo guardaba con sumo cuidado en el primer cajón de la cómoda. En el segundo había ropa de cama y en el tercero toallas bordadas y con puntillas que ella había añadido de las labores que su madre había hecho antes de morir.

Sí, Mercedes era todo delicadeza. Refinada, distinguida y con una ternura aplastante.

Tilde, más despierta, conservaba esa sutileza de los colegios de monjas, mezcla de primor y mala leche.

Eso sí, las dos escrupulosas y dignas de una novela o de una película de esas que elegía Mercedes: francesas y a ser posible protagonizadas por Catherine Deneuve.

Mercedes observaba a Tilde frunciendo el ceño, como buscando las palabras para romper a hablar. Aparte de dejar de cocinar con aceite y pasar a la mantequilla, la española no había cambiado mucho.

—Supongo que vas a soltarlo ya.

—Creo que el señor Dominique Brulé busca novia —tartamudeó. Tilde se echó a reír—. Ya —dijo Mercedes—. Se diría que está loco. ¿No es increíble?

—¿Por?

—A su edad.

—A la nuestra, dirás.

*

Como no podía ser de otra manera, la primera chica en entrar dijo que tenía nombre de flor. Una muchacha sencilla y elegante que vestía uniformada como todas las demás chicas del barrio. En las calles últimamente parecían todas sacadas del mismo escaparate y costaba diferenciarlas. La dictadura de la ropa accesible y las revistas había convertido las aceras en ejércitos de niñas iguales que esquivaban farolas y toldos inexplicablemente mirando el teléfono y tecleando a la vez. Me hago mayor, pensó el señor Dominique. Y no quiero, se dijo también.

*

—¿Pero crees que es amor lo que busca o compañía?

—¿Qué diferencia hay, Tilde?

*

Mi plan de vida desde que desapareció Julie ha sido ser feliz por los dos. He tratado de serlo. Ella no habría bajado la guardia. Era injusto llorar porque ella no era tristeza. Julie era velocidad, risa, atrevimiento, locura, vida. Nunca permitiría que la vida quedara desperdiciada en un duelo, un luto, una oscuridad de dolor. Y créeme que eso era lo que me apetecía en aquel lugar donde sus padres la llevaron para despedirnos de ella. El tanatorio donde seis familias a la vez decían adiós a los suyos con un ir y venir de conocidos y desconocidos más o menos arreglados para la gélida ocasión. Yo, el joven marido Dominique, me evaporé en la silla que me habían dejado junto al cristal que me separaba de ella. Estaba entumecido y permanecí callado. Y allí, con la música de los besos, las palmadas en el hombro y la puerta que se abría y cerraba para dejar pasar a la gente, me dije que no. Ni lloré ahogado como estaba en mi desgracia, ni comí, ni me moví; inerte como ella, puro reflejo de su ida a un *mundo mejor* según pregonaba su madre junto al cura. Mejor vida. Eso decía. Mejor vida. Como si la que los dos compartíamos fuera una vida mala. Ese consuelo absurdo, irracional y paradójico era inadmisible para mí. Aunque todo era chocante. Un chico joven, recién casado, feliz, con ganas de vivir...

... de vivir con ella...

¿Qué me decías? Donde sea, pero contigo.

Tuve que cobijarme en sus ojos cerrados consciente de que jamás los volvería a abrir. Y peor, reflejarme en el cristal en un siniestro juego de espejos de vida y muerte que provocaba esa mezcla de espectadores y actores entrando y saliendo. Te recordé en la casa de montaña a la que fuimos por primera vez como un país imaginado de calma y bosques en medio de los Pirineos donde buscábamos amarnos. «Quiero que este sea nuestro primer viaje de pareja», dijiste. La nieve lo cubrió todo y —qué distinto el frío al de ahora— nos quedamos dos días dentro de aquella choza en la que se acabó la leña y nos abrazamos bajo las mantas frente a las brasas... Qué presagio. Como si me avisaran de que el calor se acabaría por culpa de otros y no de nosotros. Qué dormida te quedaste y qué bella estabas, parecías una *Ofelia* de Millais.

Alguien que entraba a la sala cinco del tanatorio dijo: esto es un mal sueño.

Entraba con flores, «Las peonías que tanto le gustaban», dijo. Y no supe que eran peonías, porque hasta entonces la única que olía bien para mí era mi chica. A su perfume de siempre. Las flores me daban igual. «Otro ramo de peonías». Dejadlas ahí, decía su madre mientras iban entrando. «Esto es un mal sueño», añadían. Y aquello se fue llenando de flores. «Más peonías».

Peonías.

Peonías.

Peonías.

Todos sabían que las peonías eran su flor favorita menos yo. Todos traían su flor. Todos.

Todos lo sabían menos yo.

¿Qué nos queda por saber de aquellos a los que amamos? ¿Qué se queda por el camino? ¿Qué hay que nunca nos contamos? Peonías. Eso era. Nuestra felicidad era tanta que ya solo me quedaban de ella todas las peonías. Rústicas, simples y terriblemente bellas. Es la flor de los matrimonios felices. La de los doce años. La que nace precisamente el mes que te fuiste. El mortal Peón, médico de los dioses en la *Ilíada*, se convirtió en Peonía para evitar su muerte física. Todas esas fábulas que me contaba tu hermano en voz baja y que tanto bien me hacían en ese momento junto al café aguado de la máquina de la entrada del tanatorio... Y pensé —terrible escenario— que tú te estabas convirtiendo en peonías para evitar irte. Mi única salvación era ese descuido que empezaba a asfixiarme: tener siempre peonías a mi lado. Cuidarlas como ya no te podría cuidar a ti.

—De acuerdo, no ha sido el mejor fin de semana de nuestra vida —admitió ella, pero tenemos el récord del abrazo más largo del mundo. ¿Cuántas horas hemos estado así? No creo que haya otra ocasión... Vamos a sacarle el lado bueno, ¿vale?

—Muy bien —dije—, este abrazo será nuestro objetivo a batir. Deberías siempre buscar casas sin calefacción para quedarnos bajo la manta.

—Creo que me he quedado dormida mucho rato, ¿te duele el brazo?

Me dolía.

—Nada.

—Pues parece que se te ha quedado dormido...

—¿Mi brazo? ¡Qué dices! ¡Este brazo no se duerme! Pregúntale, va, pregúntale y verás.

Julie me miró con una sonrisa pícara, sabía que estaba intentando moverlo para quitarle la rigidez por la postura de horas aguantando su cabeza en mi pecho. Me lo habrían amputado unos cazadores o yo mismo con un hacha y ni hubiera sangrado. Estuve a punto de decirle que diera pequeños mordiscos para disimular, pero me hice el legionario: me eché en la alfombra al levantarme y ella empezó a reír.

—¿Estás seguro?

—Mi brazo es tuyo.

—Vaya, he oído muchas cosas en la vida pero no pensé que nadie me ofreciera un brazo como señal de amor —comentó, sacando la lengua—. Es muy generoso por tu parte, pero no habrá manera de que me coloques el anillo si me quedo con tu brazo... Imagina la escena... La iglesia, tus padres, mi familia, los del coro, los invitados... y yo con tu brazo en las manos... Por favor, ¿me lo aguanta? Y el cura llamando al monaguillo que se acerca con cara de asco y coge tu brazo con una bandeja de plata... Al verlo se niega y llega la monja y lo cubre con un mantelito... Glups.

—Así que la dama no quiere mi brazo.

—No, no, no. Quédatelo.

—Y tú, ¿qué me das? —te pregunté.

Ese silencio maravilloso de dos enamorados que saben la pregunta y la respuesta.

Uno...

Dos...

Tres...

—Mi corazón —dijiste.

Y respondí lo peor que podría haber dicho alguien enamorado hasta las entrañas como estaba yo:

—Si me das tu corazón, morirás.

Te miré y cambiaste de opinión.

—¿Mejor un beso?

Hoy, sentado frente a tu cuerpo, siento que tengo el corazón en las manos deshaciéndose en pétalos de peonías.

—¿Qué harás ahora, Dominique?

Tu madre siempre ha sido muy oportuna preguntando obviedades. Sacudí la cabeza. No me eché a llorar por ella. Inspiré profundamente, erguí la espalda y dije: «No lo sé».

No me preguntó mucho más. Como de costumbre, no pintaba nada. No pude evitarlo. Sentí un alivio impropio. Hizo un levísimo gesto de consternación y empezó a hablar con un desconocido que arrastraba una silla. Y aun así podía oír los latidos de mi corazón, la palpitación forzada. Mecánica. Lenta. Molesta incluso. Solo que nunca había imaginado que pudiera llegar el día en que escuchara un solo corazón: el mío. Sin embargo, fui consciente de que no debía llorarte porque sentí que me guiñabas un ojo desde el otro lado del cristal.

Nada tuvo que añadir el narrador porque imaginó la escena tal y como la contaba el protagonista. Sintió, eso sí, un escalofrío próximo. Quiso abrazarlo.

*

El día de tu muerte actuaron como si yo me convirtiera en ese instante en un desconocido para ellos. Noté que habían cortado cualquier lazo de unión conmigo.

Los amigos de tu familia animaron a tus padres a hacer un viaje para que «no se quedaran encerrados» e hicieran el «dolor más llevadero». ¿Dolor más llevadero? ¿Qué es eso? ¿Adónde se viaja para huir del dolor? ¿Qué estación de trenes vende esos billetes? Los familiares estallaron en lugares comunes:

—Es lo mejor.

—Eso deberíais hacer.

—La enfermedad ya os ha dejado tocados.

—No debéis hacer más duelo.

—Ya está.

—Qué más vais a hacer.

—Vuestra hija querría...

Ya lo pensaré mañana, dije en un ejercicio de procrastinación espontánea para huir del dolor como si sirviera de algo postergar las lágrimas para mañana.

En ese instante la madre de Julie guardó silencio y contemplé alfileres en sus dientes en lugar de una bendición. Se abrazó a su chaqueta cerrándola hacia sí misma y se ofreció tímidamente a ayudarme con lo que necesitara. Se puso en pie, me apretó la pierna como despedida y se acercó al resto de familiares que murmuraban recuerdos comunes.

Yo ya estaba solo. Me había quedado solo. Nadie se fijaba en mí.

Recorrí los metros que me separaban de la puerta, crucé entre las decenas de ramos de peonías y salí al exterior. Desde la puerta, sin que nadie me prestara atención, te guiñé un ojo. Noté en mis manos cómo se deshacía tu corazón otra vez en pétalos.

«Te quiero», vocalicé.

*

«Ya he besado a todos los familiares», había pensado Dominique Brulé, reconociendo algunas de las caras que gesticulaban como en una película muda. «Debería irme ya de aquí... Soy el que sobra, el que ya no forma parte de la familia. Mi ausencia es la pieza que ajusta su puzle».

Trató de convencerse de que esa era la razón por la que se iba de allí, del tanatorio, aunque sonaba más a excusa para salir de allí que a búsqueda de argumentos. Nadie sabe gestionar el dolor y él se estrenaba en el más importante de su vida: ella.

De modo que allí estaba Dominique, cuando todavía era un chaval de veintipocos años, con barba de varios días. Se volvió hacia ellos pensando: «Bueno, ya está, adiós, solo me importaba Julie, para vosotros fui un extraño y ahora lo soy más», y continuó sobre sus pasos con ese aire de funambulista que solo está pendiente de sus pies para llegar al otro lado de la cuerda. A zona segura. Por espacio de unos segundos de indefensión, sus pies no reaccionaron, hasta que el motor de la soledad lo devolvió a la vida. Echó a andar. Dominique era un volatinero que huye del dolor.

«¿Estaré haciendo lo correcto?», se preguntó cuando pasó por el último ramo de peonías y una oleada de recuerdos felices le atrapó.

«Tengo que mirar siempre al frente, como si ella fuera a aparecer el día menos pensado —se dijo—. He de vivir como si Julie se hubiera marchado de viaje y quiero esperarla con un propósito muy claro: besarla de nuevo. Cuando pasen los días, cuando me vaya haciendo mayor, cuando la Navidad caiga en mis manos con su ausencia, cuando me siente frente a una chimenea que crepita, cuando dé vueltas solo a la manzana sabré qué estoy haciendo. Esperar. Y quiero que cuando llegue ese día me vea sonreír, me niego a que se sorprenda con un viejo apagado que ha llegado a su destino final».

Así fue Dominique caminando por las calles, ausente mientras los taxis pasaban en verde a su lado, con hambre, con una ilusión y un delicioso pero extraño aroma a peonías en su cabeza.

Las peonías desaparecen cada invierno y reaparecen cada primavera.

La bebida ayuda. Bebió mucho durante esos días. A juzgar por la forma en la que se apoyaba en las barras, se diría que estaba esperando a alguien. A ella. Pero no andaba tan borracho como para imaginar que aparecería. Sin embargo, lo esperas como un estúpido. Entonces tuvo un oportuno golpe de suerte cuando buscaba otro bar: ante sus ojos apareció un niño que escribía «Te quiero» en una puerta vieja de una tienda de numismática abandonada de Saint-Germain. Al aparecer Dominique el crío se asustó y al sentirse pillado echó a correr con su balón bajo el brazo dejando caer el trozo de yeso con el que escribía. No le dio tiempo a cerrar la silueta del corazón.

«Julie», pensó mientras se acercaba a coger la tiza. Pero en ese momento una anciana que se colaba entre las rejas de una ventana de una planta baja, como si hubiera cazado al maleante, le gritó:

—¿Qué hace sinvergüenza? ¿Pintar la pared?

—Lo siento... Iba a...

—¡Vaya! —exclamó la mujer.

En ese momento no ocurrió más que lo que tenía que pasar. En la penumbra del dolor cualquier luz convierte la sala en una floristería. La anciana tenía las manos llenas de anillos porque prefería llevar todo encima, así lo dijo, y se evitaba tener que dar dos vueltas a la puerta cada vez que salía a la calle. Estaba jugando al parchís cuando Dominique fue invitado a pasar a su casa y ella era todos los jugadores, había decidido comerse a ella misma y ganar o perder siempre. Era como una forma de vivir más veces.

—¿No te das cuenta, pequeño?

—Pero puede ser algo aburrido...

—¡Oh! No, no, no. Aburrido sería tener que aguantar a tres viejas como yo que se equivocan al contar y que se levantan de la silla para ir a hacer pipí cada dos por tres. Yo, en cambio, me mantengo firme, estoy en mi casa, juego conmigo y me cuento y gano.

—O pierde...

—¿Contra quién? Juego sola.

—Ya, pero —intentó explicar de forma absurda Dominique— como también juega con las otras fichas pues tres de cada cuatro pierden...

—Yo soy la que gana. ¡Pareces tonto! ¿Quién me obliga a elegir el color que pierda?

Entonces dijo que se llamaba Paulina, que tenía noventa años y que, si no fuera por las goteras del vecino, ella estaría divinamente de salud. Como si una cosa tuviera que ver con la otra.

—¡Es un demonio el de arriba! Hace años que no arregla esa gotera... ¿La ves?

Ambos miraron hacia el techo.

—Sí. Ese círculo junto a la lámpara.

—Está así toda la vida, ni crece ni desaparece. Es como si me vigilara la maldita mancha. La última vez que cayó una gota acertó en la taza de café. Y me dije que si volvía a caer otra gota en la misma diana, yo me convertiría en hada.

—Y... ¿qué pasó?

—Muchacho... ¿Me ves alas?

Se deshizo en risas ella sola mientras Dominique pensó que era un tipo ridículo que se veía sobrepasado hasta por una vieja loca de noventa años con tacones y anillos de echadora de cartas.

—¡Si fuera hada iba a estar así! ¿Yo? Yo soy la de siempre, ni volvió a caer más agua ni me salieron alas en la espalda. Lo que habría sido una locura, porque imagina qué incómodo para sentarme en el sillón, tendría que dormir siempre boca abajo, como cuando me operaron de la retina. ¿Sabes? Tuve desprendimiento. Me obligaron a estar a oscuras y así me quedé. Resulta que me acostumbré a la poquita luz de esta casa y no me gusta mucho encender las luces... Cuando se hace de noche me voy a la cama... Duermo bien. Usted, ¿duerme bien, querido joven? No tiene buena cara...

—¿Yo?

—Sí, usted. ¿Hay alguien más aquí?

La mancha del techo parecía crecer sobre nuestras cabezas, se dijo Dominique, como si un nubarrón del destino estuviera persiguiéndole durante los últimos días en forma de nubes negras. Pero el ruido de la cafetera silbando como un niño le despertó.

—Me recuerda mucho a mi marido.

—¿El de la foto?

—Antoine. Ese soldado que ves. Era igual en la guerra como en la paz. Un buen hombre. Lo pilló un coche, lo atropelló cuando venía de comprar la prensa. Qué raro se me hizo desde entonces ver a la gente comprar el diario... qué tristeza más grande... No quise nunca saber nada de las noticias porque todas son malas. Siempre lo decía él: «Solo publican maldades, todo el mundo muere y lo matan». Claro. Y Antoine fue mi última noticia.

Todo el mundo calló al oír aquello y el silencio se hizo interminable. Todo el mundo es Dominique y la cafetera que había dejado de pitar.

—¿Quiere café? Cuénteme... —Siguió callado—. De acuerdo —repuso Paulina, sirviéndose en una taza descascarillada pero en la que se apreciaba todavía el dorado de los buenos tiempos—. Debería reñirte por haber pintado la puerta de la vieja tienda, pero me has parecido un niño y como debe ser que soy un hada a la que no le salieron nunca las alas, voy a decirte que puedes quedarte con ella.

—Por favor, doña Paulina... —dijo Dominique, negando con la cabeza—. Solo pregunté si estaba en venta o en alquiler.

—Me da igual. Soy una vieja que juega al parchís y gana siempre.

—Sí lo es.

—Y como soy una mujer vieja que gana siempre, quiero que la vuelvas a abrir, quites las telarañas, pintes todo, pongas en marcha el corazón de este edificio... Seguramente contigo aquí hasta desaparecerá el nubarrón este que tengo sobre la cabeza...

—Pero no puedo aceptar...

—Por supuesto que puedes aceptar. ¿Puedes correr sin zapatillas por el campo? Pues esto es más fácil. Aun así, rojo, verde, amarillo o azul, ganaré. Antoine estaba lleno de ilusión con su tiendita de numismática, le dije que eso no se vendía, que la gente apenas compraba sellos y monedas viejas... Pero él, erre que erre, quiso que su pasión fuera también su negocio. Y... la vida... La vida no se acaba nunca.

Dominique repitió para sí la frase que acababa de decir Paulina como una exhalación.

—Sí, Dominique, no se acaba nunca. La vida sigue, también sin nosotros. Como un ramo de flores, cuando se seca podemos poner otro en su lugar. Y así siempre... así siempre...

Rompí a llorar como no había llorado nunca, como si todo el nudo que tenía en el pecho desde que abandoné el tanatorio de Julie se descompusiera en ese momento. En medio de aquella casa lóbrega y feliz volví a ser el niño que corría descalzo por el campo con ella. Del dolor ahogado que se había quedado aprisionado en la sala cinco surgió un manantial de lágrimas.

—Al final, me saldrán las alas, Dominique... Todo está cayendo en el café. Tantos años después.

Abracé a aquella desconocida como si fuera mi abuela, habría querido que lo fuera, completamente ajeno a la distancia que nos separaba. Los brazos delgados y llenos de huesos se hicieron fuertes en mi espalda como ramas de almendro. Sentí lo mismo que la primera noche de Reyes en el desayuno: ni sorpresa, ni alegría, sino una felicidad que fue creciendo en mi interior, a medida que comprendía que era un día especial. Me sentí pequeño, niño, protegido ante los problemas por esa mujer desconocida. Me dijo que dejara salir el aire que tenía ahogado en la garganta y asentí, porque no podía pronunciar palabra. ¿Me has oído? Respira. Respira. Deja que salga todo lo que te angustia. Y de pronto fui consciente del dolor por la muerte de Julie, pero también de la felicidad que me estaba llenando como en una transfusión la vieja Paulina.

Apenas firmamos días después el contrato de cesión de su bajo —la tienda—, ella murió.

—Todas las veces que quieras ser feliz solo tienes que serlo. No esperes. Sé.

Sonrió victoriosa.

*

Pensamiento, flor de otoño.

Se dice que está poéticamente relacionada con los recuerdos. Cuenta la leyenda que, si esta flor se coloca sobre alguien que duerme, hará que cuando se despierte se enamore de la primera persona que vea.

2

Dominique Brulé pasó al interior del almacén, que daba a un patio fresco y muy luminoso, donde guardaba los ramos ya preparados para enviar. Estaba nervioso, raro en él, y decidió dar un trago a la botella que escondía entre los jarrones de cristal. Sin embargo, en medio de su nerviosismo, nació otro sentimiento. El mismo de aquel día: curiosidad.

—¿Has dicho que te llamas Violeta? —preguntó el señor Brulé.

—En realidad, me llamo María Violeta Gadea. Supongo que responde a la oferta de trabajo según el cartel del escaparate.

—Cierto. Lo escribí y pensé que era una tontería. Ahora veo que no —dijo titubeando el señor Dominique—. Es una flor bonita. Me gusta.

—Soy de Madrid y acabo de llegar a París.

—Me parece muy bien. ¿Te interesa?

—Lo necesito más bien.

—¿Necesitas París o necesitas el trabajo?

—Las dos cosas.

—Pronto empezará a llover y echarás de menos Madrid. Esto no es como en las películas.

—Créame que no lo echaré de menos...

La señorita Gadea se mostró encantada ante la perspectiva de disfrutar de un trabajo tan agradable como aquel en un lugar tan encantador. Las flores de Dominique parecían tener vida. Jarrones adornados con ramas, cajas con el lazo preparado para flores sueltas, una fuente de agua que refrescaba unas ramas de brezo recién cortadas, velas encendidas, guirnaldas colgadas de la puerta y de los espejos donde un mundo de pétalos de colores se reflejaba de manera infinita.

—¿Hay más requisitos? —preguntó la chica.

—Por lo menos otros dos, pero no me acuerdo. Déjame pensar mientras pongo estas flores en agua... ¿Sabes qué son? ¿Las reconoces?

La chica estaba sin habla, abrió los ojos para responder enarcando las cejas y negó con la boca cerrada. Estaba segura de que ya había perdido el puesto de dependienta o ayudante o florista. Qué sabía ella. Incluso que el señor estaba loco y andaba perdido entre una incipiente demencia. Era un hombre de buen aspecto, pero se movía como si no moviera los pies, flotando entre las tablas del suelo de madera pintadas de blanco y gastadas por las pisadas de la clientela. ¿Qué mejor que un jefe así? ¿Sería un viejo verde? ¿Un extravagante embriagado por las flores y chiflado por los años?

El narrador también se hacía las mismas preguntas. Incluso, en una pausa de la escritura, recordó a Miguel Delibes cuando dijo: «Se levantó ante mí el fantasma del futuro, la incógnita del "¿qué ocurrirá mañana?" que ha enturbiado los momentos más felices de mi vida».

Violeta había querido independizarse de sus padres y para eso había buscado hueco junto a dos estudiantes. Un piso viejo de largos pasillos que prometía ser frío en invierno y caluroso en verano. Es el precio de la libertad. Violeta, al ver el cartel, pensó que era una opción de pagar su parte del contrato de forma cómoda y limpia. Ni currículum, ni largas entrevistas con fotocopias, cursos de posgrado, barras de bar o supermercados. ¡Una floristería! Había sido capaz de salir de casa, podríamos decir huir, con el ahorro de unos trabajos de verano, pero poco podía aguantar si no encontraba alguna cosa que quitara la presión del paso de los días en su cuenta corriente.

—Violeta...

—¿Sí?

—¿Cuál de todas estas flores recomendarías a un joven que llega buscando un regalo?

Dominique habría querido una respuesta rápida, un flechazo con las flores que tenía repartidas en cubos de zinc en el suelo: hortensias, lisianthus, dalias, girasoles, alhelíes, cinias, agératos, nardos... Sin embargo, Violeta se quedó mirándolas.

Repitió lo que le había dicho.

—¿No lo sabes?

—No, no lo sé.

—No puedes dejarme así. Tienes que darme una respuesta.

Antes de que pudiera responderle, el señor Dominique abrió la puerta a doña Mercedes, que llegaba leyendo las esquelas del diario. No disimuló su sorpresa ante la chica que estaba fijamente mirando las flores, distraída o excesivamente atenta, pero no dijo nada.

—Creo que prefiero que llegue ya el invierno... No soporto este calor de final de verano. Me está matando.

—Exagera. Olvídese del calor en esta ciudad hasta el verano próximo...

—¡Huy! Ya se ha cambiado las pilas al aparatito.

—El mismo día que usted me lo dijo fui a comprarlas. Nunca sé dónde las guardo en casa. Y un día aparecen cuando ya están caducadas. Me pasa lo mismo con las infusiones, no sé para qué las compro. Se me pasa la fecha.

—¡A eso no se le pasa la fecha!

—Son infusiones, no siemprevivas, doña Mercedes. Claro que se pasan. Pierden el sabor.

Violeta levantó un poco la mirada de las flores y respondió:

—Esas —contestó tras un largo silencio.

Podía parecer ingenuidad, pero no. Había en ella algo como una dulzura y una madurez, incluso en su mirada, que hacían a la chica un elemento natural de aquel lugar. Como si siempre se hubiera movido entre flores. Se acercó a ella y la besó.

—Dalias rosas has elegido.

—...

—Muy buena elección, pequeña.

—¿He acertado? —se atrevió a decir, después de una cierta confusión con el beso en la frente que le había dado Dominique agarrándola por los hombros. Violeta descubrió en ese instante el porqué del acierto, tal vez casual, pero perfecto para él.

—«Voy a intentar hacerte siempre feliz». Ese es su significado.

Doña Mercedes disimulaba de forma exagerada repasando esquelas apoyada en el mostrador. Pero sin perder comba de la situación. Se sentó.

—Mañana puedes venir a la misma hora.

—¿De verdad? —preguntó.

La perspectiva de trabajar allí le infundió vida. Asintió con la cabeza impulsada por las palabras del señor Dominique, que le decía horarios de apertura y cierre mientras le enseñaba todo el local. Le dio las gracias en español y francés.

—*Merci*, gracias, *merci*.

—Astromelias. Ahora hay de todos los colores. Son las flores que compra últimamente la gente joven, será que duran más que sus amores... Llévate un ramo. Cógelo tú misma y no olvides venir mañana.

Cuando la chica se disponía a coger dos ramitas de astromelias, una se enganchó en otra y acabó todo el jarrón por el suelo. El agua mojó sus zapatillas y llegó hasta los tacones de doña Mercedes, que los elevó mecánicamente como si fuera la crecida del Nalón.

El, para ella, excéntrico señor Dominique no hizo ningún gesto de alarma. Así era. Reservado, resolutivo y calmado.

Ese hombre era de verdad un ermitaño en el centro del bullicioso París. Así que fue tras el mostrador, buscó una escoba que había apoyada en la columna y empujó el agua hacia la puerta de la calle, prácticamente contenido y tranquilo, muy tranquilo. Llevaba toda la vida esperando volver a ver la cara de Julie y venía en aquella joven llamada Violeta.

A veces, cuando llega la vida, se va. Otras, cuando vuelve, sabes que no hay que correr. Ya no. El recuerdo de Paulina volvió a su memoria, en primer plano. Jamás había olvidado a aquella mujer, parecía que seguía presente. La vio entre las flores, un poco como en esas películas de fantasmas en las que se aparecen y nadie se asusta porque se trata de una presencia buena. Le tendió la mano y ella le rozó las yemas de los dedos.

Doña Mercedes, todavía con los pies en alto, vio cómo el señor Dominique acariciaba las caléndulas.

*

Las noches en las que había echado de menos a Julie también echaba de menos que llegara la primavera.

*

Durante toda la cena, Violeta estuvo hablando con sus compañeras de piso acerca de la oportunidad tan extraña de trabajo que le había sobrevenido. De pronto tenía una rutina. «Debo decir que es un tío curioso, un poco extravagante y trata a las flores como si fueran personas. No me ha dado tiempo a decir nada, solo tenía que elegir flores y tener nombre de... flor», explicaba con algo de confusión, haciéndolo todo normal para alejar la anécdota de todo posible indicio de locura. De repente se echaban a reír, con la mosca tras la oreja, pero no dejaba que se burlaran de su nuevo jefe. Tenía como una mezcla de emociones: había dado con una solución a su principal problema y al mismo tiempo con un hombre que le resultaba terriblemente familiar.

—¿Te va a pagar bien? Aquí todo es carísimo.

—¡No lo sé todavía! Pero al menos...

—¿Cómo que no lo sabes? Deberías haber preguntado... Deberías haberle dicho a ese viejo cuánto te va a pagar, si te paga la Seguridad Social, si tienes vacaciones, si tienes derecho a paro...

—Eva, te recuerdo que solo tengo un empleo. Una oportunidad para pagar mi parte de este piso. No me he puesto a entrevistarle, era yo la que ha tenido la suerte.

—Eres boba. Definitivamente, eres boba. No tienes bastante con...

—Se acabó. Por ahí no vas. Eres mi amiga, no mi madre. Voy a presentarme mañana en la floristería, voy a empezar a trabajar en algo y, por cierto, en algo que huele bien. Además, el señor es...

—Tiene pinta de tocado...

—¿Ah, sí? Pues mira, mejor. Me gusta tratar con perturbados, me muevo bien. Mejor eso a gente que te trastorna.

Silvia cogió el mando y bajó el volumen de la televisión para intervenir.

—Si me dejáis...

—No, no quiero más opiniones —respondió Violeta.

—Olvídate. Solo quiero hueco para cenar. Aquí somos tres tías con tres historias, y no voy a meterme en la vida de ninguna. Al menos en la que no me importa conocer o no queramos contarnos.

—Me alegra, Silvia. Gracias.

—Vaya.

—Y bien, vas a trabajar de dependienta en la floristería... No me parece mal. De hecho, es una de las tiendas más bonitas de todo el barrio.

—Las malas noticias nunca pueden venir de una floristería. ¿No? Todo son acontecimientos... Regalos, cumpleaños, bautizos, bodas... Creo que me va a hacer feliz trabajar allí... Es de lo más romántico, puedo ser la celestina del barrio...

—Olvidas los entierros.

Silvia interrumpió a Eva con un golpe de mesa para que se callara. Lo hizo con la botella de vino y salpicó a todas democráticamente: un lamparón de tinto en cada camiseta, lo que las hizo mirarse el ombligo y callar durante unos segundos. Sin embargo, Violeta se sumergió en el humor para tratar de quitarle hierro al debate:

—Siempre puedo hacerme una experta en coronas. Aquí no tienen monarquía, ¿no? Pues ya veis, yo las haré de claveles. Si ellos cortaron cabezas, yo cortaré flores. No lo veo mal.

Se hicieron una señal con la cabeza y le dedicaron a Violeta una sonrisa cómplice. ¿Desde cuándo las floristerías se encargaron de los muertos?, pensó. Nunca había soportado las despedidas y menos la última. Aunque tampoco significaba tener que ir a decir adiós personalmente, solo tendría que pinchar flores y colocar las letras de las cintas con el mensaje encargado.

—No te pongas a pensar ahora en eso, Viole. Esta es que no tiene tacto. Lo normal en una floristería serán los cumpleaños y los compromisos.

—Supongo.

—Todavía puedes cambiar de idea, no estás obligada a firmar.

—A ver, que es una pequeña tienda de flores, está en el centro, puedo ir caminando desde aquí, el tipo es amable y... hasta me ha dado un beso.

—¡Qué dices!

—Sí.

Tardó en decir lo que estaba pensando.

—Me ha dado un beso... como un padre.

—Cuidado, no dejes que haga tonterías —le advirtió Eva—. Promete que nos contarás todo.

Violeta le guiñó un ojo mientras se quitaba la mancha de la camiseta mojando la servilleta en la jarra de agua. Esbozó un gesto de complicidad con sus compañeras de piso y se quedó pensando. Estaban sucediendo demasiadas cosas en su vida como para que la única que venía con olor a flores fuera a estropearse. Ella era inmarcesible. Y más ahora.

*

Violeta pensaba que era una chica con suerte y que todos envidiaban su felicidad. No es que fuera la mujer más afortunada de la tierra, es que el resto del mundo la veía así. Y cuando todos te ven así, te toca serlo. Hija de familia bien, como se solía decir, y con el dinero y tiempo suficiente para hacer lo que le viniera en gana siempre y cuando no diera escándalos en la familia. A veces reñía algo con su madre, pero era algo pasajero porque la señora de Gadea, una señora sacada de novela decimonónica, se pasaba el día enredada en mil maneras de gastar el tiempo libre y por no tener no tenía ni tiempo de discutir con su hija. Violeta había heredado la belleza de la madre y un carácter enérgico del padre, un poco irritable. «Polvorilla», según él. No imaginaba que ese calificativo pudiera dejar un día de ser cariñoso para convertirse en advertencia.

Ojalá siguiera siendo «polvorilla», se decía.

Los primeros amigos de Violeta pertenecían al círculo de amistades de los padres, aquellos que primero comparten rellano en el edificio, luego jardín y, más tarde, apartamento de playa. ¿Tanto podía aburrirse con ellos con lo divertidos que eran de niños? ¿Tanto cansaba crecer con los mismos? Así había sucedido. Le gustaba la idea de romper con todos los tópicos familiares a la misma velocidad que cambiaba de amigos. Desde el día que conoció a Pablo en Berlín había sentido la necesidad de formar parte de todo su entorno. Empezaron entonces los viajes de mochila, las escapadas a la montaña, las acampadas en festivales de música (algo que ya hizo la madre en tiempos de Woodstock), los días perdidos en playas del sur, las primeras borracheras compartidas y el sexo. Se había alejado de aquellos primeros círculos donde la vida discurría sobre raíles y, cuanto más hacía todo lo que no había hecho nunca, más se divertía y más rompía con el manifiesto de papá Gadea. Le encantaba dedicar las tardes a beber cervezas en compañía de la pandilla de Pablo y a él mirar cómo, borracha, se convertía en una pequeña zíngara que coqueteaba con todos, pero que solo caía en él. «Son como los puzles —decían los amigos—, se pasan el día encajados como las piezas». Y era así. En el suelo, Violeta se ponía entre sus piernas como si siempre hiciera frío, y se cobijaba en su pecho como un tatuaje, jugando con la cadena de su cuello en la que él se había colgado su primer diente de leche; y en las sillas sucedía lo mismo, si faltaban, era la primera en dejarla libre para correr a sus piernas, sentada a caballo, donde acababan los dos en una conversación ajena a los demás. Se sentían unidos, sin más.

Felices en la rutina y felices haciéndola especial.

A ella le gustaba mentir en casa, más de la cuenta, para tener la noche libre y arreglárselas para dormir con él. «Tenemos exámenes», como principal excusa. Y parecía que siempre estaba de exámenes sumando pretextos para estudiar fuera de casa. «Nunca se vienen tus amigas aquí», argumentaba la madre. «Es por el papá, ya sabes cómo es, mejor que no». Resultaba la respuesta perfecta para callar a la madre y tenerla como cómplice. Bueno, sí, alguna vez traía a las amigas del colegio por la tarde para hacer el paripé. Pero poco.

Pablo barajaba irse a vivir a Berlín, donde se habían conocido. Fantaseaba con buscar trabajo allí, encontrar guarida en la parte este y disfrutar de la juventud en la oeste. ¡Cómo si siempre se fuera a ser joven! El tiempo pesa poco a los veinte, nada a los dieciocho y, enamorado, todo resulta etéreo. Liviano.

Qué pasó para que la polvorilla dejara de ser diminutivo.

En varias ocasiones Violeta había tenido que adoptar el papel de chica adulta para poder colarse en hoteles donde ni tenían llave ni posibilidad de tenerla. Resultaba excitante vivir así. Se había hecho pasar por familiar de un huésped para poder aplacar las necesidades físicas de Pablo en algún pasillo o habitación a medio arreglar. Todo el mundo les vaticinaba un futuro eterno, sin saber que ella ni pensaba en el futuro. De hecho, no existe. Esto precisamente es lo que la hacía lloriquear cuando, haciendo planes, parecía que tenía que acoplarse en todos los de él. Y lo de lloriquear no iba con ella. Así que tocaba hacerse la fuerte, la segura, la chica de las cañas de la plaza que tanto le gustaba a él. Quizá era lo que mejor le salía: esconder sus deseos para satisfacer los de él. Con el tiempo, también los de los demás.

Muchas veces se quejaba de falta de amor por exceso. Era el defecto de la historia de todas las parejas de enamorados: querer más. Quejarse del domingo porque es domingo y del lunes porque es lunes. Cuando en verdad hacían lo mismo todos los días. Amarse. Verse. Quedar. Correr. Y no cabe duda de que eso era lo que les tenía unidos.

El último plan de Pablo era Roma. Berlín ya es lo típico, argumentó para cambiar de rumbo. Y decía que Violeta debía conocer Roma porque le iba como anillo al dedo. ¿Nos vamos? Allí todo es como aquí pero en italiano, decía. Mucho más excesivo. Y nos gusta la *pizza*. Es mucho mejor que Berlín. Tengo amigos allí y puede ser divertido. Violeta aceptó. Porque le amaba. Y él amaba hacer planes.

*

Violeta, su encanto es sutil y delicado. Son pequeñas y muy aromáticas. Crecen aisladas o reunidas en zonas de sombra.

Aisladas.

Crecen aisladas.

Crecen aisladas en zonas de sombra.

*

Cuando llegó a casa estaba mareada, no supo cómo iniciar una conversación para anunciar a sus padres en medio de la cena que pretendía irse a vivir con un chico a otro país. Un chico que ellos ni conocían y a una ciudad que todavía no había visitado. Permaneció largo rato callada sabiendo que las locuras fuera de casa parecen sencillas, pero dentro son vallas imposibles de saltar. Qué había pasado en ese tránsito de la calle al cuarto piso de la glorieta de Quevedo para que una ilusión que resultaba excitante y maravillosa ahora fuera un nudo, un dilema incompatible con la razón.

—La cena está lista.

—No tengo mucha hambre.

—Ya, pero tienes que comer. No hay debate.

En el colegio le habían enseñado a hacer esquemas y organizar todo para desmenuzar los problemas en una simple ecuación. Violeta pensó: mejor de golpe. No me escuchan nunca, hoy tampoco.

—¿Creéis que estaría bien irse a estudiar al extranjero?

—Claro.

—Pues me quiero ir.

—A ver, a ver, a ver... Estás con los estudios encarrilados, en una buena universidad, tienes futuro. Puedes pensarlo para después. Unas prácticas, tal vez más adelante. ¿No? Cuando puedas sacar partido de los estudios. Creo que es lo más razonable. Ahora no, después.

«Después» no entraba en sus planes.

—Viole, cariño, pensé que estabas contenta aquí.

—¡Claro que estoy contenta! —dije, intentando añadir que estaba muy contenta, más de lo que imaginaban.

—Esperar no es malo. Puedes hacer ese viaje más tarde. Yo creo que sería mejor de trabajo que de estudios. Buscar ahora universidad allí es complicado.

—Puedo preguntar.

—No lo necesitas, Viole. No hay cosa que más pueda despistarte ahora que un cambio tan brusco. Vamos bien.

—¿Vamos? Habláis de vosotros.

Mi respuesta los dejó callados, como si se encontraran en la mesa de la cena con una hija que no conocían. Solo el gato hizo un gesto de cariño bajo mis pies pasando su lomo por mis tobillos. Vi cómo mamá se mordía la lengua para no saltar. Bebió agua.

—Veo que la señorita Violeta tiene algo más que desconocía. Que sea la última vez que respondes así.

Eso lo dijo papá como si yo tampoco lo conociera. De pronto, todos éramos unos extraños alrededor de una mesa. No sé qué paso. Empecé a sentirme mal.

—Tengo veintitrés años. No soy una niña.

—No lo eres, eso es cierto. Pero vives aquí y te comportas como una...

—Por favor, no empecemos.

—Será no empecéis. Porque yo no he dicho nada.

—Olvídate. Mientras vivas aquí...

Pasaron pocos días para que esa frase acabara teniendo otro condicional. Estaba tan poco acostumbrada a expresar mis opiniones en casa que me di cuenta de que no era culpa de ellos, sino mía. Había llegado a una edad en la que me acuciaba el deseo de cambiar de situación. «Quiero», me gritaba mi conciencia, como si fuéramos varias violetas en un mismo tallo. Pero tenía tantas agujetas en la parte emocional que solo sabía correr tras Pablo, hablar con Pablo, confesarme con Pablo... Y, en aquel momento en el que mis padres y yo nos miramos como tres desconocidos, vi que éramos eso: tres desconocidos envidiando otro tiempo. Que tantos viajes, tantas vacaciones, tantos regalos habían llenado de cajas el espacio que queda entre una familia, estorbando. Ninguno sabía qué decir. Se había viciado el aire con nuestra respiración y nadie se levantaba a abrir la puerta ni la ventana. Y me preguntaba algo incomprensible: ¿qué había dicho? ¿Los odiaba de pronto? Pensé que sí. Y, sin embargo, yo los quería a los dos. Pero en ese instante de silencio la Violeta que jugaba con muñecas y coloreaba con rotuladores las letras de las canciones se esfumó. Una vez ya tuve ese miedo. Cuando me operaron de anginas y pasé sola al quirófano por aquel pasillo largo lleno de puertas y carteles de silencio. Pero en aquella ocasión mamá me abrazó. Esta vez, los tres nos quedamos en nuestra silla, manteniendo el espacio propio en una guerra fría. Cuidándonos de no perder territorio ninguno de nosotros. Procurando permanecer lo más silenciosos y quietos posibles para que no se oyera más que la respiración del gato y el quejido de los hielos del frigorífico que solo captaban mis oídos.

Me levanté.

La foto de mamá en el pasillo con sus pantalones de campana, jersey de canalé estrecho y cuello de pico que tanta gracia me hacía siempre me pareció que se asombraba de todo. También de nosotros.

—Violeta, cuídate mucho —sentí que me decía la foto advirtiéndome como una sibila.

Me incorporé, y por alguna razón que no sé explicar, la toqué como cuando encendía una vela en misa, buscando paz. Cerré los ojos como una niña que se esconde tras los párpados. Pero la voz de papá en la cocina era seca, se me antojó más ruda que nunca. Cuando mamá le respondió con un silencio, casi tangible, me deslicé a la habitación a llorar.

*

En los planes de Pablo no entraba Violeta.

Aquel mismo día en el que ella corrió a la plaza a decirle «Decidido, me voy de casa», él ya estaba en otro corazón. Una chica de pelo lacio y rubio acariciaba el diente de leche que colgaba del cuello de Pablo. Y una mano invisible deshojó los pétalos de Violeta quedándose desnuda en el primer escalón de la plaza. Sí, no, sí, no, sí, NO. Le dolieron el pecho y la barriga, y empezó a sentirse mal. No era posible, no era posible, no era posible. No tenía el valor de caminar y acercarse a él para averiguar el porqué. ¿Para qué? ¿Y? Lo había visto. Y no hacían falta más explicaciones.

Estuvo a punto de desmayarse. No tuvo fuerzas ni para ello porque él se la quedó mirando desde abajo, donde tenía que estar ella, y se quedó inmóvil al sentirse cazado.

—Lo sabía —se dijo como una letanía interna. Y un bombardeo de emociones dejó despedazada su fachada interior. ¿No era obvio? «Tú y yo no somos iguales». ¿Entonces por qué te ríes?

Masticó los pasos para salir de allí buscando la calle como si fuera una vía respiratoria. No contestó a varios saludos. Incluso algunos amigos trataron de tranquilizarla cuando arrancó a llorar ya lejos de la vista de Pablo. Pero solo pudo sentarse a tomar un café, abandonada a la suerte de la sorpresa.

*

La noche se me hizo muy larga. Deseé estar otra vez en la cocina para decirles a mis padres que no, que quería vivir con ellos, seguir con nuestros planes y volver a tener esas conversaciones intrascendentes de qué tal te va o necesitas algo. Y me preguntaba cómo podía haberse torcido todo tan pronto, de manera tan rápida y cómo no me había dado cuenta de las intenciones de Pablo. «Te lo advertimos», era lo peor que podía alguien decirme como consejo. Porque es peor. «Es lo que sucede cuando uno se mezcla con gente como yo —había dicho él como adelanto—. Te avisé». Hay veces en las que ninguna de las opciones es buena. Y te limitas a calcular la menos mala. Pero no sabes ni cuál es la buena ni cuál es la mala. Y el «Te lo dije» que más daño hace es el de tu interior. «No era posible que todo fuera tan bien».

El tictac del miedo propio cuando uno es feliz.

Ese miedo que duerme cuando todo va bien.

Me desplomé en la cama. En mi habitación de adolescente. Pero la mujer que estaba deseosa de volar era en ese momento solo una niña.

*

Ya estaba amaneciendo de bullicio la calle cuando Violeta llegó a la floristería del señor Dominique Brulé. «Es mi primer trabajo y me lo voy a pasar entre flores», fue lo primero que pensó cuando abrió la puerta y sonaron las campanas tubulares que colgaban de una viga del techo. Unas ganas inmensas de sentarse en el suelo y oler todas y cada una de las dalias, alhelíes, nardos... le vinieron a la mente. No iba a ser una ocupación normal. Tampoco era un lugar normal. Era la sensación que tuvo desde el día que entró a presentarse, casi el presentimiento de algo que iba a llegar a su vida, pintándola con otra capa de color. «Aunque ahora pienso que la vida me ha tratado muy bien, aquellos días en los que acababa de perder a Pablo eran un torrente de melancolía; lo raro era vivir, como decía Martín Gaite. Aunque lo raro de verdad era no contagiarse del ambiente feliz entre flores frescas recién cortadas. Como yo».

—Violeta. Bienvenida. Este es tu nuevo lugar. Quiero que te sientas en casa. Que preguntes todo lo que no sepas. Que disfrutes. Y que...

—¿Qué, señor Brulé?

—Pues que alegres esa cara. Vendemos ilusión.

«Pensé en ese momento en las palabras de mi compañera de piso y me imaginé una corona de flores, todo claveles, para despedir a algún vecino. En realidad (quién iba a decirlo), me parecía lo más oportuno, dado mi estado de ánimo en aquellos días, que me encargase una para un entierro. Aquel disgusto, añadido al miedo (sí, miedo en lo más profundo de mi cuerpo) que me producían los últimos acontecimientos me tenían anestesiada».

—Te apuesto a que hoy todo van a ser buenas noticias. Ya verás. Me imagino —hizo un gesto de visionar el futuro con los ojos cerrados y las manos juntas— que la primera persona en cruzar esa puerta va a ser una señora que...

—¡Buenos días, Dominique! —dijo doña Mercedes, acompañada del brazo de Tilde, alegremente vestidas.

—Oh, ya tiene aquí a la muchacha nueva.

«Solo se me ocurrió decir: "Me llamo Violeta. Bienvenidas"... como si la floristería fuera mía».

—Me pareció —abrió el fuego Dominique— que tener ayudante era mejor que cambiar las pilas al sonotone constantemente. Decía usted que me iban a robar y ni me enteraría... Y ¿qué le parece, Matilde, la solución?

—Pues que es una muchacha muy joven y muy linda. Veo que con ella hemos conquistado definitivamente la floristería.

Mercedes levantó el dedo para intervenir. Se quedó así. Tilde siguió alegremente:

—Mujer, que ya somos tres españolas. ¿Verdad, Violeta? —asintió la chica—. Como unas mosqueteras del sur en pleno París... Me gusta.

Mercedes la miró y sonrió. Le dio un beso a Violeta, la siguió Matilde y Dominique habló después:

—Este es el lugar más maravilloso del mundo, damos la bienvenida a las flores y a la clientela, despedimos a los lisianthus y recibimos a los crisantemos. Un ciclo. Hoy estoy a punto de recibir las hojas de roble, más caléndulas, las siemprevivas y muchas flores de campo. ¡Para que digan que el otoño es triste! ¡El otoño ha llegado con Violeta! —Y añadió con una transparente emoción—: Tengo en ella depositada mi confianza.

«A mí me pareció excesivo. Incluso demasiado para ser mi primer día en la floristería. No nos conocíamos y apenas habíamos intercambiado unas palabras. Pero yo sonreía como contagio a los gestos de las dos mujeres, Mercedes y Tilde, que me miraban exagerando la sonrisa, fingiendo una amabilidad extrema. Intuí que también les parecían excesivas las palabras de Dominique y que aquella mañana habían venido a controlarme».

—Es muy joven la muchacha.

—Tiene la edad que ustedes dos y yo desearíamos tener, doña Mercedes. ¿Miento?

—¡Qué tontería! Como si no me hubiera yo divertido a su edad —respondió como un resorte.

—Pero si ya no lo recordamos, querida —apuntó Tilde—. Y nos vendrá bien ponernos al día. Que lleva poco tiempo crecer, pero mucho tiempo olvidar...

Asintió Dominique.

—De lo único que me arrepiento —continuó ella— es de haber sido tan discreta. Tenían razón entonces, era una timorata. Se me mustió la juventud a toda prisa por culpa de los miedos. ¡Tan mansa! Qué ganas más tontas de crecer y hacerme mayor, ¡para qué! Si los años llegan. Más me valía haber estado menos moderada y ser más lanzada con mis cosas.

Mercedes se había quedado muy seria mirando a Tilde, que parecía sacarse una espina de la yema de los dedos con unas pinzas mientras soltaba su perorata acerca de la juventud perdida.

—Hija, estás tan reflexiva —dijo—. No te imaginaba queriendo ser más audaz.

—Audaz ahora, que con los años se pierde la vergüenza. A más arrugas, menos vergüenza. Así de sencillo.

—Bueno, bueno...

De pronto, las dos se miraron como si quisieran guardar un secreto de tiempos pasados. Ese gesto que parece traducirse con un «Mejor no hablamos».

—¿En África sucedió algo que no sepamos? —preguntó él.

—Quita, quita. Qué lejos nos queda África.

Tanto Mercedes como Tilde habían sido buenas mozas, tenían altura y formas todavía femeninas, aunque ya no llamaran la atención por la calle. El brillo en la mirada tuvo que haber sido intenso y las heridas de los años, tan constantes a la hora de restar, habían apagado sus suspiros. Pero, a todas luces, ambas habían sido dos mujeres de bandera. La amistad venía de entonces, de los tiempos en Sidi Ifni, donde tantos jóvenes hacían el servicio militar y tantas muchachas ayudaban en las pocas casas de los generales.

—Vamos a dar una vuelta, señor Dominique. Vendremos más tarde. Nuestros estómagos rugen como la marabunta y será mejor que pasemos primero por el Café de Flore.

—Déjate del Flore. Al Bonaparte, que allí nos invitan.

—Pues sí. Desayunen bien. Porque veo que han perdido peso.

—¡Qué vaaa! —dijo Tilde.

—Si lo dice como piropo, mal —apuntó doña Mercedes—. Y si lo dice como forma de echarnos del local, he cogido la indirecta. No se me venga arriba, que las clientas de toda la vida somos mayoría. Y nos manifestamos.

—Las veo muy cosmopolitas.

—Vaya que sí, viejo amigo.

Me pasó las tijeras para cortar flores y cuando cerraron la puerta se me cayeron de la risa. Los dos, Dominique y yo, nos echamos a reír. Vi que al girar la esquina de la tienda ambas iban tirándose de las rebecas y elogiándose lo guapas que estaban y refunfuñando cómplices ante lo que les había parecido una insolencia típica del viejo francés. Creo que me vino muy bien ese desahogo, porque me hizo ver que andaba por el buen camino.

—Vamos a preparar el ramo de *madame* Corbière.

—¿Alguien especial? —dije.

—Alguien especial. Está muerta. Mireille Corbière murió hace doce años.

Dominique me alcanzó una garba de margaritas. «Son para ella», dijo. El aire que todavía movía las campanillas de la puerta me despistó y me quedé mirándolas; pero él ni siquiera se dio cuenta. Parecía que había entrado un fantasma y que él lo observaba. Me dio un poco de miedo.

—Era una señora estupenda. Muy dulce. Enamorada.

Entonces el florista se agachó y cogió unas florecillas más pequeñas con las que acompañar el ramo, eran margaritas también, pero mínimas, imperceptibles casi.

Se volvió hacia mí y me dijo:

—Murió sola, sin familia ni amigos. Pero dejó una cuenta para que le siguieran enviando flores a casa. Era lo mismo que su amor le regalaba en cada cumpleaños... Mañana es el día y no puede quedarse sin su ramo de flores.

No tenía palabras. Al oírle me pareció que era un viejo amor y que estaba mintiéndome para cambiar la historia. Quería entenderlo así. Pero me vio los pensamientos.

—No creas que tuvimos algo. Mireille era una mujer muy pura, muy transparente y muy enamorada.
—Y... ¿cuánto tiempo más estará recibiendo el ramo?
—En realidad, hace años que se acabó el dinero.

La forma en la que me contaba la historia hacía que no llamara la atención esa dedicación más allá de la muerte. O yo tomé por tranquilidad y normalidad algo que en verdad lo era. Como si toda la gente debiera ser como él y los raros fueran el resto. Al verle preparar el ramo para alguien que ni existía, ni cobraría, ni vería, me hizo sentir que, efectivamente, estaba en un lugar especial.

Tragó saliva y añadió, mirando la puerta nuevamente:

—Era una mujer muy enamorada. Y no puedo ser yo quien lo corte. Me niego a dejar esta historia a medias.

—Pero... —dije pensando en la obviedad— la historia ya terminó.

—¡Pequeña florista...! Cuántos amores conoces que hayan acabado cuando se esfumaron... *Madame* quiso seguir recibiendo ese ramo después de muerta y, como la muerte no la puedo evitar, sí que puedo hacer lo que está en mi mano: que siga recibiendo flores.

No me atreví a decir lo que estaba pensando, aunque su respiración parecía entenderme.

—¿Crees que estoy loco?

—No, señor Dominique.

—¿Ni un poco?

—No, no. Lo que creo es que pierde dinero.

—Pero no me atrevería a dejar que esa mujer, que ha sido clienta mía tantos años, dejara de tener su capricho. Creo que dormir bien, tranquilo, es el mejor de los sueldos.

«Mejor será que entienda su forma de ser», pensé. Y sentí que yo era la diferente en aquella tienda. Una flor rara. Y que este era un juego misterioso de dolor y vida.

Hubo un largo silencio.

—Violeta, dime qué te ronda por la cabeza. Dime qué piensas y te contestaré.

—No encuentro forma de explicar lo que siento. Entendería que la amistad con esa mujer muerta fuera la razón por la que seguimos —dije «seguimos», no «sigue», sintiéndome ya parte del lugar— enviándole flores de parte de alguien que tampoco existe.

—Es complicado, Violeta.

—Si es solo eso...

—Eso es todo, absolutamente todo.

—Pues... esa mujer debe de estar contenta.

—No sé cómo se sentirá. Está, como tú dices, muerta. Pero sé cómo me siento yo. Y me siento feliz haciendo esto. —Calló durante unos segundos y murmuró, como respuesta final—: Muy feliz.

«Cierra el pico, Viole», pensé. Necesité mucho tiempo para darme cuenta de quién era el hombre que acababa de conocer y para el que trabajaba.

*

¿Cuándo borras del teléfono el nombre que todavía te hace daño? Aquel día Violeta llamó a Pablo para saber qué tal estaba y para contarle algo. Sin embargo, colgó antes de que diera llamada.

*

—¿Quién era Anne? —preguntó Mercedes.

—Siempre estaba sentada en una cafetería que hay en la manzana de Saint-Sulpice.

—Un bonito lugar.

—Y dicen que cuando había contado más de diez abrigos negros se iba a casa. Cada mañana llegaba con su periódico bajo el brazo y, después de pedir un café con leche, se abstraía con las páginas abiertas sobre la mesa. Le gustaba contar personas, mirar los pájaros que se posaban en los cables de la luz o descalzarse disimuladamente y ponerse los zapatos del revés.

—¿Cómo? ¿Del revés?

—El pie derecho en el pie izquierdo y el pie izquierdo...

—... en el derecho. Ya le entiendo. Y ¿estaba loca?

—No, qué va. Vivía distraída. Y cualquier cosa le servía de ensoñación. La recuerdo perfectamente, con sus gafas de sol gigantescas que no se quitaba hasta que la noche caía sobre París.

—La imagino bellísima.

—¿Por qué?

—Por cómo lo dice.

—Yo también la recuerdo así. Y con los años me parece que ha ido siendo más guapa. Me pasa con todos los recuerdos. Los años maquillan bien, ¿no cree?

—Ojalá, Dominique, ojalá.

Sería alrededor de mediodía. La floristería estaba abierta desde las nueve y Violeta subía y bajaba los escalones quitando hojas secas, recortando tallos y cambiando el agua de todas las flores. El señor Brulé y Mercedes seguían con su conversación sobre aquel París inexistente, como casi todos los días, mezclando fantasía y recuerdos.

—¿Estuvo enamorado de esa tal Anne?

Reflexionó un instante antes de contestar.

—Bah, no puedo decírselo. Esa parte del recuerdo se me ha ido. Los hombres siempre hemos estado enamorados de todas las mujeres que nos han mirado. Pero no creo que aquello fuera amor.

—¿Por qué?

—Porque hoy no me hace daño.

—¿Sospecha que el amor que no hace daño no es amor?

—Temo que sí. El amor debe ser amor. Así de simple. Los amores con dolor no son amor, son canciones.

—Ya le entiendo...

—¿Qué?

—Que ya le entiendo. Que su amor solo fue una vez. Nunca me habla de ella. ¿Era de París?

Cerró los ojos y volvió a verla.

Una señora de pelo cano estaba mirando por el cristal con gesto de ir a abrir la puerta para entrar; Violeta —que estaba escuchando la conversación— se apresuró a ayudarla, pero la vieja, al ver al propietario de la tienda con los ojos cerrados, hizo un mohín y siguió su camino con paso rápido.

Violeta levantó las cejas, casi sorprendida.

Mercedes sacó una hoja de papel que llevaba doblada en el bolso y se la enseñó al señor Brulé.

—Hay una echadora de cartas en el barrio. Creo que voy a ir. He arrancado esto de una farola, lleva su número de teléfono. Qué le parece.

—Usted está obsesionada con algo extraño.

—Bueno, en este caso con el futuro. Me gustaría que me lo leyera.

—¿Para qué?

—Pues para saber mi futuro.

—¡Ay, Dios mío! —La reprendió dulcemente—. Doña Mercedes, eso se lo puedo decir yo aquí mismo y sin necesidad de gastarse una moneda. Siempre engañan.

Mercedes guardó la octavilla en el bolso y torció el morro.

—¡Será posible! ¡Usted qué sabe! Puede ser algo divertido, me da igual que me mienta —se justificó irónicamente.

—A que le gustaría tener veinte años, volver a Oviedo, enamorarse de un chaval de pelo revuelto, correr por el campo, comprar un helado, dormir en una casa de montaña, leer, ¡a medias!... A que quiere ir al cine, quedarse hasta que la eche el acomodador, pedirse en matrimonio y despertar en un hotel... ¿A que sí? Pues eso no va a suceder.

—Es que eso ya sucedió.

—No esperaba otra respuesta. Si es necesario, me como las caléndulas.

—No es necesario que lo haga.

—Como nunca cuenta nada de su pasado...

Brulé titubeó por un momento y quiso quitarle importancia a lo que acababa de decir.

—Yo mismo le puedo leer el futuro. Lo que va a suceder es que vendrá mañana aquí después de tomar sus galletas con café, abrirse paso en la multitud del quiosco para ver las portadas de las revistas, saludar en la farmacia, comprar sus medicamentos, la comida para su perrito y pasear por más calles de las necesarias hasta llegar aquí. Su floristería. Me dirá buenos días, señor Dominique, y volverá a pedirme que le cuente alguna historia.

Mercedes asintió forzando una sonrisa que no les hiciera sentir mal a ninguno de los dos viejos amigos. Se abrochó la rebeca, apretó el bolso contra su pecho y retiró la silla para salir.

—¿Sabe una cosa? No le haré ningún caso. Iré a la hechicera. Y me dirá mi futuro.

—¿Quiere que le adivine algo que le va a pasar?

Ella vaciló pero respondió:

—Vale.

—Alguien le va a regalar flores.

Lo miró entusiasmada.

—¿Cómo lo sabe?

Dominique se acercó al mostrador, cogió una de las caléndulas que estaba arreglando Violeta y se la ofreció a doña Mercedes después de besarla.

—...

—Adiós, señor Brulé —dijo ella—. He terminado por hoy. Me parece que soy una ingenua que cae en los trucos de magia de otro vejestorio como yo.

—Así que también cree que soy mago —sonrió Dominique—. Pase buen día doña Mercedes y... disfrute de la flor. Somos dos veinteañeros.

—¡... Tres! —respondió desde el escalón Violeta, que había presenciado todo como una función.

Dominique sonrió, conmovido por aquella aseveración. Miró a Violeta con ternura: en verdad, le había hecho ilusión que le hubiera hecho sentir joven, que le hubiera devuelto a aquellos años. Fue entonces cuando él se sentó a su lado para hablar.

—Veo que te mueves muy bien con la floristería, pequeña. Aquello de preguntar cómo se hace todo, dónde está todo... parece que haya sido hace mucho tiempo y, la verdad, han pasado pocos días. Quién me iba a decir a mí... —Violeta hizo un gesto con la cabeza para animarlo a continuar—. Pues bien, que quién me iba a decir a mí que en esta floristería acabarían, acabaríamos, viviendo dos.

Ella no tenía muchas ganas de hablar.

—Ya ve. Las flores y nosotros. Bueno... y esas señoras que vienen todos los días. Son tan divertidas. Parecen un dúo.

—Esas señoras se han convertido en parte de mi vida. Durante mucho tiempo han sido mis corresponsales de la calle porque apenas salía. Corroído como estaba por mis cosas.

—Tendré que ir a esa hechicera también para enterarme de «sus cosas».

Dominique puso cara de derrota.

*

«Pensar es más interesante que saber, pero menos interesante que mirar», Johann Wolfgang von Goethe.

*

Aquel viernes comenzó como cualquier otro. Tenía ganas de desquitarme y salir con mis compañeras de piso. Hacía mucho que mi piel era un refugio voluntario y necesitaba el aire como el oxígeno. Yo iba todos los días a la floristería, sabía ya cuándo cambiar el agua, cortar los tallos y empezaba a distinguir las distintas clases de margaritas. Brulé elogiaba mis forma de envolver los ramos y pedía que escribiera yo las dedicatorias para los encargos. «Tienes una letra bonita», en palabras textuales. Aquel detalle me hizo sonreír, pero no dije nada, porque mi madre siempre había dicho que llegaría a médico con mi caligrafía tan diabólica. Silvia había dicho que aunque Eva estaba algo desanimada teníamos que cogernos una buena esa noche. También palabras textuales. Ninguna de las dos habíamos vacilado en responder porque nos dijo que ella se encargaba de comprar bebida y llenar el congelador de hielos, que nosotras nos preocupáramos de traer a alguien y de maquillarnos. Dominique me dejó llevarme unas flores para casa y me había puesto una nota con ellas: «No le des muchas vueltas a las cosas, solo al bailar». Me hizo gracia encontrarme con sus palabras mientras caminaba hacia el catorce con el quince, porque aunque apenas hablábamos de nuestras cosas, sentía una conexión especial con ese hombre enigmático y solitario. Tampoco éramos tan diferentes.

El fresco (debería decir frío) de París empezaba a notarse y aceleré el paso cruzando sin mirar los semáforos para llegar más rápido a casa. No sé si tenía prisa o frío.

Cuando me di cuenta, el frenazo de un coche alarmó a toda la gente que esperaba a ambos lados de la calle.

—Pero bueno, ¿qué le pasa a usted? Así no se puede cruzar la calle. Va a matarse.

Así fue, y yo ni siquiera pude contestar.

—¿Estás mareada? —me preguntó una señora en la que me apoyé para no caer—. Me parece que sí. Siéntate aquí, muchacha.

—¿Qué ha pasado?

—Nada, la chica, mareada, ha cruzado sin mirar y se ha caído.

—¿Necesitan ayuda? ¿Quieren algo?

Cuando abrí los ojos tenía sangre en la rodilla (me había dado con el bordillo) y el conductor del autobús se ofrecía para llamar a la ambulancia. Dije que no. No entendía nada de lo que estaban diciendo. Soy incapaz de entender a los franceses cuando unen todas las palabras en una interminable *liaison*. Repetí mucho que estaba bien para que quedara claro.

—¿Quieres que te acompañe a tu casa? —me preguntó la señora que sujetaba mis manos en el banco.

—No quiero molestar, gracias... Me espero aquí a que se me pase. No ha sido nada.

El conductor del autobús subió a su puesto y liberó la calzada, enderezó el volante y me hizo un gesto con la mano. Entendí que me decía «Cuídate, Violeta». Supongo que habían leído mi nombre en la cartera porque todo el contenido de mi bolso se había desperdigado por la calle. Al incorporarme sentí que tenía náuseas y que seguía mareada.

—No te preocupes, yo recojo las cosas —dijo un chico, que estaba esperando junto a otras personas que se habían alarmado en el avispero de cláxones y coches y que debió de entender el significado de mi cara—. Puedes estar segura de que nadie ha cogido nada, estamos todos aquí desde el principio...

—Gracias —me disculpé, como si les hubiera acusado de ladrones—. Lo siento.

—¿Qué dices, pequeña? —objetó la señora que hacía como que me tomaba el pulso—. Bastante tienes. Deberías ir al médico.

—Claro, claro. Es lo que voy a hacer.

—Lo digo en serio. Soy mayor que tú y no era la prisa la culpable de tu atropello.

Se levantó después de darme dos besos como una madre y le correspondí (como una hija) con un abrazo; después la seguí con la mirada hasta que cogió su bolso del suelo y se perdió calle abajo.

A veces hay demasiado cariño en la mirada de los desconocidos. Más que en los conocidos. Tal vez tenía razón

Nick Carraway con el consejo de su padre: «Cada vez que te sientas inclinado a criticar a alguien, ten presente que no todo el mundo ha tenido tus ventajas». Hubo entonces otra luz verde encendida, pero era solo la del semáforo, que cambió enseguida a rojo anunciándome que ni yo era una *flapper* ni vivía junto al Gran Gatsby en París.

Cuando la gente se fue yendo y recuperé mi bolso gracias a la amabilidad de aquel chico, me di cuenta de que había algo más en mi estado de ánimo. Y mi memoria decidió que era una de las mujeres más tontas del universo. Rompí a llorar. Había echado a perder mi vida, pensé.

—Bebe un poco, mujer —me pidió Eva como una sacerdotisa de la fiesta.

Los amigos habían llegado con varias botellas de alcohol y no hacían el menor caso a la sangría que había preparado. Bebían todos ginebra en cantidades pasmosas, sin hielo y casi sin tónica. De modo que volví a pensar en la luz verde más allá de Long Island. Silvia tonteaba con un amigo nuevo que había traído de la universidad y sugería que, si nos íbamos a alguna discoteca, ella se iba a quedar allí, en el piso. «Ya me entendéis», dijo sonriendo borracha. Eva, mientras tanto, le contaba a dos compañeras de prácticas lo bien que les vendría vivir definitivamente en Francia, «Que aquí —explicaba— cogen fisioterapeutas incluso sin saber el idioma», que se buscaría una habitación y que, al menos, encarrilaba su vida de otra manera. Yo no tenía ni la más mínima intención de salir de discotecas y menos de que aquel amigo de Eva siguiera con la mano sudorosa sobre mi rodilla mientras yo bebía agua con gas con una rodaja de limón para disimular y fingir que también estaba ciega y que seguía el ritmo etílico del resto. El chaval me dijo que era demasiado susceptible para ser española cuando subió más con la mano y le paré cerrando las rodillas en un clic; y por si no era bastante, fingí que me empujaban por la espalda vaciando la copa en sus pantalones. «¡Joder!», soltó como una mezcla de bostezo y enfado levantándose del sofá. «Lo siento, hay tanta gente. Ponte otro. No hay problema», le dije, invitándole a irse hacia la mesa donde estaban los hielos y las botellas.

—Bebe, hombre. La ropa puedes secártela en el baño.

Eva me miraba de reojo suplicando que fuera amable porque era uno de los amigos que había traído a la fiesta y, sospecho, estaba más interesada en él que yo.

Los sándwiches que habíamos preparado permanecían intactos. La única que engullía patatas y frutos secos con una voracidad, sin duda fuera de lugar, era yo. El resto los apartaba para hacer hueco donde apoyar la copa vacía y los ceniceros. Yo, menos escrupulosa que nunca, prefería comer, tal vez, me dije, para no hablar con nadie. Pero la casa parecía aquella noche una sala de fiestas cutre, al menos así lo habíamos planteado: «Que parezca una Nochevieja adelantada». Todos llevaban ropa de salir: americana ellos y vestidos ajustados ellas. Silvia me había dicho que por qué me ponía aquel vestido camisero, que me hacía parecer una florista apocada y estrecha, sobre todo esto último.

—Cuidado con lo que te pones —me advirtió antes de que llegaran—. Con eso vas a espantar a los chicos.

—Me da igual. No tengo necesidad.

—Pues cualquiera lo diría... Hace semanas no parabas de enseñar.

—Hace semanas, tú lo has dicho.

—Pues que sepas que lo pasado es eso, pasado.

—Qué obviedad.

—Ya sabes, te verán como te muestres. Así pareces una mojigata. Y no se lo merece, ni ese de Madrid, ni tú.

Los dedos de Silvia buscaron madera. Había puesto mucho interés en la fiesta y quería salir victoriosa. Después de todo, era la que más animada estaba a priori y había echado el resto en maquillaje y perfume. Era, según ella, una forma de recuperar el entusiasmo y bautizar el piso como si fuera la final del Roland Garros, «Un poco de glamur y de provocación francesa». Todos aquellos invitados venían sabiendo que había chicas (españolas, con el matiz que conlleva) y que la música junto con las copas gratis eran una invitación a cambiar sexo por diversión. Por eso habían invitado a todo el mundo.

—¿Viste *El Gran Gatsby*? —preguntó Eva.

—Lo leí —respondí.

—Pues algo así.

Esa noche, más tarde, desperté pronto. Durante mucho rato estuve oyendo los ruidos y los gemidos ahogados de mi compañera. Durante unos segundos no supe ni dónde estaba ni con quién vivía. La luz de las farolas de la calle se colaba por la cortina que no había cerrado bien. Una luz amarillenta que me pareció la luna primero y una bombilla fluorescente después me hirió los ojos.

No tenía ni idea de qué hora era. Pensé que sería tarde, o pronto, y que estaba amaneciendo. Me vestí y salí de la habitación. El olor a tabaco del pasillo me hizo vomitar. Todo estaba lleno de colillas, botellas y vasos esparcidos por el suelo. Entonces recordé el final de la novela de Fitzgerald y con esa sensación cerré la ventana apagando la luz o la luna. No lo sé bien.

*

—Hoy ha venido una mujer. Preocupada.

—¿Y?

—Preguntaba por usted.

El señor Dominique Brulé se quedó esperando alguna palabra, pero Violeta calló.

3

Yo también intenté encontrar un camino. Mi Julie se había ido sin avisar y no me quedó otra que hacer lo mismo: escapar de mí. Me largué yo también, estuve fingiendo que vivía en mi cuerpo durante mucho tiempo, pero no era yo. Era lo que veían los demás, dependiendo del día, dependiendo del tiempo, dependiendo de los recuerdos, de las ausencias, dependiendo del otro lado de la cama... vacío. La primera vez que me acosté sin querer en ese lado, el suyo, sentí que la había olvidado del todo. Y me puse a llorar porque el dolor al que me aferraba se había mitigado y eso me hizo más daño todavía: pensar que ya no dolía ni su ausencia. Llegué a echarla tanto de menos que cada dos por tres paseaba buscando su cara por las calles, intentando encontrar alguna chica de hechuras similares que me recordara a ella y el espejismo de la pérdida me hacía escuchar su voz entre los que esperan en el semáforo o en la barra de un bar. Y mi corazón se paraba de golpe. Mi memoria funcionaba con la inercia de quien espera volverla a ver. Durante mucho tiempo recorrí las calles de París buscando su cara y paseé por museos, estaciones de metro y zonas donde había multitudes tratando de tenerla. También eso se fue. Aprendí a ser un hombre viudo en una edad en la que tocaba ser soltero, feliz como los demás; al principio, me asombró sentir que la vida es tan lista que nos deja abandonados a la suerte del calendario. Van pasando los días, las semanas, los meses... los años. Ella.

Yo tenía dos piernas, dos brazos, dos manos y ningún corazón. Solo un kilogramo de culpa que me acechaba en el pecho como un fantasma. Y sin embargo, a pesar del dolor que se había apagado, me acostumbré al olvido.

Me acostumbré...

Me equivocaba nombrándola porque en ese nuevo entorno nadie la conocía y me obligaba a hablar de ella como una anécdota, como si fuera la letra de una canción que repites y de la que solo va quedando un ridículo estribillo.

Por aquel entonces ya estaba resignado a haberla perdido para siempre, pero creí que el dolor sería mi compañero de viaje. Y no, hubo un momento en que ni me podía aferrar al dolor porque este también se había ido. La fui olvidando. Incluso, y era lo peor, debía recurrir a sus fotografías para saber cómo eran sus ojos, cómo tenía los labios y ver de nuevo ese lunar en el centro del cuello que llevaba como una medalla sonrosada y minúscula. Y del mismo modo que se me fue olvidando su cara se me fue yendo su olor. Ese al que me pegaba por las noches junto a su cuerpo invisible tiempo después de haberse ido.

Me sumergí en las peonías como bálsamo. Vivir en la floristería fue como vivir en su corazón. Y desde entonces, cuando ya el dolor solo era nostalgia, la busqué en el aroma de esas flores cuando quería pensarla.

Y no hay nada más reconocible que la ausencia. A Violeta se le notaba apagada. Había demasiado amor en su mirada.

—¿Estás bien? ¿Estás bien, Violeta?

Asintió tapándose la boca. Noté el mismo nudo que tuve yo con Julie. Todavía había dolor en su garganta.

—Me parecía que podíamos comer en la terraza de enfrente. Hacen un solomillo estupendo. Te invito. Elige, al punto, *sagnant* o *bien cuit*.

—No, señor Brulé, yo no podría aceptar la invitación.

—Sí. Por supuesto que sí.

Forcé una sonrisa para animarla.

—Bueno... ¿Qué puedo decir? Si algo soy, es fácil de convencer.

—Lo ves.

Repetí lo que había dicho: al punto, *sagnant* o *bien cuit*.

—El caso es que tengo hambre —dijo ella—. Hace días que no como bien, no estoy como siempre... Bueno, le aseguro que trabajo muy a gusto y que este es un lugar maravilloso... Me refiero a mi estado, que no tengo fuerza. No me gusta que crea que estoy débil y que no puedo trabajar...

Yo no había despegado los labios todavía, pero la agarré de la mano, cogí su abrigo, abrí la puerta y salimos juntos a la calle sin cerrar la puerta.

—Déjame que cierre.

—¿No es muy pronto todavía, señor Brulé?

—Es pronto para las peonías. Para nosotros, no.

*

«Las palabras significan. Las palabras apuntan. Son flechas. Flechas clavadas en la piel áspera de la realidad», Susan Sontag.

*

En el café donde nos sentamos también se había dejado caer la vieja cantante a la que todos los viernes enviábamos cinco rosas rojas. Hacía ya más de cuatro lustros que nadie recordaba su nombre, ni su voz, ni que había sido estrella del Lido, que había llenado teatros y conquistado a reyes. Ella, envuelta en su echarpe verde, sonreía a todo el mundo como si fuera a abrirse el telón en ese momento para, entre aplausos, salir a escena. Seguía siendo Ella, la artista, pero sin público. Yo envolvía en celofán las últimas rosas, esas que avisan de su frescura como una despedida, y ponía su nombre en una tarjeta: «Para la maravillosa Elionora, con amor».

Otras veces ponía: «Con admiración, con deseo, con cariño, con dulzura»... Atentamente, un admirador.

Ella debía sentir que seguía viva. Y al verla, maquillada como siempre, con ese aire de diva decadente que ya no se lleva, sabía que el día que dejara de enviarle rosas, aunque estuvieran a punto de marchitarse, como ella, dejaría de existir. Su presencia en el mundo seguía dependiendo de ese ramo, y a él se aferraba como un enfermo a la vida.

—*Mademoiselle* Elionora. ¿Qué tal está?

—Ya me ve.

—Bellísima, como siempre.

—¡Oh, gracias! Muchas gracias, muchacho.

Me llamaba muchacho. De vista tampoco iba bien.

—Me gusta mucho encontrarla aquí, y eso que empieza a hacer frío.

—Una copa de vino tinto lo cura todo. Esta voz que ha sido mi don debe seguir fuerte, rotunda... Los escenarios, las galas, todo es agotador.

—La admiro.

—Gracias, gracias, gracias.

—Una señora como usted seguirá recibiendo tantos elogios...

—¡Y tantas flores! —dijo, alzando el cuello con orgullo—. Nunca dejan de llegarme flores, rosas siempre... ¡Oh, mis admiradores! Nunca se olvidan de mí. Es maravilloso.

—Y ¿qué le dicen?

—Oh, galanterías. No puedo decirlo. Sería imprudente.

—Me alegro de que le lleguen siempre. Me alegro mucho.

Violeta y yo nos pusimos unas mesas más allá de la artista, que se quedó repasando los rizos de su pelo tras las orejas y ajustándose los anillos rotundos en los que se miraba con satisfacción y algo de vanidad. El camarero, que me había visto llegar, me puso un Cointreau y miró fijamente a mi acompañante para que le diera la aprobación para servirle otro igual. Ella, que no acertaba a abrir la boca, entornó los ojos como respuesta. Había escondido todos sus miedos bajo el silencio. Más adelante me dijo que le costaba arrancarse con el idioma cuando estaba nerviosa y que le pasaba siempre, también con el español. A punto estuvieron de llevarla al médico porque de niña pasó semanas sin hablar, me contó. Estuve tentado de responderle que a mí también me pasó eso de niño. Y le dije que me pasaba de mayor «algo parecido». Y esto, para Violeta, fue lo que la relajó. La boca bloqueada, el corazón exagerado y los pensamientos dando vueltas entre la garganta y el pecho. Siempre nos sentimos así cuando algo se ha roto en el interior e incluso cuando intuimos que algo se va a romper. Nosotros mismos.

De pronto Violeta se volvió hacia mí.

—Por Dios, nos hemos dejado la luz del escaparate encendida.

—Sí —dije sin alterarme, en tono casi sibilante—. Luego la apago. Tiene solución.

La miré. Aquel pensamiento tan trivial me hizo ver que había elegido a la chica adecuada para la floristería. «Me di cuenta —mentí—, pero así parece que vamos a volver». Le pregunté si ella también estaba pensando en volver a España, pero fue rotunda. «No, no. No». Di un trago a la copa con la esperanza de que ella arrancara a hablar de la forma más natural.

—París me gusta.

—Deberían penar esa sensación.

—¿Por qué?

—Porque no existen los unicornios y tampoco existe ese París. El real es este.

—Pero aquí la gente se enamora.

—No creas lo que dicen.

—Lo siento así.

—Bueno, el amor existe, como en todas las ciudades. Vale, bien. Acepto. Aquí se respira otra sensación. Será por las canciones.

Huelga decir que en ese momento Violeta esbozó una sonrisa.

—Maldita sea —dije—. Me has convencido.

—¿Pensarán que también estamos ligando?

Soltó una risa que me hizo enrojecer. Yo me pregunté si esa era la sensación que tenía Violeta de mí, que era un señor que estaba intentando conquistar a una muchacha desorientada. Pero ella prefirió despejar mis dudas, debían verse en la pupila, cortando por lo sano para tranquilizarme.

—Es broma —me dijo—. Lo decía de broma.

—No podría soportar romperle los posibles *affaires* parisinos a la española —me justifiqué—. Pocas ganas de ligues tengo yo.

—Ni yo, créame.

La besé en la mano con cortesía monárquica.

—Hoy te sientes así —concedí—. Confía en mí. En cuanto dejes atrás estas semanas de incertidumbre, volverás a ver las cosas con optimismo.

—Veremos.

—Créeme.

El propietario del bistró —un señor de panza y fumador a escondidas— no tardó en prestarnos atención. Al admirar a la joven a mi lado le susurró al oído al camarero seguido de un codazo. Comentaron algo entre risitas. Retiré enseguida la mano que tenía sobre su brazo desnudo que descansaba en la mesa. No tengo ningún derecho a tocarla, pensé.

—¿De verdad le envía siempre flores a esa mujer para que crea que sigue teniendo admiradores?

—Sí.

—¿Por qué? Es un engaño.

—Porque tanto a ella como a mí nos hace felices. Y dime una forma más económica de hacer a alguien feliz...

—Decirle te quiero.

Violeta lo dijo sin pensar, como una herida que se abre por los puntos y sangra.

—Eso es infinitamente más caro. El «te quiero», si es de verdad, implica todos los órganos del cuerpo. Un «te quiero» está en las tripas, no en la boca. Un «te quiero» está aquí —le dije apretándome el vientre.

Al oír esto último, Violeta se volvió transparente, lívida. Aquellas palabras que acababa de decir provocaron un dolor agudo y destaparon violentamente la cama donde dormía su secreto hasta ese momento.

Violeta se había quedado seria mirándome. Quise que toda la calle se quedara callada. Y me lo pareció. Hubo una pausa del mundo como si nos hubieran amordazado.

Al fin, ella rompió el incómodo silencio:

—Estoy embarazada, estoy sola y no hay «te quieros».

De pronto, sus palabras estallaron en mi cara y el mundo se puso en marcha: los coches, el semáforo, los cláxones, la música, la voz del quiosquero, los chasquidos del camarero, la máquina registradora, el reloj..., mi corazón.

—Vámonos a caminar. Necesito otro sitio —insistió ella—. Me estoy asfixiando.

*

Aquel día supuso para Violeta el final de algo.

Al fondo del café cruzando un laberinto de mesas y parroquianos estaba la escalera que descendía estrecha hacia los aseos. Vomitó sin esfuerzo varias veces frente al espejo.

En la calle esperaba inquieto Dominique Brulé, apurando la copa de Cointreau intacta de Violeta y un cigarrillo encendido. Pasaba con frecuencia muchas tardes en ese café, pero fumaba solo cuando estaba muy nervioso. ¿Qué podía decirle a una muchacha aterrorizada? Hubo un tiempo en que esa conversación habría tenido sentido porque implicaba otro dolor, ahora era un hombre bronceado y de pelo cano pero en ruina. Feliz pero mayor para algunos temas más allá de sus flores. Los silencios a determinada edad valen más que las palabras y los viejos aguantan horas sin decirse nada porque no hace falta decirse nada. Así de simple. Pensó en callar y dejar que el aire que soplaba por la esquina de la rue de l'Abbaye con Bonaparte calmara a su joven dependienta. Ese aire de otoño que seca la piel y los sentimientos. ¿Hasta cuándo se puede estar sin hablar? Cuando vivía Julie se decían que podrían pasar toda la vida callados. Hicieron la apuesta varias veces y nunca consiguieron no besarse. Callaban, se miraban, aguantaban y se besaban. Así una y mil veces. Entonces estaba igual de bronceado, pero no tenía el pelo cano. Habría querido que la silla fuera un sillón giratorio para dar vueltas. Y, todo alrededor, sillas, clientes, calle, coches y servilletas, empezara a volar como en Oz.

El camarero fiel, ese que invitaba a Mercedes y Matilde en los desayunos, se dio cuenta de que Violeta tardaba mucho dentro del aseo y se pegó a la puerta para escuchar.

Volvió a la barra.

El hombre sacó de su armarito una caja de pastillas que dejó en el bolsillo del delantal hasta que ella salió con una servilleta de papel secándose la cara.

—¿Se encuentra bien, señorita?

—Sí.

—Bueno, pues por si me está mintiendo, aquí tiene esto.

Le alargó la caja como un correo secreto. Se quedó callada.

—Me parece que voy a tener que cuidarme.

—Hágalo siempre.

Cuando iba a contestarle se dio cuenta de que ahora era portavoz de alguien más, no solo de ella misma. Violeta notó un súbito cansancio y se volvió entre las sillas a la mesa de la esquina donde esperaba Dominique.

—¿Quieres continuar aquí? ¿Prefieres pasear?

Le indicó la calle con la mano y él dejó un billete sobre la mesa calzado con el plato de la cuenta.

—Toma.

Dominique le dio una de esas tarjetas de la floristería para poner los mensajes de los ramos.

—Estoy acostumbrado a cambiar las palabras de la gente, suelo añadir algo más para que no quede tan frío un mero «felicidades». A veces no dicen más por vergüenza, otras porque no saben cómo expresar sus sentimientos. Ponte el mensaje que quieras, el que te haga sentir bien. Si lo escribes, sucede. —A Violeta parecía sorprenderla aquella explicación. Tras coger el sobre, Dominique añadió—: ¿Sabes, Violeta? Cuando llegué a esta ciudad (yo soy de Vézelay, en la Bourgogne) lo hice por casualidad y por amor. A mí me tocaba volverme a mi pueblo, pero me enamoré después de acabar los estudios. Así que rechacé la comodidad de casa y me quedé aquí, en París. Y París era ella. En aquellos tiempos enamorarse era lo normal, más en plena revolución sexual, y todas las puertas te llevaban a la felicidad. Si la vida seguía era porque teníamos ganas, no por dinero. Y la vida parecía que empezaba cada día.

—¿Puedo abrirlo?

—Te deseo buena suerte —le dijo Dominique.

—¿Es eso lo que pone?

—No. Te lo he dicho en serio. No pone nada.

—Nada...

—Está en blanco. Prefiero que seas tú la que escriba su mensaje. Quiero que elijas cómo quieres ser, qué quieres hacer, dónde quieres estar y a quién querer. Es una tarjeta en blanco. Como la vida. La vida en blanco. A mí me gustaría que me dieran hoy una hoja así.

—Parece muy fácil.

—Yo es que no sé cómo darte un consejo. No sé si me gustan porque, cuando era como tú, me gustaba equivocarme.

—¿Usted se arrepiente, señor Brulé?

—No, me duele, pero no me arrepiento. Soy feliz. Y tengo los recuerdos más felices que alguien pueda tener.

L'Étoile Manquante es el mejor. Vivo y trabajo en una floristería. Ya sé que solo se venden margaritas y rosas, pero intento que la gente salga dispuesta a ser feliz. Porque no puedo desperdiciar un día sin serlo, sería injusto. ¡Es injusto! ¿Recuerdas la canción aquella de «Viento del este y niebla gris anuncian que viene lo que ha de venir»?

—Sí. «... No me imagino qué irá a suceder, más lo que ahora pase...».

—«... ya pasó otra vez» —cerró Dominique.

Violeta intentaba sonreír.

—Exacto. Ya pasó otra vez. No somos tan especiales.

De pronto le habló de usted.

—Mire cuánta gente pasea por la calle, mire cuántas caras, tan diferentes... tan iguales. Se levantan, trabajan, comen y se duermen. Tan ingenuos. Tan simples. Los problemas parecen únicos, pero seguro que ese que acaba de pasar por su lado también está esperando una llamada. Y esa señora, mire, la del bolso azul, cree que su marido ya la olvidó. Y ese hombre de bufandón a cuadros, ese tiembla al pensar que será descubierto. Ha cambiado de perfume. Y de amor. ¿Lo ve? Tantos y tan iguales.

Violeta siguió con la mirada a algunas personas que pasaban por su lado mientras caminaba cogida del brazo del señor Dominique.

—Pero, aunque seamos los mismos, una y otra vez, aunque no seamos tan especiales como nos creemos, estamos obligados a serlo. Como las flores. Todas se marchitan, pero las siguientes vuelven a brillar como si nunca fueran a perder los pétalos.

Violeta sonrió, aparentemente conmovida por tanta simplicidad.

Anduvieron hasta la plaza de la parroquia de San Julián el Pobre, junto a la librería Shakespeare and Company, por el mismo camino que siempre hacía con Julie.

—Dicen que aquí está el árbol más viejo de París —dijo Dominique.

—¿Y es verdad?

—No lo sé.

—¿Quiere tomar algo?

—No... Estoy bien así —tartamudeó el señor Brulé.

—Un café me vendría bien. Antes me he mareado. Y seguramente también le apetece...

—Claro que sí. Pero aquí cerca.

—¿Vive usted en el barrio?

—Sí. Toda una vida. Vivo encima de la tienda. Demasiado grande para mí. Y cuando las casas son grandes, te sientes más solo. Tanto espacio no sé si es bueno.

—Estará lleno de extraterrestres.

—No la entiendo...

—Nada, era broma. Una broma tonta.

—¡Ah! ¡Por Dios! ¡Qué bobo soy! El espacio... Pues soy como un extraterrestre en mi casa. Un bicho raro que cuida plantas y recuerdos.

—Disculpe, Dominique.

Se sentaron en la primera cafetería que hay junto a la librería, Le Petit Châtelet.

—No tiene usted obligación de responder.

—Detrás de esa frase temo que hay una gran pregunta.

—Le veo todos los días cuidar las flores con mimo —le dijo—. He reescrito todas esas notas que enviamos a las clientas, sobre todo esa... la señora fallecida...

—Mireille Corbière.

—Sí... Ella. Es un oficio bonito. Pero supongo que hay algo más. Usted es un señor atractivo, vive bien, sonríe a todas las clientas y...

—¿Quieren tomar algo? ¿Qué desean?

El camarero estaba de pie junto a la mesa. Era la hora idónea para una copa, pero los dos optaron por un café.

—Un café.

—Y yo otro —dijo Violeta.

—Me toca romper el silencio.

—Solo si usted quiere. Hoy creo que necesito respuestas, llevo unas semanas haciéndome preguntas. Antes ha dicho que París era ella.

—Mi querida española...

Se inclinó hacia Violeta entornando los ojos. Parecía que de pronto iba a confiarle su vida, de hecho, se habían invertido los papeles y el que respiraba dolor era Dominique.

—Si siente usted interés...

—Pues claro que me interesa.

Dominique sintió que estaba de nuevo sentado junto a Julie en una de aquellas tardes en las que esperaban ver la sombra del jorobado colgado por las gárgolas de Notre Dame a la misma hora que ellos ahora, el atardecer. Fantaseaban con el futuro y Julie le cogía la mano como si se lo leyera. Ahora era Dominique quien le cogió la mano a Violeta para hablarle del pasado.

—Mire... cuando la perdí, me quedé con dos o tres fotos... y, entre muchas cosas, con la ausencia de experiencias porque habíamos vivido muchos sueños en muy poco tiempo. Queríamos hacerlo todo. Nuestro amor era un amor de futuro, planeábamos tantas cosas para cuando fuéramos mayores y viviéramos juntos que se nos pasó hacerlas en aquellos días. No nos dio tiempo. Me lo robaron. Me la robaron. Hablábamos, hablábamos y hablábamos: «Cuando seamos mayores estaremos juntos en el sofá, leyéndonos historias, contándonos cosas de nuestros viajes, viendo álbumes...», nos decíamos. Queríamos que pasara el tiempo para compartir toda la vida juntos, ¡qué error! La vida estaba ya en nuestras manos. ¡La teníamos! Hacíamos planes para más adelante y lo único que teníamos que hacer era vivir. Solamente vivir. Tan fácil.

—A veces... nos complicamos la vida, ¿no?

—Planificamos demasiado y a veces no dejamos que suceda. Es lo que más nos gusta hacer a los humanos, darle vueltas a las cosas para buscarle sentido, con lo fácil que es disfrutar del recorrido aunque sea sencillo, circular, cómodo... Subirse a uno de los caballos de esos del carrusel de Montmartre y girar. No hay más que hacer. Es que en el fondo no hay más que hacer. Y ella era sencilla... Era uno de esos caballitos. Alegre. Bella. Luminosa. Colorista. Con ella... París era tan fácil.

—Vaya, Dominique. No sé qué decirle.

Tantos años después y el mismo hombre que entonces era feliz recordaba aquellos años de velocidad con nostalgia. Presentimiento, éxtasis y melancolía. Las tres fases de siempre como una canción que se repite sin pedirlo. No había tenido ni que llamar a una empresa de mudanzas para eliminar todos sus recuerdos porque se van yendo y solo quedan algunos, los que nos regala la vida como manuscritos del pasado. Alrededor de esa librería habían pasado muchas tardes. A lo mejor por eso seguía repitiendo el recorrido de forma inconsciente, detrás de ella, inexistente ya.

—Ella es la flor que me falta —dijo de pronto Brulé.

«L'Étoile Manquante», pensó ella espontáneamente.

Callaron los dos. Violeta bajó la vista y Dominique se dio cuenta de que estaba llorando. Y, como entonces, en la fachada de Notre Dame se empezaron a ver las sombras de las gárgolas jugando con la fantasía de Victor Hugo. Fue el florista quien volvió a establecer el contacto tras el silencio.

—Olvidemos el amor —dijo Dominique—. Sobre todo sus heridas.

«Claro, olvidémoslo», pensó Violeta.

En aquel lugar legendario de la ciudad, en la terraza de aquella librería verde tantas veces fotografiada, pasaban turistas imitando a otros anteriores, y esos a otros, como en un ciclo rítmico de la vida. Generaciones yendo en busca del mito, de la inspiración o de la foto. Allí, ya entrada discretamente la noche, con las farolas empezando a buscar su protagonismo dorado, seguían ellos sentados. Un hombre que buceaba en una vida pasada sin demasiado rencor, ni siquiera dolor, y una mujer que imaginaba cómo iba a ser la vida a partir de entonces.

Las luces de colores de la librería Shakespeare and Company, esas bombillas que cuelgan entre árbol y árbol, se encendieron como si fuera Navidad y, vaya por Dios, la humedad del Sena empezó a calar muy hondo, hasta los huesos... ¿O fueron los recuerdos?

—No somos tan diferentes —dijo Violeta.

—Ni tan especiales —respondió él.

—Como las flores.

—Como las flores —repitió Dominique.

*

Aquel día para Dominique supuso el inicio de algo.

Al fondo de la habitación donde dormía, exactamente encima de las flores (sospecho que la cama coincidía con los jarrones de hojas de roble de diferente tono que llegaban para adornar los ramos de otoño), seguía la maravillosa primera edición del libro que la abuela Brulé le había leído muchas veces siendo niño. En la mesilla de noche, junto al reloj de pulsera sin manecillas, un pastillero con los pendientes de Julie, dos piedras de playa con sus iniciales y el vaso de agua, estaba aquel libro de Grandville, *Les fleurs animées*.

Una noche, tal vez como esta, fue a buscarlo a hurtadillas porque la abuela nunca quería que lo tocara nadie. Nadie es NADIE. Nadie era solo ella. Era el libro original de 1847.

Dominique cuando era niño había ido a la habitación de la abuela, a la hora en la que la mujer salía a pasear con el abuelo hilvanados del brazo. Esperó en la casa. Cuando se oyó la puerta y los tacones de la abuela descender escalera abajo, él se puso en marcha.

Los abuelos no volverían hasta una hora y media después.

No estaba acostumbrado a tocar ese libro y aquellas tapas duras color beis le parecían muy valiosas para poner sus dedos; así que cogió del cajón de la cómoda unos guantes de encaje y puntillas que tenía la abuela Brulé y, sintiéndose entre ridículo y doctor amanerado, abrió el misterioso libro de las flores animadas. ¿Por qué le parecía que se estaba comportando como un ladrón? Nadie le observaba. Por lo demás, tardarían en llegar. Colocó el ejemplar en el medio de la cama y se hundió como los pájaros deben de hundirse cuando descansan en las nubes.

Dominique de niño leía con lentitud y misterio. Once o doce años tendría. Le pareció que las páginas se movían, incluso que las flores de los grabados agitaban los pétalos. El chico se encogió de hombros mientras volvía a abstraerse en el libro.

En las ventanas colgaban pesadas cortinas que llevaban flores estampadas: unas eran verdes y otras azules. Los cojines que había en las butacas tenían el mismo dibujo floral. Las pocas veces que Dominique de niño había entrado en aquella habitación era porque la abuela estaba enferma y había que visitarla en sus aposentos, como decía la chica del servicio que trabajaba allí desde pequeña. La pantalla que colgaba del centro de la estancia era como medio globo de los que pendían tubos de cristal blancos que simulaban flecos y que tintineaban con solo soplar. Irradiaba una luz cálida, pero parecía que se iba a romper de puro frágil. El tocador con un espejo ovalado central y dos lamparitas de terciopelo granate que tenían cortados los cables por detrás. Los cajones estaban cerrados y la llave podía ser una de las que, en un manojito como si fuera de lavanda, colgaban bajo la imagen de una virgen peregrina. Nada perturbaba aquella habitación. Ni siquiera yo.

De aquel silencio y aquella tranquilidad surgió un ruido.

—Hola —tartamudeó.

Había una señora del tamaño de una muñeca sentada en el borde del armario de luna de la habitación. Y movía las piernas como balanceándose en el borde de la madera.

—¿Es usted una flor?

—Sí, muchacho. Soy la página siguiente.

A Dominique le pareció poco tranquilizadora la explicación y decidió pasar la página lentamente, como si fuera a abrir la jaula de un petirrojo.

—¡Oh!

La página estaba en blanco.

—Te lo he dicho. Pero no me crees.

—Es imposible que le crea. No existen las flores que hablen. Ni siquiera existen las flores con piernas.

—Entonces, ¿qué libro lees?

—Leo *Las flores animadas*... —tartamudeó otra vez el niño Dominique—. Es un libro de la abuela.

La flor lo miró fijamente, iba vestida de verde.

—Soy un cactus —se presentó, quitándose el sombrero que apoyó en sus piernecillas.

—Encantado.

—Es curioso —dijo la flor cuando el pequeño se interesó acercándose a los pies del armario—. Parece que no te intriga mi presencia aquí.

—Es que no creo que estés aquí. Bueno, en apariencia sí que lo estás. Pero no puede ser cierto. Hago tiempo para intentar averiguarlo.

—Veo que la seguridad es tu punto fuerte.

Dominique asintió al sentirse elogiado.

—Voy a pedirle a todas que salgan aquí. Me parece que es hora de dar un paseo.

—Sí..., estaría bien... —respondió el niño.

—¿Qué hora es?

—No te preocupes. Tardarán en llegar. Hay tiempo para la fantasía.

Jamás volvió a suceder aquello. El libro de *Les fleurs animées* empezó a moverse como si las hojas fueran mariposas y decenas de señoritas con forma y vestido de flor salieron atusándose la cabeza y abriendo los brazos de tallos por encima de la colcha.

(Aquí el narrador debería insertar un capítulo que haga bailar como si fuera una constelación de flores a todos los ejemplares del jardín mágico de Grandville. El narrador intentará que el lector sienta que son de verdad, que las gardenias han salido vestidas de fiesta, que las margaritas se deshojan unas a otras, que el mirto vuela en brazos de un ángel, que las dalias toman té y se cuentan secretos, que los tulipanes se han puesto a bailar con cuidado para no perder sus pétalos y que el jazmín pasea triste alejándose de los nardos. Flores animadas, flores que corren, flores que huyen, flores que bailan. El narrador, si puede, deberá intentar que el lector perciba que las flores son personas que sienten, que brillan, que sorprenden, que regalan, que aman y que se escapan. Porque así es como lo sintió el pequeño).

*

—Usted qué quiere, señor Dominique.

—A estas alturas, ya solo quiero que me quieran.

4

Poco después de aquel día, el otoño se instaló por fin en París. Como la canción de Jacques Prévert, el florista amaneció en su comercio barriendo las hojas muertas.

—¿Qué tal estás hoy?

—Con sueño, apenas dormí anoche.

—¿Qué piensas? ¿Qué te pasa?

—Estoy bien, solo que ahora me canso más.

Sabiendo que Violeta no era de las que daba mucha información, siguió barriendo hojas. Tomaba café con leche y pellizcaba un cruasán que estaba relleno de chocolate.

—¿Quieres? ¿Has tomado algo en casa?

—Vale —dijo entonces Violeta—. Estoy hambrienta. —Y de pronto se sintió con ganas de hablar—: Había jaleo anoche en casa entre las chicas y se quedaron hablando en el salón. Yo me metí en la cama pronto. No tenía muchas ganas de hablar. Me siento algo...

—Dime.

—Creo que me estoy volviendo un poco antisocial. No sé.

—Yo también lo fui.

—Será que no me aguanto ni yo.

—Crecemos, Violeta, crecemos.

—Imagino... Este de aquí también está creciendo —dijo, señalándose la barriga—. Pero no es eso lo que me preocupa. Ya averiguaré qué me pasa. Tal vez tiene usted razón, Dominique, será que crecemos.

—Tenlo por seguro.

Violeta suspiró. No se sabía si estaba atemorizada ante su estado o preocupada por algo más que la soledad.

—Estoy triste. Como si estuviera defraudando a todos los que me rodean... —Susurró aún más. Casi silenciosa dijo—: Y... y no soy quien pensaba.

—¡Somos! Que ya es bastante...

—Para mí sí, pero me cansa ser para los demás.

Calló, agobiada por sus palabras.

—Violeta, siéntete libre. Estás en casa. No quiero molestarte, sigo con las flores y luego tomamos otro café si te apetece. Salimos y compramos cruasanes. Estoy seguro de que la mitad nos ha sabido a poco a los dos.

—¡Oh, perdone, señor Brulé! De verdad, no quería más que pellizcar un poco...

—Menos mal que, por si acaso, esto está lleno de pastelerías. Es lo mejor de esta calle. No te preocupes y... lo sabes, estás en tu casa. Las flores ya te conocen. Y nosotros nos vamos conociendo. Dos mundos. Somos como dos ramos diferentes.

—Qué bonito.

—No quiero molestarte, voy a seguir con las hojas.

—Dominique, usted no molesta. Es lo mejor que me ha pasado en años. Es lo único verdadero.

—Gracias.

Se acurrucó en su mirada y una lágrima le recorrió la cara. A los dos les empujaban los mismos sentimientos. Y a los dos les parecía que algo había que hacer para romper el nudo que se crea muchas veces en la garganta. Lo único que deseaba Violeta era sentirse bien. Se transparentaba la ansiedad, tanto que estremecía verla en ese estado. Pero fue Dominique quien arrancó:

—La soledad me está matando, Violeta.

Lo que había dicho Dominique era la verdad. El recuerdo estaba lleno de peonías, pero la realidad era que solo florecen en primavera. Ser feliz por «ella» era su promesa, pero ¿y él? ¿Qué había sido de él todo este tiempo?

—Entonces, me quedaré a hacerle compañía.

—Eres joven... Esta es una floristería de gente que tiene todavía cuentas pendientes con el pasado. ¿No te has dado cuenta? Aquí todos los que vienen llegan huyendo de algo o de alguien.

—Me incluyo entre esa gente, Dominique.

—Tú no huyes, tú te cobijas. Es distinto.

—Y ¿qué puedo hacer por usted?

Realmente ninguno de los dos lo sabía, y no pudo reprimir la pregunta que le apremiaba a Violeta:

—¿Por qué se siente ahora precisamente solo? Ha pasado el tiempo.

El señor Brulé sonrió y la miró. «No hacer caso del tiempo no lo detiene», pensó. Negó con la cabeza como si expulsara todos sus recuerdos en un gesto; ella acarició las hojas de unos crisantemos antes de seguir hablando.

—Es un gran hombre, Dominique. Un gran florista. Seguramente el mejor florista de París. Todos se quedan mirando su escaparate. Tiene encargos todos los días; están Mercedes, Tilde... y cuida de clientes que ya ni existen. Qué pasaría si no enviara flores a Mireille Corbière. Y si Elionora dejara de tener admiradores... —Brulé se encogió de hombros como un niño. Y entonces ella dijo—: No se sienta solo. Yo estoy aquí.

De pronto no tenía respuestas. Parecía verdaderamente un niño. De esos que en el patio se quedaban sentados en el bordillo de la fuente con sus ensoñaciones. Viendo pájaros. Mirando cómo volaban y se posaban en las ramas de los árboles. Dominique se mantuvo así unos segundos.

—No se trata solo de estar solo, que lo estoy... Es que ahora se ha hecho evidente. Yo tampoco sé explicarlo.

Las manos le temblaban y dejó la escoba apoyada en la pared sin darse cuenta de que en el cristal de la puerta de entrada estaban los ojos de una mujer de pelo blanco observando.

El cielo se había nublado. «Ya llegan las lluvias —pensó—. París volverá a ponerse gris».

—Estos días... —dijo Dominique, señalando la calle— es cuando más flores vendemos. Así son los parisinos. Necesitan llenar la casa de flores, lo sé. Sucede cada año. Son meticulosos, reservados y monótonos.

Violeta recogió las migas del cruasán del mostrador pegando la palma de la mano sobre ellas y tiró el pañuelo de papel donde las hojas muertas. Después dijo:

—Está bien..., pues vamos a cambiar el escaparate. Si afuera está gris, aquí estará lleno de color. ¿Quién nos ha obligado a seguir el calendario? Nadie.

Esta última frase era una de las que repetía su abuela. Se vio de pronto reflejada en ella a miles de kilómetros y de años.

—¿Hoy no van a venir «ellas»?

—¿Quiénes?

—Las chicas. Las «veinteañeras».

Dominique se asombró del cambio de actitud de la muchacha. Violeta Gadea era, ¿cómo decirlo?, sorprendentemente fuerte. Y se afirmó en la convicción de que aquella compañía venía ordenada por alguna enigmática decisión del cielo.

—¿Dónde están ahora?

—Mercedes estará desayunando en el café. Justo al lado. Y Tilde...

Sonaron las campanillas tubulares de la puerta.

—¡Ahí la tienes!

Matilde puso los brazos en jarras, dijo «Hola, buenos días» como cortesía rápida y soltó uno de esos exagerados suspiros que anunciaban conversación.

—¿Ha pasado por aquí ya Mercedes? —espetó.

—De ella estábamos hablando ahora. ¿Sabe algo? O, mejor, ¿deberíamos saber algo de ella?

—Eso digo yo. No se sabe nada de nada.

—Me preocupa.

—Por eso mismo... Yo quería que lo supieran.

—Dominique —preguntó Violeta—, ¿quieren que haga algo?

Pero Tilde parecía no oírla, estaba realmente preocupada y solo esperaba consejo del florista.

—Ni siquiera podemos llamarla, no hay manera de comunicarnos con ella.

—Ni siquiera —repitió él.

—¡Díganme dónde vive y me acerco a su casa! —saltó Viole poniéndose el abrigo mientras Brulé anotaba la dirección y el código de la puerta en una de las tarjetas de las flores—. Ustedes quédense aquí. Voy allí y pregunto. Deme —dijo, cogiendo el papel que le daba el florista.

—Señor Dominique, estoy tan preocupada... —dijo Tilde realmente afligida.

—No ha sabido nada de ella durante esta mañana —intentó tranquilizarla—. Eso no significa nada. Ya sabe que ella es una mujer muy...

—... pero a estas edades, qué le voy a decir que no sepa —le cortó.

Dominique oyó de milagro cómo partía Violeta hacia la calle porque Tilde se había abrazado a él como un lazo. La sola idea de la muerte la horrorizaba. «Mi única amiga aquí desde que vine a esta ciudad tan gris», explicaba abatida.

Las campanillas seguían sonando en el silencio de la floristería como el eco de un presagio.

—Estoy asustada.

—Lo sé.

—Pero ¿cómo puede no dar señales? Ya sabe que quedo con ella todas las mañanas.

—Lo sé. Son de costumbres fijas.

—Y si yo fuera la que no aparece, ella estaría preocupada.

La expresión de Dominique también fue cambiando. No había el menor humor en ella; solo debilidad y tristeza.

Al mismo tiempo que las campanillas chocaban entre sí, ella aceleraba sus recuerdos. Habló de los cambios que había hecho en casa, se acordó de su llegada a París cuando las dos se encontraron, solas, en una tienda de arreglos para la ropa. Poco les separaba entonces para hacerse amigas. Sus vidas cambiaron cuando la patria que habían dejado se convirtió en una conversación mezcla de nostalgia y desafecto. Qué bien se ven las cosas de lejos. Qué bien se ven en compañía, se dijeron para apoyarse. Poco después de aquel día jamás volvieron a pisar una *retoucherie* porque el apaño se lo empezaron a hacer mejor o peor entre las dos. Sobre todo los arreglos que se hacía Mercedes para parecer que tenía más ropa, esos pecheros que fingían ser blusas.

La vida.

Lo que se ve es lo que existe.

Lo que duele se ahoga en el pecho.

Y si no se ve, no hay drama. Nadie sospecha, nadie alienta, nadie compadece.

Juntas. Del mismo modo que criticaban a aquella francesa que se dejaba o dejó el botón desabrochado de la blusa para apoyarse en la barra de un bar en los sesenta con ganas de marido ajeno, se quejaban de no haber sido ellas las que, entonces, se subieran unos centímetros la falda. Pero la España que habían dejado marcaba tanto como los confesionarios que ya no pisaban en la nueva ciudad. «París bien vale una misa». Pues eso. Qué más daba ya no asistir a ninguna si tenían el Evangelio a sus pies, en sus fachadas, en las calles, en las cafeterías... en los portales.

Eran dos españolas en París que intentaban hacerse a la vida más disoluta de las francesas. Pero ni llegaban al desenfreno que les apetecía, ni conseguían deshacer ese cordón que une al pasado, a la tierra de la que habían salido. Huir no es más que hacer mudanza de los problemas.

—Ya ve usted, Dominique, nuestra vida ha sido estar juntas. Lejos de allí —no conseguía decir nunca España— y hacernos una vida aquí en París. La razón por la que no hemos vuelto ha sido la compañía, el día a día, los años... Y ahora la muerte.

—¿Por qué dice eso, Tilde?

—Porque sí. La vida es una mierda.

—Jamás la había oído hablar así.

—Pues ya hay una primera vez. ¿Se lo repito?

—Si la relaja...

—No, no me relaja. Deme una flor. Me estoy ahogando.

—Tome —dijo, dándole un vaso de agua.

—Gracias, señor Brulé. ¿Y la flor?

Dominique cerró los ojos para evitar la risa y le preguntó:

—¿Para qué quiere la flor?

—Para olerla.

—En ese caso... —cogió una y se la entregó—. Yo no le daría muchas vueltas a la cabeza, Violeta ha ido a su casa, la chica preguntará al conserje, le dirán qué pasa y vendrá, seguramente con ella. Incluso, ¡vete a saber! A lo mejor está sentada en un café con sus cosas.

—Pero sus cosas soy yo.

—No sea egoísta. Todos necesitamos una pausa a veces.

—Dios mío, señor Brulé, no ha entendido usted nada. A veces tengo la impresión de que hombres y mujeres somos demasiado diferentes. O uno de los dos es estúpido y... no quiero serlo yo. ¡Qué va a hacer ahora sentada en un café! Usted también estaba preocupado cuando yo he llegado, me ha dicho que estaban hablando de ella..., que les extrañaba... que... Siempre viene sobre esta hora.

—Sí, es cierto. Pero debemos calmarnos.

Era un día de otoño en el que por momentos se colaba un rayo de sol entre las nubes. Un regalo. El centro estaba lleno de gente, entre turistas y vecinos, que paseaban tranquilos y se detenían curiosos en el escaparate de las flores. Cuánta gente abrigada, pensó. Quizás era cierto que era de esos días que invitaban a refugiarse bajo una de las estufas que ya estaban encendidas en algunas terrazas y pedir un café con leche. En verdad era eso lo que le apetecía hacer a Violeta, pasar la mañana rellenando las horas. Al acercarse al apartamento de la rue Visconti donde vivía doña Mercedes, ralentizó la marcha hasta circular al paso de unos viejos que caminaban del brazo. Se dijo que no quería verse reflejada en ellos, que no quería imaginarse con Pablo cogida de él, que eso ya era pasado. Quizá eran ella y él paseando en su fantasía y no eran reales. Por eso decidió adelantarlos. No pudo dejar de girarse para verles las caras, los vio claramente. Eran dos ancianos felices, que paseaban tranquilos con una bolsa de la que asomaba fruta. El señor le hizo un gesto cariñoso, como un saludo melancólico de esos que a veces tienen los mayores con la juventud. Viole forzó la sonrisa para evitar las lágrimas y se agarró la barriga. Estuvo a punto de girarse hacia ellos y preguntarles: «¿Cómo? ¿Cómo se consigue esto?». Pero continuó su camino y se detuvo en un escaparate de viejos cuadros donde también había antigüedades. Miró el marco dorado, uno con un lazo de madera que caía en cascada hacia los lados, absolutamente cursi y barroco. En el centro estaba ella. Llorando.

Llorar era fácil. Había motivos.

Ocultó las lágrimas bajo el flequillo, bajando la mirada.

Soñaba a menudo con la Torre Eiffel, que subía todos los escalones con los ojos vendados, que llegaba a la zona alta, allí donde todo es fotografía, esperaba en una esquina, callada, nadie la observaba, se quitaba la venda... Soñaba que saltaba. Después comía a orillas del Sena. Conducía una moto entre las tumbas de Montparnasse, sin prestar atención. Elegía dónde dormir.

Se secó los ojos.

—Pablo, ¿crees que era necesario mentirme? Y de esta manera.

—Soy así.

—Qué respuesta es esta. Todos somos así. De alguna manera.

—Bueno, pues no me apetecía dar explicaciones. Ya ves. Otra de las razones por las que debes librarte de mí.

—Qué manera más retorcida de decir que eres tú quien quiere librarse de mí.

—Vale.
—Vale no. Adiós.
Pablo se echó a reír.
—Qué te hace tanta gracia.
—Tu forma de hablar.

Cuando los ancianos se colaron en un portal, Violeta hundió la cara entre sus manos. Sentía los latidos del corazón como aquel día.

*

A mil doscientos cincuenta y cuatro kilómetros de distancia por carretera, los padres de Violeta leían su carta.

Queridos papá y mamá:

Estoy bien, vivo en París con dos amigas. He encontrado un trabajo y me he instalado en un precioso barrio que me encanta. Se parece a esos de las películas que tanto le gustan a mamá. Hay de todo: bar, farmacia, mercado, café, y tengo el trabajo cerca. Así que no hace falta preocuparse. Ahora mismo os escribo esto desde una terraza, mis amigas me han invitado a comer y vamos a ir de excursión a la casa de campo de una amiga común. Debe de ser precioso, por lo que me dicen. Me han explicado que es la típica campiña francesa en la que hay pequeños puentes que salpican el río con casas a ambos lados. Bien, pues nos quedaremos en una de esas casas. Estoy deseando ir. Haré muchas fotos y así os las enseñaré cuando nos veamos.

No os alarméis por la distancia, insisto, estoy muy bien. Seguramente papá tenía razón y hay que crecer y tomar decisiones. Así que esta ha sido la mía: vivir aquí un tiempo. Os iré enviando cartas. Me parece más bonito que llamar y repetirnos lo mismo en una conversación agitada por mi decisión.

Os quiero. Os voy contando.

Vuestra hija, Viole

P. D. *La vida se ha puesto emocionante.*

*

Julien, de setenta y ocho años, que desde que se levantó el edificio es conserje del número donde vive Mercedes, es un ser entrañable. Colecciona sellos que no arranca de las cartas porque prefiere ver las direcciones a las que iban destinadas. Le gusta mirar la letra e imaginar qué quería contar aquel señor Boyne, Martin-Lugand o *mademoiselle* Berti en su carta. Tiene ardillas disecadas por casa, son sus compañeras, las toca y le parece que viven. Es robusto y siempre tiene sonrosadas las mejillas. Una vez visitó el mar y guarda caracolas de aquel viaje. Se las acerca al oído y cree escuchar la voz de su madre gritándole «¡Julien, Julien..., a comer!». Suele levantarse de madrugada y sentarse a fumar en el patio interior, observa las ventanas y cuando alguna se enciende conjetura que alguno de sus vecinos tiene insomnio o dolor de cabeza. Es a esas horas cuando le gusta imaginar cuentos que escribe al entrar a casa. Son cuentos infantiles que jamás publicará porque piensa que los cuentos infantiles solo deberían publicarlos quienes tienen niños. Está bien solo. Aunque sonríe educadamente a doña Mercedes cada vez que le da los buenos días. Sí, le tiene un aprecio especial que solo supera su amor por las plantas que trepan por la pared y que riega con la manguera, doblándola un poco para cortar la presión y que salga el agua como si fuera lluvia. Duerme poco y se despierta antes de que salga el sol para regar también las estrechas aceras de la rue Visconti.

—¿Qué ha pasado? ¿A quién busca?

—Me llamo Violeta, soy la florista del establecimiento del señor Dominique Brulé. —Se sorprende al llamarse florista, pero sigue como si fuera un informe policial—: Él ahora está allí junto a Tilde, la amiga de doña Mercedes. Me ha dicho que viniera aquí, la buscamos. Hace horas que no sabemos nada de ella.

—Pero... Salió a pasear esta mañana. Como siempre.

—Estamos muy preocupados.

—Ya. No sé qué puedo decirle... Pero solo sé que salió esta mañana, como de costumbre. Déjeme que piense...

—¿Recuerda algo? ¿Algo especial?

—Es una mujer muy educada. Lleva toda la vida aquí, parece una francesa más del barrio. ¿Es familia suya? ¿Española?

—¡Oh, no! Es amiga de la floristería. Bueno, es amiga del señor Dominique. Tal vez le conoce.

—No tengo el gusto, pero sé de quién me habla...

—He venido a preguntar. Él mismo me ha dado su dirección mientras tranquilizaba a su amiga Matilde.

—Bien, pues no caigo... No hay nada que me haya llamado la atención y que pueda servir de ayuda. Aunque...

—¿Sí?

—Le parecerá una frivolidad, pero... la vi muy arreglada.

—¿Arreglada?

—Parecía domingo. La señora Mercedes suele vestir con color los domingos y hoy... no es domingo. Y...

—¿Sí?

—Pues que ahora que hago memoria tengo la sensación de que no llevaba ninguna bolsa de la compra. La vi con un libro viejo en la mano.

—¿Un libro? ¿Un libro de qué? Suele venir con periódicos a la floristería, jamás la vi con libros. Aunque, claro, llevo poco tiempo en París.

—Ya, ya. No suele nunca recomendarme ninguno, ni siquiera ha sido tema de conversación desde que estamos viviendo aquí. Quiero decir, desde que ella vive aquí y yo soy conserje. Se crea un vínculo entre los que somos mayores y jamás hemos hablado de novelas. Hablamos del tiempo, de las plantas, de mis ardillas, ¿quiere verlas?

—No, no es necesario.

—Hablamos del precio de la fruta, de los cuidados del edificio, de...

—Muchas gracias, muchas gracias, señor.

—¿Gracias? Me quedo más preocupado. Jamás ha pasado nada en este edificio, nunca hemos tenido un disgusto...

—Sabe que si tengo noticias se lo comunicaré —le dijo Violeta, apretando las manos de Julien.

—Yo mismo estaré pendiente de si aparece y me pongo en contacto con la floristería. Busco el teléfono. O mejor, iré caminando. Estamos cerca.

—Eso es. Es usted muy amable. Y si ella vuelve, por favor, no le diga que estamos preocupados.

—Descuide, jovencita.

Una hora después seguían sin saber nada.

*

Me movía como un fantasma, todavía con el nerviosismo de no saber muy bien qué hacer ni cómo actuar.

Cómo era posible que aquel otoño pareciera primavera.

La casa la había dejado ordenada a falta de flores, pero era mejor así; si pasaba por la floristería iba a ser incapaz de disimular mi inquietud. Tilde acabaría por preguntar; Dominique, en su línea, averiguaría los estados de ánimo; y Violeta se apuntaría al carro de estos dos jugando al desconcierto. Había pasado la noche dando vueltas. A mis pies, mi perro anciano, ajeno a la zozobra. Y eso que mi corazón era una tetera hirviendo: tuve que levantarme varias veces para sofocar el nerviosismo disfrazado de asma.

Para controlar mi sensación de vértigo, me puse a fumar. Y no fue precisamente bueno para el asma. Conté tejas, arreglé cajones y me vestí y desvestí varias veces.

Yo había convertido mi vida en un paseo tranquilo, pero ESE DÍA era el balance definitivo de miles de días.

*

—Olvidemos lo de la muerte —dijo el señor Dominique a Matilde con voz suave.

«Claro que lo voy a olvidar», pensó ella. En ese París de turistas que abrían diariamente la puerta de la tienda para observar detenidamente el paraíso de flores animadas que tenía Brulé. Temía perder la sangre fría —si quedaba algo de ella— y romper a llorar ante la inminente soledad de una emigrante vieja y sola.

—¿No le gustan los perros, Tilde? Debería tener uno.

Matilde y Dominique se miraron como dos desconocidos en ese momento. Como si ninguno hubiera entendido la intención del otro.

—¿Qué me está diciendo? ¿Quiere que sustituya a una amiga por un perro?

—Olvide lo del perro —dijo otra vez Dominique con tono idéntico al del principio.

—Lo olvidaré.

El florista se tocó la frente con la mano.

—En el piso de Mercedes también hay un perro, tan viejo como nosotras dos. Por Dios. De qué estoy hablando. No sabemos nada de ella y, si seguimos así, es muy probable que haya que buscarle casa a ese pobre animal, si no se muere antes. Pobrecillo.

—No se preocupe por el animal, se quedará aquí si no aparece.

—Lo ve. Usted también cree que no va a aparecer.

Apretó los puños.

—No, solo buscaba soluciones. Estoy a disposición de usted, de ella y del perro. Estoy incluso a disposición de las flores. Y de Violeta, si me lo pide.

—¿Violeta? —repitió levantando la cabeza—. Esa chica es muy servicial. Hace rato que ha salido y no sabemos nada de ella. Lo mismo está en el hospital o prestando declaración en la Policía. Tal vez deberíamos llamarla. ¿Hay posibilidad? Los jóvenes de ahora van cargados todo el día con el teléfono. Y la casa de Mercedes no está tan lejos, debería haber vuelto ya. Al menos ella. Ella sola.

—Tranquilidad, Tilde —dijo Dominique, acercándose—. Es extraño, pero alguna razón habrá.

—Somos mujeres de costumbres.

—Pero las costumbres cambian.

—No tanto.

—Imagino que no es la única que ha cambiado de dirección desde su llegada a París —añadió.

—¿Está hablando de mí? ¿O insinúa algo de Mercedes?

Dominique Brulé no sabía ya qué responder. ¿Qué consejo? A él también se le había pasado por la cabeza todo. Le costaba imaginarse a sí mismo delante de esa mujer y preparando otro tipo de flores que no fueran su ramo de cada semana, ese con el que rellenaba el jarroncillo de la mesa camilla desde la que se veían los tejados. Y menos imaginar que pudieran acabarse las confidencias del París de Gainsbourg, el guiño de los desayunos con galletas, los recuerdos de juventud, las culpabilidades compartidas, las soledades simultáneas... Era precisamente lo más provechoso de sus vidas. Si podían, charlaban. Si no, se saludaban. Para empezar, Dominique Brulé se había prometido no perder jamás a nadie por quien sintiera algo especial. Aquella floristería era una promesa de vida y esa seguridad que le daba el recuerdo de Julie también le aportaba calma. L'Étoile Manquante era un seguro de vida. No podía fallar.

Nada puede fallar.

Nada debe fallar.

Mercedes no.

El aire estaba viciado de incertidumbre y no quería que ese espíritu feliz con el que había cimentado las paredes de l'Étoile se escapara como las hojas muertas.

Dominique abrió la puerta para que las flores también se ventilaran, de la misma manera que en el cuento de la abuela, «Hay muchas maneras de amar a las flores», ponía en la primera página de Grandville. «Hay muchas formas de querer a las personas», se dijo Dominique.

Se colaron algunas hojas secas entre sus pies y vio cómo se encendían las luces de la calle.

Qué pronto anochece en noviembre.

—¡Qué pronto anochece en noviembre! —Y con un tono más leve, sin que se le oyera apenas, añadió—: Tengo la sensación de que esta Navidad todo va a ser diferente. Las flores parece que me hablan.

Se produjo una pausa. Matilde se quedó mirando a las rosas como si también le fueran a hablar a ella.

—¿Por qué lo dice? Todavía faltan muchas semanas. No ha llegado ni el muérdago. Deje que pase la vida lentamente, no tenemos ninguna prisa en envejecer más.

—¿Más?

Matilde, lo de Tilde en ese estado no iba con ella, levantó los hombros y enarcó las cejas como un payaso triste. Casi no decía nada.

—Parece una locura, lo sé —reconoció Brulé para tranquilizar a su amiga—. Pero la llegada de Violeta ha sido providencial, quién me iba a decir que una chica tan joven se iba a preocupar por nuestra Mercedes. Ella misma ha decidido coger las riendas cuando nos ha visto así. Ya ve cómo ha salido pitando...

—Tan joven. —Matilde bajó la voz—: Soy muy consciente de ello. Ella tiene menos años y más ganas. Yo habría salido pitando si me respondieran las piernas, pero ya ve cómo me funcionan las rodillas. Y no me quiero operar. No sale bien. Me lo dicen, operan y reoperan y nunca aciertan. A nuestra edad ni les conviene gastar en nosotros.

—Violeta es una buena chica.

—Embarazada. Sola. Qué triste.

Esta vez fue Dominique el que se quedó sin habla. Tardó un momento en responder.

—No es una chica triste. Es una chica que está agobiada por las circunstancias. Es difícil decirlo. Ha empezado a vivir.

—Demasiado rápido, qué necesidad. Tan guapa y ya así.

—Sí, ¿y...? —Brulé se había sentado junto a Tilde y acariciaba unos pétalos de rosa que iban quedándose transparentes al contacto con los dedos.

—Me recuerda a Jane Birkin. Tiene belleza, pero también un halo de tristeza. Así no va a ir bien, no puede ir bien... Yo habría sido feliz estando como ella, en su estado, pero ya ve. La vida no me llevó por la maternidad, me quedé seca. Si hubiera tenido oportunidad... La perspectiva de los años me hace imaginarme entonces, cuando era como ella, tan luminosa, tan alegre, tan plena, tan... fértil. Aquí me ve. Una rosa pasada. Y que espera que pasen los días que le quedan junto a su amiga. Ella también quiso ser madre, adorábamos hacer baberos y patucos para bebés. Pero nos dimos cuenta de que los hacíamos como si fueran para nosotras y, cuantos más hacíamos, más secas estábamos. Una espiral. Mercedes hablaba de una espiral, una paradoja, pero... Estoy hablando por hablar.

Enmudeció. Se dio cuenta de que estaba verbalizando demasiadas cosas. Se miró las manos y vio el mapa de las rayas junto a las arrugas. Ya no lo distinguiría ni una pitonisa. Sobre todo: qué más daba saber el futuro teniendo tanto pasado.

Brulé callaba.

Tilde sacudió la cabeza y el florista supo muy bien a qué respondía ese gesto.

—¿Quiere ayudarme con los ramos? —preguntó—. Qué día más extraño, han pasado las horas y apenas han entrado clientes. Parece que los espantamos con este silencio. ¿Le parece que me ponga a limpiar tallos y usted va preparando el celofán y los lazos? ¿Puede?

—Sí que puedo. Las flores me gustan. Bueno, ¿cómo no me van a gustar? ¿No?

Brulé consultó su reloj. Eran ya las seis de la tarde. En pocas horas había muchas preguntas y demasiadas respuestas sobre su vecina. ¿A qué recuerdos podía recurrir para aliviar la espera?

—Buenas tardes.

Julien, el conserje, había abandonado el edificio y estaba en la floristería. Apenas salió Violeta del portalón, había acelerado su ritmo para abandonar antes su trabajo y venir a preguntar.

—Buenas tardes, Julien.

Matilde se levantó de la silla nada más reconocerle.

—Es Julien —dijo, señalando al hombre—, el conserje de doña Mercedes, en Visconti 14. ¿Tiene noticias?

—Discúlpenme, a eso he venido. Quería hablar con ustedes. Y preguntarles si había alguna novedad.

—¿Antes estuvo una chica? —preguntó Tilde—. La mandamos a buscarla, pero... por lo que veo, tarda. ¿No ha venido con usted?

—He venido solo. Sí, la chica se presentó. Quería información de todo tipo, pero me vi en la obligación de decir poco. No la conozco.

—¿Qué quiere decir? —saltó Brulé—. Acérquese. Hay algo que debamos saber...

—Sí.

—Lo sabía.

Dominique se acercó con calma a Tilde para que no se derrumbara y la obligó a sentarse junto a él. Julien hizo lo mismo.

—Eso le digo. Vino la chica, yo estaba arreglando el portal y me preguntó por ella. Por Mercedes. No la conozco, pero me he fiado de su inquietud por su estado...

—Sí, está embarazada —apuntó Matilde.

—Trabaja aquí —matizó Dominique.

—Bien, eso les digo. Que doña Mercedes lleva unos días nerviosa, está rara.

—Y bien..., si sospecha que puede haberle pasado algo, nosotros también. Lleva horas sin aparecer y aquí siempre nos vemos.

—Exactamente.

—Eso es.

—Siga.

—Hay algo más.

—¿Cómo? —Casi a pesar de sí misma, Matilde alzó la voz—: ¿Algo más?

—Doña Mercedes lleva muchas noches despierta, veo su luz desde la portería y creo que lee.

—¿Lee?

—Efectivamente.

—Ella es más de pensar que de leer...

—¿Qué le parece, Dominique? —dijo Matilde.

—Pero eso no es extraño. Puede tener insomnio y sobrellevarlo con algún libro. No es algo raro.

—De alguna forma, sí.

—No, no, no. Doña Mercedes recibe cartas —precisó el conserje.

—¿Cartas?

Tilde se quedó de piedra. Dominique miró a Julien a los ojos. Reflexionó y luego dijo:

—Pero es... normal. No me parece algo para alarmarnos. Tranquilidad amigos, no parece chocante que reciba cartas. ¿O tiene usted información de que pueda serlo?

—Por su aspecto, sí. —Carraspeó.

—¿Son cartas normales?

—Han venido todas de golpe. Bueno, me corrijo. Primero llegó una que le di amablemente a la señora Mercedes. Ella se subió a casa, creo que venía de comprar y no tuvo tiempo de mirarla bien. Sé que puso cara de sorpresa y la metió en su bolso al guardar las llaves.

—Bien, una carta... Sigamos.

—Sí. Ella suele mirar el buzón todos los días, desde hace años espera recibir correo, pero apenas llega lo que nos llega a todos: recibos y publicidad. Nada fuera de lo habitual.

—Ya.

—Pues bien, esta vez era una carta, carta. Con sello. Yo suelo mirar los sellos porque me gusta coleccionarlos.

También colecciono ardillas disecadas y... bueno, no importa. Por eso me fijé bien. Y le pedí si me podía dar el sobre para recortarlo.

—Quiere decir que era un sobre de fuera, un sello extranjero.

—Sí.

—Y también ha dicho que llegó algo más.

—Después de esa primera carta llegó un paquete. También con sellos.

—¡Qué manía con la numismática, señor Julien! —saltó Tilde—. Deje el asunto y cuéntenos. Pero ¿sabe algo de ella?

—¿Y de Violeta? —añadió Dominique.

Violeta tiró caminando por el bulevar Saint-Germain después de dudar en la esquina de Saint André des Arts. A ella le gustaba y pensó que tal vez doña Mercedes tenía un gusto similar. Esa atracción que sienten los españoles hacia las mismas zonas debía darse también con ella, pero imaginó que allí la nueva era ella, que Mercedes era una francesa más con gustos particulares propios de la edad y del carácter. Estaba desierto, como esas tardes en las que parece que todos tienen mucho frío y prefieren entrar en un restaurante a tomar un caldo. Fue mirando bancos y escaparates con la misma inquietud y curiosidad que la embargaba desde hacía horas. Se detuvo en una cafetería porque un abrigo le pareció familiar. Nada. No es ella. Siguió andando. Se iba dando cuenta al reflejarse en los cristales de los escaparates de que la barriga ya no era una protuberancia que pudiera disimular con jerséis amplios, aquello iba cogiendo cuerpo y le restaba agilidad para caminar. Era solo una estudiante. Una refugiada. Y además en Francia. ¿Los niños vienen de París? Ella lo había traído. Dominique le estaba ayudando mucho y se sentía en deuda con él, por esa cantidad de gestos y de bonhomía que le estaban haciendo la vida más agradable. Todos esos detalles que te hacen confiar de nuevo en el ser humano y en los hombres (en su caso).

Lloviznaba.

«La mamá te quiere, vuelve a casa», se decía como si desde Madrid le estuvieran gritando para que regresara. «No». Fue esa tarde cuando se dio cuenta de que no. Las dudas son las peores compañeras de viaje y en esa búsqueda de una mujer casi desconocida para ayudar a otros casi desconocidos se percató de que ella también era una desconocida allí. «Te has dejado la puerta abierta, Viole». «No, no voy a volver». Escuchó alguna voz en español que se colaba en un coche, oyó los motores de la calle, el gemido de las ramas de los árboles sobre su cabeza y la cháchara discreta en alguna cafetería abierta. Un camarero la invitó a sentarse. Dijo que no con la cabeza. Intentaba concentrarse en la búsqueda de Mercedes, pero iba caminando buscándose a sí misma. ¿Cuántas cosas no sabemos de los demás? ¿Y de nosotros?

Por unos segundos, el aroma del perfume de la desaparecida Mercedes le resultó cercano. Le trajo a la memoria ese beso que le dio al saludarla el primer día en la floristería. Podía más la fragancia que las flores. Y se giró hacia la tienda.

«¿Crees que volverás?». «No, no volveré todavía». Se decía.

Había algo que la intrigaba. Mercedes parecía una mujer normal, una española que había adquirido las costumbres francesas sin perder las raíces. Una emigrante forzosa y relajada por el paso del tiempo que no debía ocultar más que recuerdos molestos. ¿Por qué había desaparecido? ¿Era normal desaparecer en París? ¿A quién estaba buscando?

Cuando se acercó a la puerta de la *boutique* advirtió que el perfume venía del interior. Estaba vacía y una chica de su edad vaporizaba el espacio como si dibujara en el aire. Nada.

Siguió caminando por Saint-Germain. Tal vez debería haber bajado por Saint André o colarse por Dauphine hasta el Quai des Grands Augustins. Cuando imaginas la ciudad desde el aire, todo parece más fácil, como un mapa, más breve, más cercano, más rápido. Y la duda la perseguía con la lluvia, cada vez más incómoda. Amenazaba tormenta.

Siempre llueve en París.

«Cuando vayas de viaje piensa en todo lo que te tienes que llevar». «Lo sé, mamá». «Dile a tu padre que te vas, pídele permiso». «Muy bien». Cuando se abrazaba a la gabardina se sentía segura de estar haciendo lo correcto. No iba sola. Eso. Sintió que por una vez en la vida no iba sola. «Tengo una misión». «Te tengo a ti, aquí dentro».

¿Por qué habría elegido Mercedes ese bulevar? Si quería esconderse, mejor callejear.

Unos estudiantes españoles o italianos corrieron sin paraguas en dirección contraria. Le gritaron algo: «¿Sabes dónde está el metro?». Por primera vez hizo como que no entendía nada. Ya no era turista. En apariencia había querido zafarse de ellos y no responder. Qué más le daba. Ahora estaba viviendo allí y quería hacer una vida cotidiana. O, para ser exactos, una vida distinta, nueva. Le recordó la novela de *Una tienda en París*, pero ni ella era Teresa, ni tenía intención de buscar el pasado de nadie. Bastante tenía con ajustar su futuro.

*

Cuando dejé a Julien en el portalón azul de la rue Visconti, vi cómo arrugaba el ceño después de despedirme. Abandonó la portería con urgencia y salió de allí con el manojo de llaves justo cuando yo me giraba hacia la rue Bonaparte. Algo más había. Por eso no fui directa a la floristería. Mercedes ocultaba sin duda algo más de lo que sospechaba el conserje. Lo del libro viejo era cierto. Creo que era el único detalle real que me había dicho que podía servirme. Y por eso activé mi instinto. Fui bulevar arriba, tan frío como el invierno que se avecinaba en París; seguramente porque amén de eso, yo iba poco abrigada y mi casa quedaba lejos para buscar alguna bufanda que, estoy segura, no había traído en el equipaje de huida desde Madrid. Estaban ya las farolas encendidas y como siempre que llueve y se forman charcos, parecía Navidad.

Estaba segura de dónde había ido ella.

No me preguntes por qué, narrador.

Aún no sabía qué relación escondía exactamente. En cualquier caso, la estaban esperando. Yo había intentado entender qué unía a aquel grupito formado por Dominique, Mercedes y Tilde. Aparentemente eran amigos y conocidos del barrio, unidos por la circunstancia del lugar. Esa conexión que logra un parroquiano diario con su florista, la charla animada de un día y otro, la cotidianeidad y los problemas comunes de la edad. Dominique y Mercedes se trataban con respeto y cariño, se comportaban como un matrimonio o como eternos adolescentes que no han dado el paso de formar pareja. Pero ni Brulé ni ella eran novios, ni parecía que fueran a serlo. Y, siempre presente, Tilde. Matilde. La que decía que yo era como Jane Birkin. Tenía una relación bastante estrecha con doña Mercedes, iban y venían juntas o quedaban en L'Étoile Manquante como lugar de partida. A veces de llegada. Se acompañaban mutuamente y se conocían tanto que callaban las opiniones por innecesarias. Ellas dos parecían arrastrar una pena. Ser emigrante, estar sin patria, incluso sin sueños, es ser un río. Pasa el agua como pasa la vida. Lentamente.

Así había llegado yo también a mi destino. Estaba cansada y me había despistado pensando en el nombre que le iba a poner a mi hijo. ¿Mi hijo? Era la primera vez que lo verbalizaba. Hasta ese momento no me había dado cuenta de lo rápida que iba la vida, que medía metro sesenta y cinco y que todo me parecía altísimo en ese estado.

Mi hijo.

Sentía un poco de vértigo y felicidad; hacia el pequeño que crecía y hacia la vida a la que me dirigía. Porque las semanas anteriores habían sido arduas y mis pensamientos eran el descontrol de una centrifugadora averiada. No me cabe la menor duda de que, de haber seguido en Madrid, todo sería peor. Pero confiaba en la distancia, en las nuevas incomodidades, en la comida que tragaba por dos, incluso en el mal tiempo. Y al hacerlo, me brindaba a mí misma una recompensa: ser.

Me toqué la barriga y me abroché bien la gabardina por la que se colaba el aire frío y húmedo que llegaba ya del Sena por la rue Saint-Jacques. Cuánto tráfico de pronto.

Era como si hubieran aparecido todos los coches para alumbrarme. Mejor para mí, pensé. Me sentía más escondida entre la multitud de vehículos que circulaban ya con los faros encendidos deslumbrándome y creando un escenario de película de acción (¡cuánto me gusta el caleidoscopio que forman las luces de los coches con la lluvia!). Las gotas, el chirriar de los neumáticos, los semáforos, el claxon... A veces lo más normal te parece exótico. La noche que llegué a París tuve la misma sensación. Yo era la escena de una película. Los títulos de crédito. La música que parece que me persigue. Otra forma de caminar. Otra Violeta. Pero estaba equivocada, era la misma en otro lugar, solo había hecho mudanza de los problemas.

Cuando estaba acercándome al semáforo los vi.

Cambié las monedas que llevaba en el bolsillo de la gabardina por un paraguas que me ofreció un chico y lo desplegué con más maniobras de las necesarias bajo el toldo de uno de los quioscos del bulevar.

Llevaba ya los hombros calados y las manos ateridas de frío. Pensé girarme para comprar también una de esas bufandas de mala calidad que vendían junto a las postales. Pero en ese momento se puso en verde y crucé.

Mercedes entró en la librería Shakespeare and Company. Ni siquiera besó al hombre de barba que la saludó en el árbol que hay junto a la fuente. Se dieron la mano y miraron mutuamente los libros que llevaban en la mano. Era como si no quisiera dejar rastro de sus sentimientos.

Ella se tocó la frente con el revés de la palma después. No puedo contestar a las muchas preguntas que me estaba haciendo en ese momento.

Pensé nombres que podría ponerle al niño: Paul, Gérard, Pierre, Tristán, Jérôme o Vincent. Iba diciéndome muchos más. Todos franceses. Como si se me hubiera instalado en algún lugar de mi cerebro una hoja del padrón parisino donde apuntarme para no volver. Entonces fue cuando me di cuenta de que solo pensaba en nombres de chico. ¿Mireille, tal vez? ¿Sara? No. Tenía que escabullirme de esa opción. Ser mujer todavía es complicado, me dije como respuesta al miedo que me desarropaba estas últimas semanas, ya meses.

Me acerqué. Podría haber abierto la puerta y entrar. De hecho, había gente entre la que esconderme. Pero me contuvo el sigilo. ¿Acaso no era yo una extraña en su vida, una recién llegada, una mera espectadora y amiga de segunda fila? Claro que no había nada normal en los últimos acontecimientos, pero precisamente por eso debía actuar con disimulo.

Miré por encima del hombro de una chica para asegurarme de que habían entrado al fondo. Salí. Aquel lugar era perfecto para dos personas que tienen que decirse algo.

Me preguntaba qué le diría después a Mercedes. Y a Dominique. Aún no sabía qué relación tenían exactamente. En cualquier caso, doña Mercedes y un hombre de barba ascendiendo hacia la primera planta de la famosa librería.

Detrás de la luna del escaparate, bajo las luces que iluminan la fachada verde, yo no tenía más que preguntas y un paraguas que se atascaba al abrir.

—Disculpe, ¿le he hecho daño?

Asintió un señor con la cabeza.

—Lo siento.

—¿Me deja un momento?

—Perdón.

—Es para una foto.

Me eché a reír. No pude evitarlo. Sentí un alivio al ver que no había vuelto a dar con el paraguas a otro desconocido.

Era la única que no se hacía fotos en la puerta, pero molestaba a todos. Me moví de un lado a otro como si huyera de un enjambre. Estaba en medio de un grupo de estudiantes ingleses y tuve la sensación de estar saliendo en todas las instantáneas, como esas portadas de libros con mujeres de espaldas que tanto éxito tienen. ¿No es obvio? Significa que miran el horizonte. Y yo huía en ese momento.

Me acerqué al escaparate para ver los libros iluminados por una luz amarillenta y sentí que me besaban el cuello.

Sí. Sentí que me besaban (solo fue una sensación) y apoyé la frente en el cristal helado para no caerme. Pablo se reía cuando yo me encogía de hombros y le decía que no me hiciera cosquillas con la barba de tres días, que me gustaba su arrumaco, su sensación de amparo cuando me cogía por la espalda con los dos brazos, pero no sus besos a quemarropa. «Me haces cosquillas, Pablo». «Deja». Me puse la mano en el cuello para ver si quedaba calor de aquellos días, pero no. Nada. El calor se va. El calor de ayer no sirve. No resguarda. No abriga. Tuve que secarme las lágrimas con la bocamanga a falta de pañuelo. Detrás de mí no estaba Pablo, seguían los estudiantes haciéndose fotos.

—Disculpe.

—¿Sí? —pregunté.

—¿Nos puede hacer una foto?

Fue providencial.

Mercedes y el hombre de barba salían justo en ese momento de la librería. Hice la foto a la pareja escondida tras la cámara y me colé con prisa al interior. El pasillo entre las estanterías era un colapso de fanáticos, parecían leucocitos circulando entre los recovecos de la tienda. Ahora sentía un sudor pegajoso en los brazos y en la barriga. De vuelta a la calle, cogí un libro, lo pagué y respiré profundamente el olor de París mojado por la lluvia.

En el exterior de la puerta verde de Shakespeare ya no estaba el grupo de gente donde protegerme. Pero tampoco ellos.

De pronto escuché la música del bar contiguo.

Quedaba una mesa libre en Le Petit Châtelet, donde habíamos estado hablando Dominique y yo días atrás.

Me dirigí arrastrando el paraguas roto.

—Por favor, un café con leche muy caliente.

—¿Algo para comer?

—No, solo voy a esperar.

Me preguntaba si le diría al día siguiente: «Mercedes, ayer te vi por la noche con un hombre de barba en la librería Shakespeare and Company. Fue casualidad, pasaba por allí, llovía y me refugié. No te dije nada porque... había gente haciéndose fotos y andaba buscando un paraguas». Y segundo plan: qué podía contarles a Dominique y Tilde que a esas horas estaban esperando mi llegada con información. Total, apenas había visto a Mercedes con un hombre de barba. Fin. Nada más. Fin de la preocupación. No hay secuestro ni rapto. Significa que tiene un secreto y que es eso, secreto.

—Tome, su café con leche.

De pronto el camarero puso la taza caliente sobre la mesa. No era el mismo. Su voz me devolvió a Madrid. «Joder, Pablo, joder». Me puse a llorar en cuanto el chico volvió al interior.

Me había comprometido en buscar a una mujer y seguía perdida buscándome a mí.

5

Violeta Gadea llegó cansada a la floristería, les dijo que no podía decir nada, pero que Mercedes estaba bien, que se quedaran tranquilos y que no había preocupación en su cara. «La he visto, no me preguntéis nada más, supongo que esta noche estará en casa. Cosas suyas», les explicó.

Aquello no le bastó a Tilde, que seguía empeñada en «tener pruebas».

—Créame, está bien. Sospecho que hoy no tenía ganas de venir y habrá encontrado una opción mejor. Es adulta.

—Me lo vas a decir a mí. Claro que es adulta, pero yo también lo soy y no puedo quedarme así.

—Pues mañana más. He ido, la he visto y me he venido.

—Y... ¿qué te ha dicho?

—Nada, porque yo no le he dicho nada.

—¿Estaba con alguien? —tartamudeó.

De aquel silencio dedujo Tilde que no había que preguntar nada más. Se levantó para mirar por el escaparate cómo la lluvia se había convertido ya en una pequeña mollina y les dijo que se iba a casa.

—Estoy cansada. Ya hablaremos.

Dominique y Violeta se quedaron arreglando el cierre de la floristería. Los dos solos, sin revelarse secretos, como si se entendieran a media luz y con medias palabras. Como si él no quisiera forzar de lo que ella no quería hablar. ¿Por qué le parecía que se estaba pareciendo a él? ¿Cuánto no conocemos de los demás? La chica había gestionado el problema de la desaparición con la celeridad y decisión de un cirujano, sin dar más respuestas de las que necesitan los familiares, sin apuntar a mayor drama, sin abrir recelos ni desconfianzas.

No estaba acostumbrado a tratar con personas como él.

Aguantaron en silencio.

Qué bonita era en penumbra aquella floristería, con la luz de la calle colándose entre las plantas, las letras del revés proyectando una extraña sombra en el suelo: L'ÉTOILE MANQUANTE en forma de media luna.

Le propuso que subiera con él al piso, pero Violeta titubeó.

—¿Le apetece un té caliente, Violeta?

La llamó de usted, para que no hubiera ninguna confusión. Con una voz cuya suavidad hacía sentir el calor de la taza en las manos.

—Sí, señor Brulé.

—Veo que te has comprado un libro. ¿Cuál es?

—*Cuento de Navidad*, de Dickens. Iba perdida buscando y para resguardarme de la lluvia entré en la librería Shakespeare y... me di el capricho.

—Ya.

El florista y Violeta se miraron fijamente.

—Siempre me ha gustado esa librería, pero temo que le gusta ya a demasiada gente —dijo Brulé con su voz suave, como si no pasara nada.

Violeta asintió con la cabeza sin decir tampoco casi nada.

—Sí..., es cierto...

Más bien daba la impresión de que no quería añadir nada más, ni perder el tiempo en detalles en los que no quería abundar. Dominique se lo imaginó y le hizo solamente un gesto para que le acompañara.

Violeta subió con su jefe al piso con cierto resquemor. ¿Por qué le parecía que se estaba convirtiendo en una osada que se colaba en la vida de otro? ¿Estaba bien? Bueno, solo se trataba de tomar un té con un tipo afectuosísimo y sociable. Por lo demás, ¿era osada? Estaba cansada y le dolían los pies, tenía la espalda entumecida y los tobillos hinchados. Lo que le impresionó fue el aroma que inundaba toda la casa, era como si subiera todo el perfume de la floristería por el suelo. Había un pequeño escritorio en la entrada que servía de velador para las llaves y las cartas. Le explicó que era el que le compró su madre cuando empezó la carrera de derecho, pero que se truncó por los despistes que tiene la vida. El salón estaba lleno de lamparitas que se encendieron a la vez cuando le dio al interruptor, era una luz cálida y pareció una recreación de la Navidad. ¿Por qué? Porque era de esas casas que están llenas, abigarradas de mesas con lamparitas y libros, ceniceros y pequeños detalles, bolas de cristal y pisapapeles, velas desgastadas, marcos con fotos y pequeños jarroncitos con flores. La presencia de la misma cara en todos los marcos no asustaba, era una compañía.

—Es... ¿ella?

—Julie.

—Es la misma foto.

—No tengo ninguna más, hice copias y la puse para no perderla de vista, para que no me perdiera de vista. Así no se siente sola. Ni ella ni yo.

Violeta calló, emocionada.

—Querías un té, ¿verdad?

—Con leche, sin agua. Gracias.

Ella se quedó de pie mirando la casa en derredor, de arriba abajo, sin perder detalle de las alfombras, los cojines, las cortinas, los cuadros... Era una de esas casas que resultan un hogar.

—Es muy bonita —dijo.

—¿Julie?

—... La casa.

—¡Ah! Los recuerdos. Acumulo mucho. Voy guardando o coleccionando, no sé. Amontonando seguramente.

—Julie también, Dominique. Qué bella —dijo para corregirse y recuperar la conversación.

—Yo vivía enamorado de ella y ella de mí. Pero se fue. Y me quedé sin saber muchas cosas de su vida. No nos dio tiempo. Cuando estás enamorado parece eterno. Y... ¿sabes? Me enteré de su flor favorita el día de su muerte, cuando los demás llegaban con ramos de peonías... Pensé: «No puede ser cierto, ¡eran peonías!». Cuando me pedía flores eran esas. Y yo empecé a hacerme preguntas de todo lo que se quedó sin respuesta. A medio capítulo, como una novela inacabada... Hemingway lo decía: «Comíamos bien y barato, bebíamos bien y barato, y juntos dormíamos bien y con calor, y nos queríamos». Pero... se fue. Y me dejó lleno de interrogantes. Soy una colección de ausencias.

En su cabeza había otra frase: «París nunca volvería a ser igual, aunque seguía siendo París». Le habría gustado responder algo más cercano a esa frase, más verdadero, más próximo a su dolor convertido en recuerdos. Pero bueno, lo que dijo también casaba con la nostalgia.

—Por eso abrió esta floristería.

—Te lo había contado ya, ¿no? Los viejos nos repetimos.

Ella asintió con una sonrisa.

—Perdona, Violeta, perdona. Soy un viejo, a veces vuelvo a mis cosas, pero te anticipo desde hoy que a ti algún día también te pasará y te acordarás de mí. Ya verás —dijo guiñando un ojo—. Así que disimula si me repito...

—No, no, no. Es usted mi único amigo en París. No pasa nada por repetir. De hecho, yo repetiría...

—¿El qué?

—Algunos errores.

—¿Todos?

—Algunos los cambiaría. Si me dieran la oportunidad, haría exactamente lo contrario.

—Pero no somos Dios. Otro vendrá que hará las cosas de otra manera, a nosotros nos toca aguantar nuestros errores. No hay más remedio.

—¿No?
—En absoluto.
—Ya, pero eso no me gusta.
—Pues te tiene que dar igual porque no hay remedio. No hay vuelta atrás. Jamás nos bañamos en el mismo río.
—¿Cómo?
—Siempre es agua diferente.
—Ah, sí. Claro. Pero estaría bien.
—Tú siempre adelante. Insiste en ello.
«En su voz había un tono desafiante, como si me instara a que fuera rotundamente feliz».
—Y para que te sirva te diré que no te arrepientas. Dirás por dentro: qué fácil este señor que me diga que no me arrepienta cuando estoy lejos de mi casa con un niño dentro... ¿No te importa que lo diga así? ¿No? —Negó Violeta con la cabeza—. Gracias —dijo—. Lamento decirlo así.
—Oh, no hay problema. Lo cierto es que es así. ¿Cree también que será niño?
—Me has pillado, lo había dicho sin pensar... Genérico, ¿no? Hablaba de un bebé... ¿Tú esperas que sea niño? ¿Quieres?
—Es mi sensación. Así será más fácil, si es niño tendrá la vida más fácil.
—Ay, Violeta... ¡Crees que yo he tenido una vida fácil! Eso será ajeno a su nombre... y a su sexo. Pero hay que hacerse fuerte y construir puentes, aprender a esperar, dejar pasar el otoño, agradecer el invierno porque nos acerca a la primavera... al verano. Todo llega. Siempre llega.
Él sonrió y la miró; ella se acurrucó en el sofá desde el que se veía la calle. Se perdió unos segundos contemplando las farolas que se hacían dobles en los charcos otra vez. Ese abandono le sucedía muchas veces. Pensar en nada. Ni siquiera sabía si el resto se percataba. Pero en este caso Dominique Brulé sí se daba cuenta de esas pequeñas migraciones de pensamiento.
Extrañamente, ese «viaje desde el sofá a la calle» le produjo una sensación de placer.

Estaba cómoda. Como si fuera su casa.

Reaccionó.

—Creo que debería volver.

—Aún no. Llovizna un poco. Y tienes tu té. Date un tiempo para calentarte... Luego llamo un taxi.

—Es usted un gran señor. Esta tarde le vi tranquilizando a doña Matilde, y se ve que le tiene cariño. Me gustan todas las cosas que hace. Todos esos ramos que prepara. Los mensajes que cambia y mete en el sobre sin que lo noten los clientes...

—¿Me has visto? ¡Qué poco disimulado soy!

—Me lo contó usted. Y me dio una tarjeta en blanco para que cambiara mi vida. Para escribir mi mensaje. Cómo quiero ser, dónde quiero estar, qué quiero hacer y a quién querer.

—Mi cabeza, ¿lo ves?

Sonrió. Sonrieron.

—Ellos, los clientes, no se dan cuenta nunca de que los modifica. ¿Verdad?

—Es que no basta con las flores, hay que decir algo más. Qué me cuesta hacerlo. Nada. Juego a ser un duende que añade palabras, que alarga los «te quiero» o que pone besos donde solo hay gracias.

—Ya lo he visto. Y ¿sabe? He empezado a imitarle.

—¿Cómo?

—Sí, es divertido. Hoy supe para quién eran las flores que compraba ese chico de la gorra que entró a primera hora y le escribí un verso de una canción que conozco...

—¡Violeta, eso es genial!

—No pensaba decírselo, pero el poder de la floristería es mayor de lo que pensaba.

—Ya sabía yo que acertaba contigo.

Sonrió. Sonrieron.

—Toma, un poco más de leche para el té. Creo que está un poco caliente... Mira a ver.

—¿Puedo coger esta manta?

—¿Tienes frío?

—No, es para cobijarme, se está muy bien aquí. Parece una casa.

—Puedes quedártela si quieres. Nunca la uso. Bueno, como tantas otras cosas. Esto es grande para mí y aunque veas muchos trastos son mi única compañía. Por eso me paso tanto tiempo en la tienda, las flores son mis compañeras. No me han engañado nunca.

—Pero si usted tiene mucha gente que le quiere a su alrededor.

—La soledad me mata poco a poco, Violeta. No lo notas, pero es como la carcoma. Yo era feliz, soy feliz quiero decir; pero tengo la sensación de punto y aparte. Quién sabe, alguno de estos muebles debe haberme contagiado la polilla y me está comiendo. Me aferro a mis fotos. A ella —dijo, dirigiendo la mirada a uno de los marcos—. Me prometí ser feliz porque es injusto no serlo si estás vivo... Totalmente injusto con uno mismo.

—Pero a veces no basta con una promesa. Hay que serlo.

—Pues sí.

—Lo ve, yo también acierto.

Dominique masculló algo ininteligible. Luego dijo:

—Hoy, al desaparecer Mercedes, pensé que ya llegaban esos días en los que se van los que conoces... otra vez. El tiempo de las despedidas. Y me ahogaba, tuve que abrir la puerta y salir a la calle para respirar cuando te fuiste a su casa. Tilde estaba ausente porque estoy seguro de que pensaba lo mismo. Me vi preparando sus últimas flores y me tragué las lágrimas.

Violeta sintió que ella también se tragaba las lágrimas. Sin embargo, solo comentó:

—Entonces le haré compañía.

—Bastante compañía haces.

En ese instante, Violeta se sintió lejos y al mismo tiempo muy cerca.

—¿Me alquila una habitación? Si no le importa —dijo como si un ventrílocuo pusiera voz a sus pensamientos—. Es una casa llena de objetos, yo puedo ser uno más.

—Pero... ¿lo dices en serio?

—Créame, señor Brulé, que la que está necesitada de compañía soy yo. Si no le molesta.

*

Dominique podría haber dicho: soy muy mayor para compartir vida. Incluso: tengo demasiadas manías. O: esta no es una casa para una chica joven como tú.

Sin embargo...

*

—En absoluto me molesta. Será tu casa. Ven.

Caminaron hacia el pasillo en dirección a una habitación situada a la derecha. Las flores animadas parecía que se habían puesto a bailar entre los muebles, o así lo sintió Dominique. Pudo ver a aquel niño que al abrir el cuento de la abuela se sorprendía de que las flores de las ilustraciones salieran a saludar subidas por los muebles y colándose entre sus piernas. Oh, Grandville, pensó. «Además de ayudante en la tienda, voy a tener compañía», se dijo al abrir la puerta como quien descorre un telón de teatro.

—Tú primero... Dime si te gusta.

—Muy bien —dijo—. Aprobada. Gracias.

Violeta no había visto ni la cama, ni el sillón junto a la ventana, ni la mesita redonda, ni la estantería, ni el armario de dos puertas, ni la alfombra, ni la manta de *patchwork*, ni los cojines bordados con perros sentados sobre las patas traseras, ni el cartel yema de la película de Godard, *Al final de la escapada,* con Jean Seberg y Jean-Paul Belmondo colgado junto a la puerta. Se dio cuenta al acostarse. Cuando rezó para que las cosas salieran bien.

El miedo, otra vez.

El temblor que se apodera sin venir a cuento.

—Pero si no la has visto siquiera. Pasa.

—Adoro ese cartel. Estaré encantada de vivir aquí.

Y lo dijo como si por unos segundos fallara la ley de la gravedad. Flotó.

A Dominique, en su papel de hombre desconcertado ante la llegada de una compañera de piso a una edad en la que, a todas luces, ya no correspondería compañía femenina y joven, se le ocurrió pensar que podían brindar «por la nueva situación» (él pensó en circunstancias). De alguna manera, su drama personal sanado por las flores también empequeñecía ahora aliviado por Violeta. Es decir, que no pensó en lo que pensarían los demás. Solo sintió la presencia de la vieja Paulina dueña de la numismática como una señal de aprobación en su hombro. Fue algo extraño y las cosas extrañas siempre sientan bien.

—Pasa dentro, comprueba que te gusta y ahora busco sábanas y mantas para que te las quedes y armes la cama.

Violeta tenía la capacidad de crear recuerdos antes de que pasaran los hechos, las vivencias. Se quedó ahí de pie y, más que nunca, supo que había acertado. No quería ni volver a ver aquel piso de estudiantes lleno de fiesta y amores de fin de semana. Se tumbó en la cama, trató de leer todos los títulos de crédito de la película de Godard y los lomos de los libros que había en la estantería. Luego apagó la luz.

Minutos después —pareció más tiempo—, él llamó a la puerta de la habitación y Violeta, tumbada como estaba sobre la misma colcha, contestó:

—¿Sí?

—Tal vez debería prestarte algo de ropa, pero como en esta casa solo entran camisas y jerséis de señor, puedo ofrecerte un vino a cambio.

Violeta vio que era la propuesta más rara del mundo y se sonrió. Había acertado.

—¿Está seguro? —le preguntó mientras abría y salía al pasillo.

—No se me ocurre nada más para darte las gracias —dijo él.

—Soy yo la que lleva dándoselas desde que vi el cartel en el que buscaba dependienta. Y ahora esto: vivir tranquila. ¿Se da cuenta?

—Me doy cuenta.

—Pues brindemos. Pero solo daré un trago, ya me entiende...

—¡Es verdad! Qué bobo. Deja la copa aquí, habrá tiempo.

Aquella noche, al abrigo de la oscuridad de una nueva casa, el futuro empezó a organizarse de otra manera.

—He visto que tiene un póster de cine en la pared. ¿Le gusta?

—Me gustaba ella. Cinematográficamente. *Al final de la escapada, Buenos días, tristeza, La leyenda de la ciudad sin nombre*... Y si te fijas este está firmado por ella, Jean Seberg. La recuerdo, como todos los de mi quinta, bajando los Campos Elíseos vendiendo periódicos, con el pelo corto y una camiseta del *New York Herald Tribune*. Era para enamorarse con solo verla. Para Francia era su Audrey. Para mí era mi Julie.

—Qué bonito.

—Nos conocimos poco antes de morir...

—¿Qué pasó?

—Era una persona maravillosa, pero también muy frágil. Demasiado. Más de lo que nadie imaginaba.

—Nunca conocemos nada de los demás, ¿verdad?

Asintió Brulé con los ojos cerrados.

—Su cadáver fue encontrado en el interior del coche, había aparcado en Passy y allí se suicidó.

—Qué horror.

—Lo intentó muchas veces, demasiadas. Jamás se recuperó de la pérdida de su bebé. Su niña murió a los dos días de nacer y fue... —cortó en seco—. Violeta, no debería contarte esto. Disculpa. No estoy acostumbrado...

Soltó la copa y le apretó la mano para consolarla.

—No se preocupe.

—He metido la pata.

—No, no. Sé lo que quiere decir.

—Pero debería haber evitado el error.

—¿Qué? Nada de eso —dijo Violeta—. ¿No decía antes que los errores se quedan ahí? Pues ya está. Pasado.

—Gracias, aún no estoy seguro... ¿Qué se supone que debo decir?

—Se supone que debe seguir. Solo eso.

—Bien... Hablaba de ella, de Jean Seberg y de su vida...

—Lo normal es ser feliz. Lo normal es vivir.

—Sí, debería serlo. Lo recordaré si vuelvo a meter la pata. Pero ya ves. En algunos cielos se instala la oscuridad, la borrasca y no hay manera de ver las estrellas.

—Entiendo, ¿acabó así?

—Su marido se suicidó también, un año después.

—*Al final de la escapada*. Qué paradoja.

La noche prosiguió así, alternando preguntas para descubrirse más. Ese momento en el que uno está a gusto y no tiene sueño, solo palabras para compartir. Aunque Violeta podía ser su nieta, parecían dos compañeros de clase charlando mientras el vino aguarda en la mesa de centro. Intacto. A su alrededor: las cerámicas, las velas gastadas, los libros, las cajas, los sillones, las antigüedades, los recortes de cine, los ceniceros y los numerosos marcos de fotos con Julie, que parecía sonreír.

Violeta se tendió en la cama con los brazos bajo la cabeza. En su recuerdo, esos finales que no son felices; en su corazón, una sensación extrañamente positiva. Y frente a ella, un cartel con una pareja dichosa. A juzgar por el azar, remaba a favor.

*

Mientras escribía con tiza en las pequeñas pizarras los siguientes precios...

Roses de Ecuador: 28 euros, les 15 roses.
21 euros, les 11 roses.
2.30 euros la rose.
Jacintos, 10.50 euros.
Renoncules (francesillas), 12.50 euros.

... Pensaba: lo normal es ser feliz. Lo normal es vivir.

6

Violeta había dejado una nota:

> *Volveré pronto. Le veo en la floristería. Voy a casa a recoger mis cosas —es poquito, no hace falta ni ayuda—, y arreglo el asunto del alquiler con Silvia y Eva, mis compañeras hasta hoy.*
>
> *Gracias, Dominique,*
>
> *Violeta*
>
> P. D.: *He dormido muy bien.*

Era mentira. Logró dormir muy poco, se despertó varias veces con la angustia de no saber ni dónde estaba. Suele pasar eso cuando la decisión es acertada, corre la intranquilidad a los lados de la cama porque no crees que sea cierto.

Así estaba Violeta. Así pasó la noche.

Si la cosa salía mal, lo tenía claro: buscaba otra vez otra casa y punto. Incluso podía volver a pedir ayuda a Silvia y Eva o buscar anuncios de alquiler en la universidad. Pero si salía bien, ¡qué ilusión!

Todas las pesadillas mezcladas con los sueños fueron yendo y viniendo en ese desvelo en un vaivén de incertidumbre. Al alba, con la copia de las llaves en la mano, doble nudo de una bufanda que robó del perchero a Dominique y bajando las escaleras para coger el metro bien temprano y arreglar su despedida con las chicas, las dudas cambiaron de sentido. Nada podía ir mal. Era una decisión correcta y el señor Dominique, un hombre afable. Además, la habitación sobre la floristería era de cuento.

No había nada más que decir. Algunos lo llaman decisión. Otros aventura.

El metro llegó puntual y Violeta subió en dirección contraria a su destino para volver. Suele pasar. Se quedó como en suspenso con esta última frase, que parecía haberla escuchado al narrador, y añadió para sí: a veces hay que volver para volver. A veces hay que alejarse para encontrarse.

El narrador ahí no tuvo nada que decir.

A las once en punto llegó doña Mercedes a la floristería.

—¡Pero qué ven mis ojos, qué buenos días el suyo! Además, entra sin llamar.

—Porque venía buscando a Tilde.

—Bueno, no me diga que ahora la que ha desaparecido es ella.

—Entiendo lo que esconde la frase, pero yo no desaparecí.

—Mercedes...

—¿Qué?

—Estuvimos preocupados. También Tilde.

—De alguna manera, sí. Pero la culpa es mía por venir siempre. Si fuera una clienta normal, de las que vienen cada dos por tres, no me habrían echado de menos. La gente corriente no compra flores a diario.

—Ya hablaremos otro día de lo que es la gente normal... Supongo que se lo habrá dicho el señor Dupont.

—Sí. Julien, el conserje. Ya veo que deben de haber tenido algunas palabras en común para que ahora mi portero haya pasado a ser el señor Dupont.

—No se lo niego. Usted suele venir todos los días. La esperábamos. No sabíamos nada. Estábamos inquietos. Y sí, hemos preguntado.

—No lo hice a propósito.

—Mercedes, nadie dice lo contrario. Faltaría más. Le prometo que no hay ningún interés en saber qué razón la llevó a ausentarse durante todo el día. Pero entenderá la preocupación.

—Bueno, ahora ya me ve. Aquí estoy.

La conversación se frenó cuando doña Matilde, Tilde, apoyó las dos manos en el escaparate con la boca abierta.

«No me lo puedo creer», se intuyó que decía desde la calle.

—No le conteste mal —advirtió Dominique—. Ayer pasamos angustia. Y Tilde ya sabe cómo es, nerviosa. Mucho más ayer. No la encontrábamos por...

—¡Ningún sitio! No te encontrábamos por ningún sitio. ¿Dónde estabas? ¡Estás loca!

Tilde entró visiblemente consternada, muy alterada y tropezando con todos los cubos de latón en los que Brulé había puesto ramos de siemprevivas, aster y symphoricarpos.

—Se lo estaba explicando a Dominique. Cálmate, Tilde.

—Me calmaré si me da la gana.

—¿Cómo?

—Somos muy viejas para desaparecer de manera voluntaria.

—Tilde.

—Cuando una desaparece a esta edad es porque está enferma o muerta. Y no estabas muerta por lo que veo.

—Y por lo que escucho, preferirías que estuviera muerta, ¿no?

—No me traduzcas. No me tra-duz-cas. A mis años, que son los tuyos, ya es Dios o la Virgen quien nos quita del medio. No un capricho. Así que ya puedes explicarme.

—¿Crees que este es el lugar para ponernos así? Siempre te gusta poner el acento, Tilde.

—Señoras —intervino Dominique con unas flores en la mano—. Este es su hogar, pueden sentarse, les saco café y nos calmamos todos.

—¿Café? ¿Qué quiere? ¿Matarme?

—Matilde, también puede ser té, si lo prefiere.

—No es posible, no es posible... ¡No es posible! No he pegado ojo en toda la noche. Me fui de aquí con la tensión por las nubes. Me paré tres o cuatro veces en los portales para coger aire y forzar una respiración normal, estaba helada, iba pensando si ya no iba a volver a verla, envuelta en mi abrigo y en mil recuerdos... Y ahora, ¿ahora? No se da cuenta, Dominique. Ahora mi amiga me trata como si estuviera loca.

—Estás exagerando...

—¿Tú eras así? ¿Desde cuándo eres así? Porque parece que hablo con una desconocida.

—De alguna manera.

Hubo un silencio que no hizo más que confirmar que algo nuevo pasaba.

—Dominique —arrancó de nuevo Tilde sin dejar de tocarse pelo, nuca y pecho—, dígame que lo hace a propósito y que ustedes ya han hablado. Que me están contando un cuento chino.

—Mi querida amiga, le prometo que no. Solo soy un florista.

—¿Y tú? —dijo, girando la cabeza como una jueza que quiere respuestas—. Mercedes, di algo.

Al no recibir respuesta, fue entonces cuando Matilde se puso a llorar con hipo. A llorar de verdad, eran lágrimas de desconcierto contenido frente a su amiga. No sabía por qué. O sí. ¿Quizá porque se sentía idiota? ¿Quizá porque había sentido la muerte cerca? ¿Quizá por la edad, que sumaba debilidades e impotencias? ¿Quizá porque tenía la certeza de que no iba a saber la razón verdadera de aquella desaparición? Los nervios al sentirse observada por Mercedes y Brulé la hacían llorar más y más, por vergüenza, como cuando era niña y caía en brazos de su madre. La abrazó Dominique y ella se abandonó.

Mercedes movió la cabeza, pensando: «Tengo que empezar a mentir y voy a tener que comenzar por mi amiga». Pero pensó sobre todo que se hallaba sola ante una nueva situación. «Qué extraño todo cuando una ya no espera ninguna sorpresa de la vida». Seguía reflexionando pero sin embargo dijo en tono conciliador:

—Me estoy pellizcando a ver si todo esto que veo es cierto. Solo he faltado un día. Y lo que descubro —abrió los brazos como un prestidigitador— es que me tenéis mucho más cariño del que me imaginaba.

—Mercedes, pensaba que te habían raptado.

—Pero, Tilde, ¡por Dios! Pero quién va a raptar a una vieja como yo.

—Bueno, pensaba que estabas muerta.

—Arréglalo.

—Mujer, pues que te habías caído, que te habían recogido, que habías perdido el conocimiento..., ¡yo qué sé!

Mercedes hizo una pausa y miró a Dominique que, apoyado ya en el mostrador, contemplaba la escena con las mismas dudas que Tilde. Pero sin pronunciar palabra.

—Dominique, haga café para los tres —sentenció Mercedes.

—Está bien. Lo que ordenen las señoras. Arriba la tensión.

—Descafeinado.

—Voy.

Mercedes sintió apuro. Instintivamente volvió la cabeza hacia su amiga, que la miraba llena de preguntas. Las dos sabían que, muy a su pesar, algo iba a quedar sin respuesta. Tilde no sabía qué más decirle para demostrar que estaba —y que había estado— preocupada. Era una exagerada, sí. Recordaba las palabras de Violeta diciendo que la había visto. Pero Tilde era como santo Tomás. Necesitaba meter los dos dedos en la herida para creerla. Por eso había cacareado tanto al entrar. Pero para ella, lo grotesco tenía una vertiente más fraternal. Dramatizar el amor hacia una amiga, cargar contra ella, extremar la conversación formaba parte de su genética. Era como si tuviera la necesidad de poner sobre las estrellas la amistad. O los puntos sobre las íes.

Ahora, mientras llegaba el olor a café de la trastienda, estaban calladas. Había como un espacio en blanco, de esos que los autores de manuales ponen entre paréntesis, para que el estudiante lo rellene con la palabra correcta.

—Mercedes, estaba preocupada.

—Lo sé.

—¿Te acuerdas de cuando llegamos a París?

—Tan solas.

—Pues estamos igual. Pero más viejas. Yo no sé qué hiciste ni qué te retuvo ayer por las calles, pero que sepas que estoy contigo igual que aquel día que llegamos.

—Lo sé.

—Te lo estoy diciendo en serio.

La floristería de Dominique Brulé no era muy grande; él se esforzaba por tenerla cuidada y mantenerla como un homenaje a su amor. Ese instinto de mimo, macabro tal vez por esperar todavía a que un día de esos abra la puerta su amor y lo vea todo bonito. Pero para él, lo tétrico de esperar a una muerta era lo que le mantenía profundamente alegre y volcado en su trabajo. Todos los clientes, las parroquianas habituales y los turistas ocasionales que paseaban por Saint-Germain, alababan el buen gusto de L'Étoile. No solo el de la tienda, sino su aspecto de hombre adulto elegante, «el florista de la corbata y chaleco», decían sobre Brulé. No sobraba espacio. Las flores dispuestas en cubos y jarrones de cristal en escalones de madera blanca estaban siempre sonrientes. Felices de encontrarse allí. Dominique las miraba y a veces les guiñaba el ojo con un cariño casi infantil.

—Lamento haber tardado.

Violeta había contemplado la escena desde la otra acera. Había querido respetar las reglas de juego de esa trinidad de amistades adultas del que ya formaba parte. Observó durante un rato cómo movían los brazos de manera agitada y se levantaban y sentaban de las sillas del local. Pero quiso quedarse en la reserva porque era la única que sabía la verdadera razón de la ausencia. Hizo tiempo hasta que Dominique salió con una bandeja con tazas y decidió cruzar la calle y entrar.

—¿Dónde estabas, Violeta? ¡Ah, sí, perdona! Leí tu nota.

—Pensé que no la habría leído, Dominique.

Violeta le tendió un paquetito que él dejó sobre el mostrador.

—Sí, sí. Es que esta mañana ha empezado realmente animada.

—Buenos días a todos, perdonen.

—¿Quieres café? —ofreció Tilde—. Hoy desayunamos aquí, todos juntos, en plan familia. Como si fuera ya Navidad. Todos juntos. Sanos y salvos.

—Qué prolija en palabras eres, hija. No pierdes oportunidad para hacer insinuaciones. Redunda, redunda.

—Si quieres vuelvo a la escena anterior propia de un melodrama.

—No les entiendo —respondió Violeta disimulando.

—Ni lo intentes —ofreció Dominique con ironía.

—No hace falta, querida, es demasiado tema y eres una recién llegada a este mundo.

—Violeta ya es de nuestro mundo —remarcó el florista.

—Sí, seguramente. Pero de un mundo cuarenta años menor que nosotras. Si lo piensas, la prehistoria.

—Bueno... A propósito —tomó la palabra Brulé—, quería decirles una cosa...

—¿Qué pasa, señor Dominique? —preguntó Matilde, incorporándose casi de un modo infantil de la silla.

—A lo mejor les va a parecer extraño —dijo mientras jugaba con el lazo del paquetito que había dejado Violeta en el mostrador.

—Suéltelo ya.

—Si quiere —intervino Violeta—, lo explico yo. Porque me parece que les va a contar la novedad de esta noche.

—Ay, Dios.

—¿Qué está pasando ahora?

—Tengo inquilina en el piso. Violeta va a vivir conmigo.

Mercedes y Tilde ahogaron un grito de sorpresa, pero se les notó porque las pupilas se les dilataron como si estuvieran febriles. Las dos abrieron mucho los ojos y disimularon parpadeando para no abrir la boca.

—Anoche ya durmió en casa.

—Eso es. No solo voy a trabajar aquí, también viviré arriba. Y estoy muy feliz.

El grito ahogado de Tilde resonó.

*

Podría haber sonado una canción en ese momento. Tal vez *Le temps des cerises*, un vals que hiciera moverse a todas las flores por el establecimiento. Animadas otra vez, como las de Grandville.

*

Una vez Dominique y Violeta comunicaron la buena nueva, las dos vacilaron. Estamos ante dos mujeres capaces de llenar de imaginación una floristería, pero sobre todo una cabeza. De modo que, sin remedio, Matilde se sintió obligada a hablar en plan portavoz.

—Nos parece muy bien.

—¿Nos?

—Sí, nos.

Fue bastante rápido. Ambas cogieron sus bolsos, todo parecía que había vuelto a la normalidad, y se despidieron con rapidez, no sin antes aceptar una de las rosas que les ofrecía Dominique como cierre floral de aquella mañana. Sonaron las campanillas de la puerta y todos se sintieron aliviados. Matilde había recuperado a su amiga. Mercedes había desviado la atención. Violeta se sentía bien en París. Y Dominique, ay, Dominique, rompió a reír como reflejo de una contradicción de sentimientos que atravesaban su garganta como en un poema de Benedetti.

Violeta sonrió y se puso manos a la obra. La calle estaba atestada de gente —¡el barrio de Saint-Germain-des-Prés!—

y, después de abandonar la maleta y su paraguas tras el mostrador, salió a colocar unos cubos de rosas en el exterior para llamar la atención de los viandantes que miran las fachadas como si fueran cuerpos. Ninguna ciudad tiene derecho a ser tan coqueta. Es exactamente eso: una ciudad muy zalamera. Y resulta injusto ser infeliz en medio de tanta belleza. Sí, un valor extra. Pero ocurre. Ese beso que parece que va a suceder, esa lágrima que aparece. Y cientos de cuerpos moviéndose en el escenario de los adoquines mojados en los que se reflejaban las rosas del revés. Parecía una escena de película, ¿el título? *La floristería del señor Dominique*. El lugar, París. Como la canción: *Le temps des cerises*. La protagonista: una joven llamada Violeta Gadea.

Dominique, cuyo cerebro estaba perfectamente dispuesto para el dolor, se sentía extraño en ese momento. Todas las flores le miraron sorprendidas sabiendo que algo nuevo iba a suceder en aquella floristería. Sin embargo, se quedaron quietas para no ser descubiertas. Violeta humedecía con un vaporizador los pétalos y con la otra mano se dolía de la espalda. Los cinco meses de embarazo ya eran demasiado evidentes en un cuerpo tan frágil: los pies hinchados, cansancio y hambre constante. Se miró en el reflejo. El cristal del escaparate le pareció a Dominique la piel que les separaba, eso fue exactamente lo que le vino a la cabeza. Una piel. Probó varias veces a desviar la vista de la chica, fue en vano. ¿Cómo no dejar de observarla? A juzgar por su mirada, uno casi hubiera pensado que aquel hombre de pelo cano y manos labradas por los años y las espinas —no es metáfora— era un universitario que había entrado allí a comprar flores. Era una película. Violeta, la actriz, sonrió desde la calle, y Dominique se escondió tras las hojas de roble que había puesto en un jarrón transparente sobre el mostrador. Imaginó un bosque, una huida, una vergüenza. Ella era el escaparate, él era el que estaba en la calle. Todo se había dado la vuelta como en los teatros modernos que giran mostrando el truco. Incapaz de pisar en ese momento la acera para ayudarla con las rosas —era lo que le apetecía—, buscó unas llaves en el cajón, abrió la puerta interior que daba a la entrada del edificio y subió las escaleras con la maleta de Violeta hasta su casa sin sentir el peso de la ropa y de los zapatos que la llenaban. Podría haber abierto enseguida, pero prefirió coger aire para cruzar la puerta.

¡Después de todo, era ya la casa de los dos!

Entró, se guardó las llaves en el bolsillo de la chaqueta y se quedó apoyado en la pared. En la capa más profunda de su mente Dominique pensó en el tacto del brazo desnudo de Violeta. Y la respuesta fue inmediata: volvió a retirar la mano en sus pensamientos.

A Dominique le gustaba leer y repasó si eso que le pasaba ya estaba escrito en alguna de las novelas del salón. (...) Sí. Estaba. (...) Y no le tranquilizó en absoluto sentirse personaje. (...) Era un hombre mayor entrando en la habitación de una chica joven donde olía todavía a chica joven. Tanto que movió los dedos en el aire como sintiendo la piel que antes, abajo en la floristería, creía de cristal. Se sentía asaltado por todos sus temores.

Dominique se sentó en la cama de Violeta con las dos manos sobre sus rodillas. Recordó las novelas de Marguerite Duras, Yourcenar, Françoise Sagan, Nathalie Sarraute, Simone de Beauvoir, Evelyn Waugh... Y sintió a todos los personajes sobre la misma colcha que Violeta había dejado cuidadosamente alisada cuando con la mano izquierda se apoyó para levantarse. Se hundió como si estuviera estrechando un cuerpo. Ya no era tela, era piel. Tenía que respirar despacio. ¿Quién era él? ¿Y dónde estaban los recuerdos cuando se necesitan? Al cabo de unos minutos, empezó a sentirse un pelín nervioso. Muy nervioso. Tal vez se había equivocado dejando entrar en su vida —¿he escrito vida?, casa mejor— a Violeta, una muchacha extraviada y bella.

Qué absurdo pensar en Françoise Sagan cuando decía: «Creo que lo bonito está en el interior y nunca envejece». Qué ridículo, se dijo Dominique. Qué absurdo siendo florista, pasando de flores frescas a secas una y otra vez. Qué extraños pensamientos en la cabeza de un viejo. ¿Por qué había dicho Beauvoir que «es aún más difícil explicar la belleza que la felicidad»? ¿En quién pensaba Evelyn Waugh al afirmar que «es maravilloso empezar el día dando una alegría a un alma en pena»? ¿En él? ¿En Dominique? ¿Era un hombre en penitencia?

En algún momento tenía que salir de esa habitación.

Se paró un instante y miró alrededor. Estaba solo. El olor de Violeta parecía que inundaba toda la casa. Creyó ver cómo ese incienso juvenil iba impregnando todo como una nube de humo, violentando y dulcificando la estancia, las paredes, la ropa, la vivienda, la vida. A él. Cegado por el aroma de mujer, de muchacha preñada, fue retirándose de la cama hacia la pared. Huyendo de sus pensamientos. Empezó a acariciarse el antebrazo, el cuello, el corazón..., liberándose de la angustia y el placer que sentía al mismo tiempo, como un pájaro desorientado que ha buscado cobijo y ahora da vueltas por el techo de un garaje, intentando encontrar una salida, algún agujero por el que escapar hacia la calle, mientras su piel se erizaba con delectación e inquietud. ¿Dominique, qué haces? ¿Qué piensas?

Poco después se sentó en el sillón orejero de la ventana. Cerró los ojos. Siempre se sentaba allí para refrescar recuerdos del pasado y cabeceaba hasta quedarse dormido. En las Navidades de 1965, Dominique y Julie habían estado en Annecy, junto al lago, con la ayuda del dinero de los padres de ella. Julie estaba resfriada y se pasaron el primer día encerrados en una habitación que parecía exterior por las maravillosas vistas que tenía a la montaña. Era tan bella que bastaba con quedarse frente a ella para saber que nada faltaba en ese momento en un mundo que venía del aire viciado de una guerra, su compañía era la paz que todo país hubiera deseado. Durante muchas horas estuvieron abrazados. «Dominique, te vas a contagiar, deja de estar tan cerca, acabaremos los dos mal». Qué presagio más feo, ese presentimiento parecía una profecía del futuro que les aguardaba. A él le daba igual y se paseaba por su piel intentando abrigarla, pidiendo que los gérmenes se cambiaran de cuerpo a cambio de pactos con el diablo. La anciana casera de aquella pensión les subía caldo y tras el pago de algunas monedas aceptó ir a la farmacia a por medicamentos. Había nieve, podía valerse por sí misma, pero le fatigaba —moralmente— tener que salir de su hostal. No tardó en hacer efecto el pacto de Dominique con el maligno. Al día siguiente los dos estaban bien, frescos como el frío de la montaña de Annecy, pero fuertes como los pinos cargados de nieve que parecían troncharse de un momento a otro. Ese ruido próximo al peligro les fascinaba, se quedaban callados y veían cómo algunas ramas cedían regalando pequeños aludes navideños.

En uno de esos paseos, un cartel les invitó a entrar. «Pasen». Qué fáciles de convencer somos a veces. Y qué complicados otras. No era la primera vez que se colaban en un anticuario, aunque en esa ocasión no lo era exactamente. Era una pequeña tienda de un caprichoso coleccionista de trastos viejos, más o menos singulares. El hombre estaba comiendo nueces cuando entraron y les dio los buenos días con una paseándole por la boca como si fuera un caramelo. No tardó en saludar.

—¿Qué desean? —dijo con voz de fumador.

—¿Una nuez? —contestó Julie.

—¡Huy, no pensé que anduvieran buscando frutos secos! Pero si es eso lo que quieren, son bienvenidos. Sírvanse de ese cuenco.

—Gracias.

—Entonces, les dejo mirar.

Dominique se moría de vergüenza cuando Julie sacaba su potencial de chica lista, segura y bella. Él se evaporaba de sonrojo y el descaro de ella le hacía retraerse como un perro huidizo. Aun así, la amaba, la admiraba, la necesitaba. La todo.

—¿Les gusta algo?

Dominique se había quedado sentado en un sillón que estaba forrado de una preciosa tela de flores.

—Nos gusta ese sillón —dijo Julie.

—¿El del chico?

—Sí, es mi chico. Y... ¿a que queda bien ahí? ¿No le parece que ya lo traía de casa pegado a la espalda como un caracol?

Basta decir que en ese momento Dominique se fundió con el tapizado y desapareció.

—Entonces, cuánto vale. ¿Poco, no? Está viejo —insistió ella, con voz mimosa.

Parecía que hablaban de él, pero del Dominique actual. Un hombre fundido en flores, viejo, tímido, feliz y positivo como un niño.

—Se lo regalo, si adivina cuántas nueces hay en el cuenco.

La puerta se abrió dejando entrar el frío de la montaña. Olía a pino y chimeneas encendidas. Asomó un perro cabizbajo que buscaba cobijo en la buhonería.

—Pasa, pequeño.

—¿Es suyo?

—A veces. A veces sí y a veces no. Me niego a ponerle collar si con eso le doy respuesta. Es un perro libre, y en eso nos parecemos. Y me temo que a usted la ha reconocido.

—¿Cómo?

—Pues que huele a la gente libre. Los distingue. Es acuario.

—¿El perro tiene horóscopo?

—Mujer, no va a ser como los chinos: un perro tigre. Un perro rata. Un perro perro. No tendría ni pies ni cabeza, un sinsentido. Mi perro es un perro bajo la luna de acuario. Dentro de nada hará catorce años que vive sin collar.

—Ven conmigo —dijo, dándole la espalda al joven Dominique.

«El capricho de aquel sillón tapizado en flores solo sería rentable si nos salía gratis, porque viajar de nuevo a París con un butacón metido en los asientos traseros iba a ser mortal de necesidad. Pero salió».

—Veintitrés.

—¿Cómo?

—Apuesto a que hay veintitrés nueces en el cuenco. Me espero a que las cuente.

Dominique se armó de paciencia. No era la primera vez que veía a Julie jugar a divertirse con extraños. Nunca tuvo claro si era una broma, una apuesta o un órdago en serio. «Es para partirse», pensó Dominique. Como si le hubiera oído, el señor del anticuario murmuró:

—La muchacha de las nueces. Vaya por Dios.

«Durante unos segundos no me moví. ¡Cuánto me gustaría tener una fotografía de ella en ese momento! Las manos en jarras, los ojos brillantes iluminando la apuesta que acababa de lanzar, el mismo fulgor que cuando le prometí llevarla a Nueva York, toda la intensidad de la dicha. Era bella en la derrota, pero más en la victoria».

«La muchacha de las nueces —pensó Dominique— es una chica fuerte y testaruda». Se apoyó en el sillón como si ya fuera suyo y observó cómo el señor y su novia contaban frutos secos como en un concurso. Una, dos, tres, cuatro (...), doce, trece, catorce (...), diecinueve, veinte... O mejor, como en un juego de magia de esos que esconden truco.

Dominique carraspeó, impaciente.

—Y... veintitrés.

—Ya tenemos sillón —dijo ella, volviéndose a él como si fuera la mujer más feliz del mundo. Y lo era.

—Vaya, he perdido un maravilloso sillón de flores —se lamentó el señor sin demasiada tristeza—. No empiezo bien la semana. Bueno, adiós, querido sillón.

—Así tiene más espacio —le respondió Julie—. Puede meter algo nuevo en su lugar. ¿No?

—Bien mirado, así no es ningún problema.

—Los trastos viejos pueden ser sustituidos.

El joven Brulé pensó entonces en las veces que abrazaría a Julie en ese sillón de flores. La miraba diciéndose: tienes el novio más enamorado del mundo. El novio que ahora —hoy— lloraba en el sillón en el que nunca besó a Julie.

Dominique pensó que la frase era perfecta para ese momento, para ese diciembre parisino. «Un trasto viejo puede ser sustituido en cualquier ocasión». Volvieron a asaltarle atropelladamente los pensamientos de esa mañana fría. Es tan difícil enamorar a alguien joven... Es tan doloroso sentirse mayor fingiendo que nada pasa. Es tan ridículo hacer de Humbert frente a una Lolita... ¿Eres tú Nabokov, narrador? (...) Brulé tenía que quitar sus pensamientos como se cambia el agua de las flores; lo peor era que la sentía allí. O era a Paulina a la que notaba como un duende apoyada en la chimenea de las fotos como si fuera una versión de Charlotte.

—¿Estás bien, Dominique? No te encuentro como siempre. Tú eres un hombre feliz. Presumes de ser feliz. De haber llegado aquí con ese objetivo.

—Sí, sí, estoy bien. Solo me he sentado en los recuerdos. Me gusta recuperar la memoria de aquellos días.

—¿Sigues queriendo a Julie?

—Sí.

—Entonces, ¿dónde está el dolor?

—En su ausencia.

—Dijiste que pondrías esta floristería en su nombre, por sus peonías, por ella, para que jamás viera que eres infeliz.

—Pero no puedo mentirme. Puedo mentir a los demás, a mí ya me resulta imposible.

—¿Entonces?

—No lo sé. La primavera es solo una vez al año. Y estamos en diciembre. Todo París está ya de Navidad y yo...

—¿Qué?

—No, no, nada.

—Ibas a decir que esta Navidad va a ser diferente y que te duele pensar en que alguien puede sustituir los recuerdos. O hacerlos desaparecer. ¿Pensabas eso? ¿Pensabas en Violeta?

Dominique no reaccionó.

Había visto en ese momento cómo en la casa de enfrente una mujer, la señora Aumont, colgaba un muñeco de Papa Noel en la barandilla del balconcillo de la ventana. Y le sonrió.

—Paulina... ¿Paulina?

*

Las flores que llegaban en ese momento a la floristería eran: bolitas rojas de ilex, acebo, ramas de pinsapo, amarilis muy grandes y mucha cantidad de muérdago atado con cuerdas. Las traía un muchacho que había descargado todo en la entrada y resoplaba soltando vapor.

*

Me sentí atraída por él. Y me sentó bien ese pensamiento. Hablaba en un tono bajo, como si quisiera confiarme algún secreto. Y se me hacía difícil prestar atención a sus palabras porque me estaba fijando en él cuando iba dejando las ramas de abeto y el ilex en los cubos que saqué apresuradamente del almacén.

Me incliné hacia él y su perfume ganó a las flores.

Algunos clientes que entraban preguntaban por el muérdago y les dije que tenía que prepararlo en pequeños ramitos para la venta con lazo, celofán y esas cosas. Se hubiera dicho que se había adelantado la Navidad con su visita, como si mi maternidad también hubiera hecho hueco al entusiasmo que creía haber perdido.

Estornudé.

—Estos días son los típicos de gripe.

—Debería abrigarme más.

—Esta humedad de París en diciembre...

—También eso.

—¿Por?

Me toqué la barriga y el muchacho que descargaba flores enarcó las cejas con aire interrogativo.

—Nada, no es nada. El frío.

Había pronunciado el frío con el recuerdo en mi vientre del último verano en España, cuando todo se congeló. Tal vez por eso ya no tenía sensación de humedad ni de la temperatura que marcaba el termómetro de la pared. Porque hay fríos mayores que congelan sentimientos y, ahora, en la floristería del señor Dominique, me sentía abrigada. Más que nunca. Las estaciones suceden cuando marca el corazón, no el calendario. Y el frío, el de dentro, no coincide con el invierno. Jamás.

—Dígale al señor Dominique Brulé que volveré mañana con más ramas de acebo.

Dejó escapar el chico una mirada a mis pechos como si hubiera olvidado que yo, la dueña del escote, estaba presente. Tal vez, confieso, fue la mejor mirada de las que había sido objeto en meses. Y me sentó bien. Me sentó muy bien. En ese instante pensé en el error de todo lo anterior y en el desarrollo de mis circunstancias, pero fue solo un segundo. Finalmente salió.

—Abrígate también.

—Lo necesitaré.

¿He dicho que me sentí bien? Incluso parecía que la tienda era mía cuando firmé los recibos y dejé, extrañamente, de poner mi apellido en la rúbrica. Era solo Violeta.

¿Había olvidado mi pasado? ¿O bien era una nueva persona en un nuevo lugar?

Recuerdo una noche en la que me llevé las llaves de la floristería a la otra casa, cuando estaba con Silvia y con Eva, mis compañeras estudiantes; aquella vez metí los cubos al interior, vacié el agua sucia, recogí las flores, barrí las hojas muertas de la calle y plegué el toldo. Lo hice todo de manera mecánica, como si mi vida fuera mi vida. ¿Me explico? Llegó la noche, me quedé leyendo relajada en la cama de mi habitación interior cuando Dominique me llamó por teléfono. Le pregunté si pasaba algo.

—Mañana debes venir antes.

—¿Ha ocurrido algo? —dije secamente, con miedo.

—No. Simplemente te has llevado las llaves y no encuentro la copia. Soy un hombre mayor y tú la reina de la floristería.

—¿Qué dice? Lo siento, lo siento, lo siento...

Dije muchas veces lo siento como si también fuera mi idioma. *Désolée, désolée, désolée.* No hubo reproche. Y pensé que el señor Brulé estaba siendo demasiado bueno conmigo.

Ahora escuchaba a la clienta que estaba paseándose entre las flores intentando elegir. Mi jefe estaba todavía en la primera planta y yo andaba algo perdida ante el silencio de esa mujer. Me sonaba su cara, pero por la tienda pasaba mucha gente, a veces solo para mirar la belleza del establecimiento. Y si la felicidad consistía en hacer una foto, qué más daba que entraran y salieran de la floristería. La mujer de la que hablo estaba delante del escaparate, mirando a la calle. Y bien, pasado el rato de silencio, ya no quedaba más opción que preguntarle u ofrecer ayuda. Pensé en mamá y en que debía enviarle otra carta. Alguna postal.

—Este es un lugar maravilloso, ¿verdad? —me dijo la señora mayor con una sonrisa.

Por un momento pensé que quería hacerse con el negocio a juzgar por la pregunta y porque se movía con seguridad.

—Sin duda. Es la floristería más bonita de todo París.

Por mis palabras parecía también que estaba aclarando que nuestra Étoile Manquante no estaba a la venta.

—La conozco desde hace tiempo. Aquí siempre han pasado cosas.

—Yo no llevo tanto aquí.

—Yo sí.

Sonrió nuevamente.

—Me incorporé como dependienta en septiembre. Estoy algo perdida. ¿Quiere esperar al dueño?

—No es necesario.

Violeta tomó aliento.

—Dice que «han pasado cosas». ¿Qué cosas?

—Es lo que tenemos los viejos, sabemos porque hemos ido viendo pasar la vida.

Su mirada había adquirido ese halo de serenidad que tendrían las hadas, si existieran. Algo de melancolía, algo de dulzura a la vez. Pero sobre todo sosiego. Era el momento de preguntar aun a sabiendas de equivocarme o entrar donde no me llamaban:

—¿Conoce al señor Dominique Brulé?

—Sí. Es un buen hombre.

Me recordaba a aquellas fotografías de Virginia Woolf que hizo Man Ray en 1935. Sentía esas ganas de confesarme ante ella y hablarle de lo mal que se habían portado conmigo y de lo mal que yo misma me había portado conmigo insistiendo en el dolor y en el recuerdo. A veces jugamos a eso, a maltratarnos. Hacía aproximadamente cinco meses que no hablaba con Pablo y, aunque feliz, tenía todavía atravesadas mil palabras que no había compartido casi con nadie. Ese odio que parece una bomba y que crece y crece como la hiedra atravesándolo todo, atrapándolo.

—Me gustan estas flores —dijo—. Preciosas.

—Ya lo creo, lo son —le dije.

—Tiene que ser bonito vivir entre flores, ¿verdad?

Qué rara me resultaba la conversación sobre un tema a priori tan banal.

—Lo es. Yo...

Iba a decir «feliz».

—... Yo estoy muy cómoda.

Rio levemente.

—Te entiendo.

Sonaron las campanillas. Entró una pareja. Y detrás la voz de Mercedes, que venía sin Matilde. Iba con paraguas de mango largo y un libro en la mano. Me volví hacia ella para decirle que Dominique no tardaría en bajar, que estaba en casa, y que estaría arreglando cosas. Me extrañaba tanta ausencia.

—Hola.

—Hola —dijeron a la vez.

La pareja estaba enamorada. Cuando no lo estás, todos te parece que lo están, incluso creas una especie de alergia por contraste. La chica llevaba un vestido con un estampado floral que asomaba por la gabardina beis que me resultó espantoso. Esto también es resultado de la reacción por oposición. Y el chico era alto y moreno, de flequillo liso y rebelde, los rasgos duros pero franceses (esto no sé cómo explicarlo mejor) y tenía la espalda ancha. Se quitó la bufanda y dejó al descubierto su poderoso cuello.

—Habíamos quedado con Dominique —dijo el muchacho—. ¿Está? Llegamos demasiado tarde.

—Sí, aquí estoy.

El señor Brulé apareció mordiéndose los labios y con los botones de la camisa mal abrochados, a contratiempo. Le hice gestos abriendo exageradamente los ojos pero resulté ridícula; Matilde, que entraba en ese momento, fue más eficaz.

—Dominique, abróchese bien. Va como un adolescente. Mírese.

Él, en lugar de mirarse, me miró a mí.

7

Violeta llevaba un jersey de cuello alto que la hacía parecer un clon de aquellas muchachas de la *Nouvelle Vague* que andaban por la vida con velocidad y ganas subidas en moto, pelo lacio y manos blancas. Esa forma de ser femenina sin pretenderlo, esa discordancia con el resto de mujeres —la disonancia tal vez— la hacía terriblemente deliciosa. Hostil para la mirada, violenta si mirabas a sus ojos o esperabas que sonriera de forma casual. Qué despropósito el mío. Me empecé a desabrochar la camisa con la torpeza de un enamorado que se está desnudando por primera vez ante su chica y teme no ser suficiente porque nunca se es suficiente. Ni siquiera se es suficientemente ridículo. Resulté eso, violento por lo ridículo. Un hombre entre las ramas de pinsapo semiescondido, con el pelo revuelto de los pensamientos, mirando a una joven, poniendo en orden los botones y desordenando la vida al mismo tiempo. ¿Quién era yo?

Después de varios intentos acerté.

Como la vida.

—¿Qué me cuenta, Mercedes...? —dijo mientras la pareja de novios miraba los diferentes tipos de flores que se exponían.

—Pues que voy a salir pitando, que tengo mil cosas que hacer todavía.

—Vaya por Dios con la ministra.

Matilde era unas tijeras afiladas, certera rasgando la tela. Asintió después arrugando el morro como dando a entender que estaba al cabo de todo, o de casi todo. Pero no sabía nada. Igual que los demás.

—Mis cosas —dijo entonces Mercedes—. Solo pasaba a saludar para que luego no me encuentre carteles por el barrio con mi nombre y un «Se busca». ¿Tú no tienes tus cosas, Tilde? —Y de pronto sonrió—: Yo misma tengo mis cosas... cosas que van y cosas que vienen. Todos tenemos...

—Mis cosas caducaron. Punto.

Así de rotunda. Tanto que se quedaron calladas ambas durante unos segundos. Una ajustándose el anillo del zodiaco y otra moviendo los brazos como un pájaro que se posa en la rama. Pensé que podían haber intercambiado los gestos porque eran iguales. Aunque en ese momento —yo todavía no lo sabía— había algo que las hacía muy distintas. Ni lo pensé. Ellas, a lo suyo.

Y siguió Matilde hablando de la nada, navegando en un mar de palabras que no llevan a ningún sitio pero que sirven para dar rodeos a la conversación y a la verdadera pregunta. ¿Qué tenía que hacer Mercedes? ¿Dónde? ¿Con quién?

Inmediatamente me puse con la pareja joven que se movía sigilosa entre los cubos de flores y que, según dijeron cuando arrancaron a hablar, querían decorar un salón con flores para celebrar una boda. Fue entonces cuando mi Violeta entró a la trastienda para coger su abrigo. Aún no se había puesto la prenda cuando Mercedes agarró el bolso y su libro y se despidió con celeridad.

Sonaron las campanillas de la puerta. Se la vio cruzar el escaparate con apremio.

—Señor Dominique, yo también tengo que arreglar unas cosas. ¿Puedo salir? Y, si necesita algo, dígame. Así compro para casa lo que haga falta.

—Aquí todas tienen que hacer cosas importantísimas menos nosotros —murmuró entre dientes Matilde.

—No, está bien todo. Me subiré una rama de muérdago, que es lo único que hace falta arriba.

Dije «arriba» apuntando al techo y quise señalar el cielo. Sabiendo que ese muérdago no traería beso ni siquiera deseo, ni suspiro, ni apetito de amor.

Qué convulso soy a veces. Qué absurdo.

Qué feliz en ese trastorno. Sí.

Matilde se apoyó en el mostrador como una vieja psicóloga sosteniendo su cabeza con las dos manos, como las modelos que saben que van a posar horas ante el escultor y no quieren cansarse. Sujetaba sus pensamientos. Su escaso cabello, revuelto y cardado para tapar calvicies con la coquetería de una mujer que pretende parar la edad y los fallos, se movía con la respiración. Estaba atenta a mis gestos. «Soy un anciano indefenso», me dije conmovido por su mirada. Ella me entendió. «Soy otra anciana indefensa», pareció responderme.

Ninguno dijo nada de eso.

—Atiéndalos, señor Brulé... atiéndalos...

Matilde es Tilde. Y Tilde es una mujer que siempre lleva un bolígrafo en el bolso para apuntar frases que escucha. También esconde pastillas para la tos que nunca usa, un pañuelo bordado que sigue impecable y un espejito en el que nunca se mira. A Matilde le fastidia estrenar las cosas porque en ese momento empiezan a gastarse, a envejecer. Y le gusta tener vasos nuevos en los que nadie bebe, tazas de té que jamás han contenido té y mantelitos que nunca han sido desplegados. Sabe que el día que los ponga se habrán roto por los dobladillos; mejor así, se dice. Es astuta, no tiene maldad y detesta que la crema de manos se agote, no soporta el tacto de la caja metálica. Prefiere dejarla sin terminar. Duerme muchas noches en el sillón con la tele encendida y, como es chiquita, se acurruca en cualquier sitio. Guarda un disco de pizarra que sobrevivió a todas las mudanzas, un cuadro con la foto de sus padres delante de una chimenea ciega y una pequeña caja fuerte que suena como los sonajeros si la mueves pero que permanece así, cerrada, porque no recuerda la clave, porque nunca la abrió su padre y porque si la abre —cree—, dejará de ser una caja fuerte. Tiene tres ruedas con letras y no es difícil adivinar cuál es la clave. Toma el aperitivo sola. A veces con Mercedes. Tiene un libro en el que guarda la foto de un amor. Pero, como la caja fuerte, nunca la mira. Sabe también que dejara de ser un amor si la vuelve a mirar.

—¡Claro que sí! ¡Perfectas! —contesté animado, respirando fuerte. Me alegré cuando novio y novia se detuvieron ante las mejores rosas porque es una flor que no falla. Al menos, es una solución.

Ella torció el morro como una señal de tráfico.

—No deberíamos discutir por esto, querida. Son rosas. —Asentí mirando al chico—. Ella es así, tenía una idea de cómo quiere que esté todo decorado. Es muy precisa. Lo quiere todo como en el cine. Y entiendo que las rosas entran en su paisaje.

—¿Qué sabrás tú de decoración y de paisajes? —dijo la chica.

—Son rosas —murmuró—. Supongo, les gustan a todo el mundo...

—Pero yo no soy todo el mundo. Soy tu novia.

Él asintió y yo me vi obligado a salvar a las flores.

—La rosa es la reina de las flores. Es el emblema del amor, el símbolo de la Virgen. Unos dicen que nació de la sonrisa de Eros, otros que la creó la diosa madre para vengarse de Afrodita, incluso la mitología cuenta que Baco para cazar a una ninfa la retuvo con un zarzal y luego ordenó que crecieran rosas. Es amor, es belleza, es virtud.

—Mira qué bonito —dijo el chico, dando un codazo a su novia para animarla—. Qué te parece.

—Me haces daño.

Poco después Tilde dijo lo que había que decir:

—Qué pena de rosas.

Calló y añadió mientras abría el monedero.

—Nos empeñamos, pero no. A veces es no. Ni con rosas.

*

Violeta se puso la mano en la barriga. Notó una patada.

*

Sentí que necesitaba volverme, mirar hacia atrás para ver si me seguían. En aquel momento oía el viento de la calle silbando por los portales, como si llamaran desconocidos. Parecía que todas las hojas muertas se iban a volar como las cartas que había recibido. No era solo miedo, era egoísmo. Como cuando era niña y temblaba con las tormentas.

Me llamo Mercedes, tengo setenta y siete años y en este momento camino hacia el abismo.

En aquel instante, cuando el chico de la barba me dijo que quería volver a verme, charlar y hablar del pasado, me pareció que estaban golpeándome la tripa a patadas. Había algo antinatural en vernos, casi absurdo.

Innecesario, sobre todo innecesario.

—Étienne, me llamo Étienne. Tengo treinta y cinco años y vengo desde Grenoble. Es la primera vez que vengo a París y he venido por usted.

—Dispara. Te escucho.

—Trabajo en una pastelería, la de mi padre. Él hace tiempo que dejó de tener fuerza con las manos y soy yo el encargado de mezclar masa de pan, de contar sacos de harina y de hacer los recuentos de caja. No vamos bien. El negocio ha empeorado a la misma velocidad que él perdía salud. Él va peor.

—Ya sé quién eres. Tú me has enviado todas sus cartas. También este libro.

—Sí.

—No era necesario que aparecieras. Hay cosas que es mejor dejarlas en su sitio. Y todo lo que representas estaba mejor lejos.

Entonces el viento cesó y sentí cómo cesaba también el silbido que roza los portales y los árboles.

—Vamos a llevarlo a casa. Está en un hospital y queremos que todo suceda en el hogar. —Y tras una pausa añadió—: Es el final.

—¿Se muere?

—Eso dicen los médicos. Está casi muerto.

—¿Y sabe que estás aquí?

—No. Por eso debemos darnos prisa.

—¿Cómo? ¿Debemos? Llevo toda la vida esperando una señal, algo. Y ahora tiene que ser de forma apresurada... No sé si tengo ganas. Ni siquiera sé si debería estar hablando contigo.

—La entiendo. Pero entiéndame a mí.

—He intentando entender muchas cosas en mi vida y la más difícil de todas ha sido tener que entenderme a mí, así que ahora, muchacho, no me pidas que reflexione sobre mi vida ni la tuya y mucho menos la suya. Ni tengo edad ni ganas. Y seguramente lo que menos tenga sean ganas.

Al principio no entendía cómo ese chico tan guapo había venido a verme cargado de recuerdos. Era calcado a su progenitor. Pero su señor padre nunca fue tan valiente, sino un timorato con buena fachada que decidió acabar con todo por un botón menos. No era fácil reponerse a ese episodio. Porque el amor en aquellos años de posguerra no era como el de las chicas de ahora que cambian de pareja si les da la gana. Yo había sido preparada para el amor de toda una vida —¡como si tuviéramos varias!— y para un hombre que ya, casado con él, iba a ser el padre de mis hijos y brazo en el que colgarme para asistir a otras bodas, otros bautizos y otros cumpleaños.

Por lo demás, yo le amaba.

Así como había sido guapo, divertido en las conversaciones, centro de atención entre mis amigas y galán de aquella panda de jugadores de fútbol, Óscar jamás tuvo instinto para las emociones. Ni siquiera ganas. Muchas noches me llamaba para que pasara al salón y allí estaba con los pantalones bajados, con el miembro erecto y pidiendo que me sentara sobre él. Apenas me había acostumbrado a sus besos y lo que intentaba era ganarlos haciéndole caso en esa situación. Una especie de intercambio de sexo por amor que nunca sale rentable. Si jamás tuvo instinto para eso, cómo iba a tenerlo para los negocios, pensaba entonces. Sin embargo, sí. Supongo ahora, pasados los años, que las empresas muchas veces se levantan más por lo genital que por lo emocional. Y sobreviven. ¿Cómo lo llamaba él? «Cabalga como una zorra». «Muévete». Y lloraba por dentro, que es la peor forma de lubricación para el dolor.

El chico de la barba, Étienne, estaba sentado en el banco de la puerta de Shakespeare and Company. Se levantó al verme llegar con el libro en la mano, el que me había enviado por correo. Esa librería. Mi mundo. Era mi bosque imaginario porque no hablo inglés y todos los libros de ese lugar estaban en inglés. Por eso era mi lugar. Porque me siento bien dejando notas en libros que no leo. Los abro, disimulo como si estuviera leyendo y dejo una nota de papel con cuatro palabras.

Ahí donde dejaba mensajes estaba ahora sentada con el hijo de mi marido. Allí donde inventaba fantasías me tropezaba con la realidad. Evité nombrarle. Y avancé, decidida aunque temblorosa al pasado.

—¿Cómo crees que me siento ahora?

—No lo sé. Sé cómo se siente él. Por eso le envié los dos libros y las cartas.

—No he tenido tiempo para abrirlos.

Mentía. Los había releído por las noches.

—¿Ninguno? ¿Ni las cartas?

—Este libro de Tolstoi ya lo leí hace muchos años, cuando era una muchacha feliz, tenía pocos años y muchas ganas. No como ahora. Y *Buenos días, tristeza* me basta con recordar cómo acaba. Yo no soy una novela, soy una mujer.

Tras un momento de silencio, como si me hubiera escuchado el narrador, me dije: ojalá pudiera releer lo que acabo de decir. «No soy una novela, soy una mujer».

—Pero... ¿No se ha dado cuenta? —insistió Étienne.

—No. De qué debería darme cuenta. De hecho, todavía no sé cómo has podido encontrarme después de tantos años.

—Este libro se lo regaló él, ¿verdad?

—Sí, yo misma se lo envié con todas sus cosas cuando me vine a vivir a París. Recuerdo que hice un paquete y le envié todo a casa. No quería tener nada de él. Todo lo que viajaba en aquella maleta y que tenía alguna relación con... —iba a decir su nombre— lo quité de en medio. No tienes ni idea de lo que pueden estorbar algunos recuerdos.

Nos quedamos callados hasta que arrancó a hablar Étienne:

—Llegó con tu dirección escrita. No era tan difícil saber dónde vivías todos estos años, al menos solo había que buscarte. Y venir.

—Me tuteas como si fuera tu madre y no soy tu madre.

—Lo siento.

Confieso que me miró a los ojos como si fuera un hijo.

—Da igual —dije, agarrándole del brazo para perdonarme a mí misma por el tono que había usado—. Discúlpame. Qué culpa tienes tú, ninguna. Discúlpame, repito. Me estoy portando como una resentida.

—La entiendo también a usted.

Se detuvo el tiempo. Pero me resultaba casi imposible en ese estado hostil y de amnesia poder ser amable.

—¿Te pareces a él o a tu madre?

Yo misma me reí de lo que acababa de decir en voz alta.

—A los dos, supongo. No lo sé. Si me hubiera parecido a usted, sería un chico más atractivo.

—No vayas por ahí. No soy de las que se les ablanda el corazón con lisonjas.

—¿Cómo?

—Adulaciones. Pamplinas. Halagos.

—Ya, ya. La he entendido.

—Eres exactamente como él a tu edad. Te veo y le veo a él. La misma cara y...

Un viento, medianamente frío, movió las cortinas de la ventana de la máquina de escribir, allí desde donde se ve el Sena. Tras la ventana, Notre Dame. Mi recuerdo de otra ventana era bastante más triste. En el fondo las ventanas están sobrevaloradas. Sean como sean, acaban comportándose siempre como respiraderos.

Cada vez que me asomaba a mi primera ventana de París me encontraba con la cara de otra española que había venido a limpiar casas como yo. Aquella azotea estrecha y sin baño en la que nos movíamos parecían ratoneras en las que la vida se estrechaba al mismo tiempo que las ilusiones. ¿Quién podía salir de allí? ¿Quién huía? Ahora, no estoy segura, creo recordar que eran unos doce metros cuadrados con un hornillo y un zaguán donde echarme cuando salía destrozada de casa de los señores. Yo estaba segura de que ignoraban dónde dormía el servicio. Menos mal que aprendí pronto francés y pude dejar de fregar los suelos de Guilleaume y Sandrine Harrault para escribir en sobres en una tienda de la rue Pont Louis Philippe donde buscaban una chica con buena letra. «¿Tienes buena caligrafía?», me preguntaron los señores Chastagnier. Dije que sí. Como tantas veces.

—No les gusta, ¿verdad? —pregunté.

—*Madame*... —La dueña encendió un cigarrillo con aire pensativo—. Bueno... no diría que me disgusta. Es un poco cursi. Si tuviera que decir algo, diría que es extranjera. Exótica.

—¿Y qué le parece?

—Oh, me gusta. Es interesante —aseguró él—. Quiero decir, que no había visto una letra así. Me pregunto por qué no habrá venido antes.

—Vine al aprender francés.

Guardaron silencio. La señora de la caligrafía me miró a los ojos con calma y me invitó a fumar. Meses después murió la señora y allí me quedé como ayudante del señor Chastagnier.

—Y... ¿guardó aquella caja con todos sus trastos?

—Ha estado todo en la misma caja todo este tiempo. Todos estos años ha estado ahí. Cuando empezó a ponerse enfermo, me contó vuestra historia.

—Pero, pero... ¡qué imbécil! Si jamás llegó a haber historia.

—Para él, sí. Para mi padre, sí.

—Me dejó por una... Me dejó allí y tuve que escapar. Recién casada. Con lo puesto. Con... ¡nada! Él no puede haberte contado nada porque apenas hubo nada. Una boda. Una boda de la que no tengo ni fotos.

Mentí. Solo una.

—Él sí.

—¿Las guarda? —pregunté.

—Me contó que un mes después de que usted huyera de Grenoble llegó un sobre desde España con todas las fotos. Diez en total. Y fue incapaz de abrirlas. Las dejó con todas sus cosas en el altillo de un armario que nunca tocó.

—Debo creerme todo, ¿no?

—No voy a venir a París a mentir.

—En París también se miente.

—No se lo niego. Pero no yo.

Regresé de nuevo con sus palabras a aquella boda. Pero es como volver a un entierro. Los recuerdos no son buenos porque el barniz se ha cortado como la tierra seca. Soy una mujer llena de arrugas.

—Sigue tan bella como en las fotos.

—No mientas. Además, no las abrió.

—Yo sí.

Nos callamos. Puso una mano encima de la mía.

—Apenas ha cambiado nada de lo que él me cuenta.

—Pues sí ha cambiado. Yo no soy aquella. ¿No me ves? Observa mi cara. La mitad de las arrugas son culpa de los años y la otra mitad de tu padre.

—Mi padre no ha sido malo.

—Tu padre fue un hijo de puta.

—No consiento que hable así de él.

—Ni yo consiento que me lo hayas devuelto.

Retiré la mano.

—A todo el mundo siempre le ha hablado bien de usted, Mercedes. A todos nos habló siempre de su primer amor, de su boda, de aquel viaje en tren, de la difícil España que se quedó atrás, de los bombones de fruta escarchada...

—Calla. Calla, por favor.

Los acordes de un músico se oyeron desde la ventana del primer piso de Shakespeare and Company. Crujieron las maderas del suelo. Y yo con ellas como si fueran mis huesos.

Así, asustada por los recuerdos, en ese lugar donde yo solía dejar notas en las páginas, me enteré de un mundo que desconocía.

—No se ha fijado bien en el libro, ¿verdad?

—Déjamelo.

*

Las notas escritas por Mercedes y que posiblemente aparecieran en algunos de los ejemplares de aquella librería, tal vez ahora mismo todavía, pueden ser las siguientes:

«Me gustaría que fueras la persona que espero en cada silencio para que lo rompamos a medias».

«Hay una flor que espera en la floristería, es para ti».

«¿Cuándo fue la última vez que cerraste los ojos y cambiaste de nombre?».

«Y ahora cambia esta nota de libro. Piensa que eres feliz. Sal a la calle y compra chocolate. Vuelve a ser quien querías ser».

Dominique Brulé una vez se encontró una de esas notas y pensó que era de algún chiflado divertido de los que hacen pajaritas de papel y llevan sombrero. Jamás supo que eran de Mercedes. Porque jamás nos conocemos del todo y morimos sin organizar una fiesta en la que todo el mundo decida ser como quiere.

8

Había empezado a nevar en París. El frío en la calle resultaba casi doloroso. Dominique sonrió con melancolía y se quedó pensando en otros inviernos más lejanos. No pretendía recuperarlos porque siguen allí, presentes en la memoria. Lentamente se acercó al ventanal del escaparate y supo que se avecinaba una nevada de las que colapsan la ciudad y sin embargo quedan fantásticamente bien en las fotos. Los copos caían con esa velocidad cinematográfica que solo consiguen los pétalos. Llevaba un café en la mano.

—Dios mío, cómo nieva.

Violeta Gadea llegaba acelerada de su escapada clandestina dando pequeños saltos seguros por la acera, como si viniera con noticias. Ya sabía que aquel hombre de barba era un chico de unos cuarenta años y que cuando llegó Mercedes a su encuentro se dieron un beso y subieron al primer piso de la librería cogidos del brazo. Los vio acercarse a la ventana y se dio por satisfecha. No era Hércules Poirot, ni siquiera Miss Marple. Pero cuando uno no quiere saber nada de su vida, intenta encontrar explicación en la de los demás. Y en ese momento, huir de sí misma, para Violeta, tenía como consecuencia saber qué ocultaba Mercedes, que había pasado de ser una clienta más a albergar el secreto de las Navidades de aquel año.

—¿De dónde vienes, pequeña? —preguntó Tilde, como si supiera la respuesta.

—De enviar una carta a mis padres. No voy a viajar a España y deben saberlo.

—Pero, mujer... ¿No será mejor llamar?

—La carta la podrán releer.

Qué fácil resulta mentir, se dijo.

«Qué fácil mientes», pensó doña Matilde.

—Nieva. Por si no os habéis dado cuenta.

Dominique habló porque sabía exactamente qué pensaban cada una de las dos. Le pidió ayuda a Violeta, y ambos se pusieron a meter las plantas que estaban en la calle y que también empezaban a congelarse. Violeta se quedó en medio de la vía dejando que los copos cubrieran su cara. Era como una especie de liberación, de catarsis, de novedad. Al narrador le parecía una novia, con un ramo en los brazos y un velo de nieve. A Dominique, con universos más cercanos a la realidad, una escena de Jane Birkin que sucedía sin cámaras, sin música, sin adornos.

—Pasa dentro. No es una broma.

—Jamás había visto nevar en París —replicó Violeta.

—Pues no te va a hacer ninguna gracia, es el infierno —dijo el anciano—. Tal vez debería nevar solo en las fotos.

No le hizo caso. Esperó unos segundos sintiendo el frío y dejando que las flores que llevaba en la mano se cubrieran de blanco.

—Es bonito, señor Brulé. Parece Navidad.

Dominique guardó silencio y la miró solemne.

—Vale, de acuerdo —respondió ella—. Yo... ya paso dentro.

Había confundido la mirada. Qué poco sentido tiene mirar cuando no se entiende el significado. Para él había una chica en medio de la calle jugando como una niña, alguien que cierra los ojos y mira al cielo sintiendo el frío en la cara. Una joven feliz. Para ella, había un señor que cuidaba por su salud y que la invitaba a entrar. Un hombre sensato.

Dominique sonrió y extendió los brazos para que pasara al interior de la floristería y Violeta reaccionó contenta al ver el gesto.

—O sea, que es Navidad dentro de pocos días, que va a nevar, que todo va a estar cubierto de blanco y que París debe ser una postal...

—Vas a necesitar más de una bufanda.

—Solo es frío, señor Dominique.

Brulé hizo una pausa. Rompió a reír.

—¿Solo es frío?

—A ver, 20 de diciembre, ¿qué quería?

—Tendría que llamar al teléfono del sentido común, creo que lo he perdido, y me acaba de ganar una chica recién llegada.

—Piense que somos dos.

—¿Cómo?

—Hablo de mí —dijo ante el silencio de Dominique—. Le recuerdo que valgo por dos.

—Voy a necesitar un chocolate caliente. No, espera, mejor necesitamos tres. Uno para cada uno, ¿no? Así será más fácil pensar en el frío y en los amigos. El invierno no es culpa nuestra, ¿no?

—En absoluto. No tenemos ninguna culpa del invierno —dijo Violeta sonriendo—. Además, estamos bien.

—Tienes razón, toda la razón del mundo. Pero hay quien no opina como nosotros dos...

—¿Quién?

—Las plantas que todavía esperan a que las salvemos de la nieve.

—Eso mismo pienso yo —añadió Matilde.

Las flores sonrieron al verse rescatadas.

Tardaron solo cinco minutos en protegerlas de la nevada que ya estaba pintando París de blanco y trasladarlas al interior. Dominique se había pasado el rato pensando en la fortaleza de Violeta y Violeta en la debilidad de un hombre que apretaba los dientes al agacharse y que cerraba los ojos para evitar cualquier tipo de queja.

—Discúlpeme si molesto, señor Dominique, pero me gustaría llevarme una flor de Pascua. He visto desde casa que han llegado.

Era la vecina que antes había colgado un Papa Noel en la ventana.

—Señora Aumont, por supuesto. Puede elegirla.

—¿Qué tal está Mercedes?

—¿Doña Mercedes?

—Sí, querido Dominique.

—Pues hoy vino, estuvimos charlando y dijo que se iba. Parece que las noticias vuelan.

—Los vi ajetreados. Nada más.

Cuando salió la señora Aumont con la flor de Pascua elegida en brazos no tardaron en mirarse los tres. La anciana Matilde estaba sentada en el banco del acebo y parecía un adorno más de Navidad, pequeña como era y sonajera de voz. La joven Violeta se sentó a su lado en silencio, momento que aprovechó Dominique para salir del mostrador y girar el cartel de la entrada. «Cerrado».

—Os preguntaréis por qué me fui corriendo, ¿no es cierto? —espetó Violeta.

—En absoluto —respondió Matilde, mostrando seguridad y apretando los brazos bajo su pecho—. Está todo muy claro.

—¿Lo sabe?

—Soy vieja. Y las viejas tenemos un radar. Infalible. No te das cuenta hasta que te das cuenta. Deberíamos hablar. No solo hemos estado preocupados por su ausencia, que ya no es tal, ha aparecido y estamos todos muy tranquilos —dijo, mirándoles como un policía de barrio, alternativamente—. Entonces, pasado el trago, de lo que tenemos que preocuparnos es por su actitud. Veamos. Jamás la había visto así y sé que le pasa algo. Pero ella es tan hermética... Lo que no entiendo es que...

—Dígame, ¿qué no entiende?

—Es lo que querría preguntarle yo a usted, Dominique. ¿No habían quedado los dos muchas veces a espaldas mías?

—¿Cómo? —dijo asombrado Dominique.

Violeta cogió el primer jarrón a su derecha y se mordió los labios. Allí estaba apareciendo otra historia que desconocía. Ay, Matilde se había tomado la ausencia más en serio que la propia vida. Y eso que muchas veces se refería al calendario como la «ciénaga del aburrimiento». Porque sus principios de la amistad, incluso para la edad que tenía, eran muy firmes; como los de una primera y eterna adolescencia.

Comenzaba a atardecer y la calle estaba ya cubierta de nieve. Aspiró mucho aire por la nariz y sintió que se tragaba la floristería entera.

—Ustedes —repitió Matilde.

—¿Quiénes? ¿Mercedes y yo?

La anciana Tilde aspiró lo que quedaba de aire y, mientras Violeta comenzó a deshojar lentamente la flor sabiendo que esperaba otra visión del asunto, arrancó a hablar como si hubiera estado aguardando años.

—Ustedes dos.

*

Creo que ahora me resulta ingrato recordar ese momento. «Mercedes es mi amiga», me repito una y otra vez. «Mercedes es mi amiga», dije. Pero me doy cuenta de la cantidad de secretos que guardamos todos, de lo desconocidos que somos y de la cantidad de veces que llenamos silencios con palabrería pudiendo dejar que suene la música. A Dominique, por ejemplo, le encanta poner canciones cuando abre la floristería. Hoy, al entrar, sonaba *Le Noël de la Rue*, y sentí que la tarareaba mientras colocaba flores con ese cuidado tan suyo. Tiene las manos grandes, las rosas quedan pequeñas, como bebés en sus palmas cuando las recoge con cuidado de los jarrones. Yo sé que se desprende de ellas como si les hablara y les murmura algo entre dientes. «¿Vas a deshacerte de mí?», parece que pregunta. No sabría muy bien decir si es un loco, si se lo hace o si se trata de un hombre maravilloso que tiene un don. «¿Él lo sabe?». Qué va a saber. La gente como él —los hombres como él— no existen y solo están en los sueños, porque si salen de ellos se convierten en seres normales.

El florista que vive en la floristería. Dominique.

—Continúe, por favor.

¿Me sigue?

Una vez llegué a la tienda pensando en acercarme a él. Acercarme, tómatelo como quieras. Le pregunté a Mercedes a qué huele Dominique y me dijo: «¿A qué va a oler? A flores, insensata». Yo pensé que no. Que las cosas obvias no funcionan con lo febril. Pero dejé de preguntarle a ella y empecé a preguntarme a mí misma. Y me evité así las toscas respuestas de mi amiga, que me hacía sentir imbécil, como me lo hizo sentir mi madre. Lamenté haberme quedado en blanco en aquel momento, porque si hubiera estado acertada y hubiera sido más rápida, le habría dicho que Dominique olería de la misma manera en un taller mecánico, en un horno de pan e incluso en una pescadería. A él. Pero como solo se me ocurren las respuestas dos horas más tarde, dejé de compartir mis dudas.

Moví los dedos cuando tarareó la canción.

Cuando pienso en él imagino que tiene alguna misión en el mundo que desconozco, porque esa delicadeza resulta excepcional. Y no es homosexual, no. Es un señor especial. Extrañamente diferente a la hora de mirar, de caminar o de darle la vuelta al cartel de abierto y cerrado.

Hoy me acuerdo de muchas anécdotas.

Una vez —todo me parece especial— me miró y yo no había abierto la boca. Tenía la calefacción rota en casa y el radiador goteaba como si lo desangraran con cuchillos. Yo llegué gimoteando por la ansiedad. Bien, pues con su media sonrisa se acercó a uno de los jarrones y cortó una flor. Él mismo me la puso en el bolsillo del abrigo, como si estuviera calmándome de todo dolor con el gesto. Dirás que es una bobada, que solo era un florista intentando vender, conquistar a la clientela, agradeciendo la visita con alguna rosa que sobra a la hora del cierre. No. Había una sensación que me paralizaba los nervios, que me calmaba más que toda la medicación, incluso más que el fontanero al que llamó mientras me sentaba en el banco de los tulipanes y hacía las gestiones sin que me diera cuenta. Había algo más cuando me dio la flor cortada. Sentí un gran pudor porque cuando fui a decir «Gracias, Dominique, es usted un señor...», sonó la campanilla de la puerta, Mercedes asomó con su fuerza de mujer resuelta y me vi paralizada. Se me ahogaron las palabras en la garganta como una presa de agua que está a punto de provocar una inundación.

Apenas me vieron llorar. Porque yo lloro a escondidas. A nadie le importa. Ni siquiera a mí.

Lloré como jamás había llorado. Y digo esto negando con la cabeza al ver la frase del narrador porque he llorado mil veces más por la misma razón. Hoy es plenilunio y lloraré mas. Estoy advertida por el calendario. Lloro. Lloro mucho.

Y si lo deseas, te cuento, te diré que nadie ha sabido la razón. He pasado la vida escondida en mi personaje de chica irónica, mujer irónica, vieja irónica. Aquel patrón que construyó una madre enfermiza y agria que se pasó los años llamando a la muerte y la muerte solo vino para los demás. (Papá te recuerdo aquí). Tenía la costumbre de ponerse mala cuando yo me ilusionaba con un baile, con un paseo o con un chico. Y mientras mis hermanos salían sin remordimientos, yo me quedaba en casa, me desvestía, me quitaba mis horquillas, me ataba el pelo con una cinta y me encerraba en la cocina para sazonar la sopa de ajo con mis lágrimas. Ese chantaje emocional (esto lo he aprendido con el tiempo), que heredé yo sola —ninguno de mis hermanos—, fue creciendo y ya no supe hacer nada por mi cuenta. Ni siquiera llorar delante de los demás para quejarme. Todas las lágrimas me las tragaba como la envidia de ver a mis hermanas Concha y Rosita yendo de verbenas y al cine, mientras yo sacudía la cabeza y decía: «Me quedo con mamá, no os preocupéis por ella». Lo que quería decir era «No os preocupéis por mí». Pero ¿quién supo esto? Nadie. Solo yo (y la ciénaga del calendario). El resto creció pensando que yo era una chica introvertida pero graciosa, a quien no le gustaba salir, que detestaba la oscuridad del cine y que no se maquillaba jamás.

Por favor, escribe aquí que es mentira.

Mentira.

Era mentira que yo no quisiera ser feliz.

Dominique fue la primera persona en mi vida que me dijo que tenía unos ojos preciosos, parecidos a los jacintos que ofrecía esa mañana. «Son del mismo color».

—¿Se ha dado cuenta, Matilde? Este azul es el de sus ojos. Casi violeta. Como los de Liz Taylor.

—¿Qué dice? Exagerado.

Pero se ahogó otra vez mi garganta de lágrimas de emoción. ¿Y qué hice? En aquel momento en el que todos los centímetros de mi piel empezaban a temblar, dije que eran bobadas. Bo-ba-das, repetí. «No me venga con requiebros baratos», dije. Y los jacintos con el color de la Taylor volvieron al jarrón donde estaban el resto con colores de otras miradas de cine.

Dominique Brulé tiene las manos grandes y coge la taza como si quisiera abrigarse con el calor del café. Veo el humo que sube por su cara e imagino que lo envuelve por completo como en los espectáculos de magia. A menudo pienso que ha deshojado todas las flores y ha cubierto el suelo para cuando yo llegue, como una alfombra de olores. Y ese humo, el de su café, lía mi ropa, mis piernas y me lleva hacia el mostrador en volandas.

No sucede nunca.

Cómo va a suceder. Es que en mi imaginación pasan miles de cosas, pero solo allí. Y cuando pasan solamente en tu cabeza es como si no pasaran en ningún sitio. Mercedes diría que estoy loca. Pero me lo digo yo, no necesito valoraciones de una amiga.

En sus manos —en las de Dominique— está la raya de la vida muy marcada, lo he visto. Una curva desde el puño hasta el pulgar en forma de luna. Lo sé porque tengo una figura de porcelana en casa que compré en un anticuario con todas las rayas de la mano marcadas, como las de los futurólogos. La compré para dejar los anillos, pero como no tengo anillos —en esto caí después— lleva años en la repisa de la chimenea y me creo que es la mano de Dominique. A veces la pongo en mis piernas como si estuviéramos en el cine y apago las luces de casa o dejo que se consuman las velas para que parezca una sorpresa. ¿Puedes creer que a veces siento que su porcelana tiene las yemas templadas y roza mis medias? Sí. Créeme.

Mi mano y su mano se quedan entrelazadas y le hablo siguiendo con mi dedo la raya del corazón, la de la fortuna, la de la salud... «Dominique, ¿sabes?». Y cuando cuento las líneas de los viajes pienso en ciudades que visitaría con él.

Solo es una mano de porcelana.

Mi padre me decía: «Tienes mucha imaginación, llegarás lejos, más que tus hermanas». Bien. Acertó. Llegué a París cuando las mujeres de mi edad podían trabajar como servicio en las casas de los señoritos, al igual que mi amiga Mercedes. Aunque ella, por su buena letra, acabó en una tienda de caligrafía. A lo mejor esto os lo ha contado ella. Ni me enamoré, ni se enamoró nadie de mí. «No mientas, Tilde». Cierto, me enamoré de muchos chicos que paseaban con sus bicicletas los domingos por las Tullerías, cuando yo me sentaba al sol junto a otras emigrantes en uno de los sillones de hierro que plagan como insectos gigantes todo el recorrido de los jardines, a mirar o hacer punto de cruz, que es la cosa más absurda del mundo. No era la única pegada a la aguja: éramos pobres Penélopes esperando a Ulises.

Ha pasado mucho tiempo y si cierro los ojos recuerdo sus nombres: Vincent, Guillame, Gaspard, Alain, Lambert, Gerard... Podría seguir. Pero siguieron ellos con otras, no conmigo.

Mi amor iba cambiando de nombre mientras yo no.

Yo seguía igual. Con ese chantaje emocional de mi madre convertido en una incapacidad física para dejarme llevar por la normalidad que al resto de chicas las hacía ser felices. Y la maldita Françoise Hardy cantando «Todos los chicos y las chicas de mi edad se pasean por la calle de dos en dos». Mentira, todas menos yo.

Ponlo.

Te creo, Matilde.

En casa tengo un gato que se llama *Piruleta*. Pero el gato va y viene. No está siempre, así que nadie sabe si tengo gato. Hasta con las mascotas no he tenido imán. Seguro que hay alguna canción que desbarate también esto.

Mercedes, una tarde que pasó a recogerme, vio que partía unas galletas para ponerlas en el suelo, junto a la ventana que da a mi patio interior, pero como no vio al endemoniado animal, me preguntó si era yo la que comía alimento de gatos. Y le dije que sí para que no creyera que era una chiflada. Pero fue peor: «Eres una excéntrica, Tilde, una extravagante».

—Me gusta, qué voy a hacer. Pero no lo digas.

Mercedes puso los ojos en blanco, apretó las palmas y exhaló uno de sus suspiros. Y como es amiga, no lo dijo. Pero nos reímos.

Tampoco dijo que estaba quedando con Dominique Brulé algunas tardes para tomar café. Los dos.

¿Pasearon alguna vez de la mano? ¿Caminaron como hacía yo por casa agarrada de mi mano de porcelana?

¿Se puede ser más patética?

Ponlo también.

La mano en mi chimenea. Mi mundo. Hasta aquel momento, mi mundo secreto. Me pareció que debía comprarme un anillo y dejar la mano de quiromancia en la chimenea para siempre, como un homenaje al pasado más que al futuro. Ahora la veo y soy incapaz de tocarla. Porque creo que una nube de humo de café caliente nos envuelve a los dos. Y solo es mi imaginación. Y mis celos. Esos celos de amiga que ni mi gato que no es mi gato, ni mi madre que no fue una madre serían capaces de hacerme cambiar.

A estas alturas de mi vida, qué más me da cambiar. No tengo tiempo ni de cambiar de amiga, ni de mentiras. Porque la auténtica verdad es que nadie nos conoce, jamás.

*

Tilde convino frente a Violeta y el señor Brulé en que la posibilidad de que su amiga Mercedes estuviera siendo engañada podía ser una razón de peso para esas extrañas ausencias, eran ya varias, y aceptó de buen grado la sugerencia de Dominique de hablar con ella.

Violeta no tenía nada que decir del hombre de la barba. Si alguien debía hablar era la señora Mercedes.

9

El señor Julien estaba encantado.

Al conserje de la rue Visconti, donde vive Mercedes, le gusta mucho coleccionar sellos en los que se ve la dirección del destinatario y el remitente. Quedamos anteriormente en que se guarda las cartas usadas porque teme romper los sellos al arrancarlos del sobre. Bien. De este modo tan caprichoso, almacena decenas, cientos, de ejemplares en un viejo archivador que consiguió en una calle cercana donde había un despacho de procuradores que cerraron por falta de agallas. El pobre Thibaud Maris, abogado, era tan vergonzoso que aprobó estudiando mucho en soledad, pero no pudo soportar enfrentarse a tribunales y ventanillas; así que dejó todo y se hizo relojero en un pequeño local de las galerías Saint-Paul. Tiró los papeles y abandonó los archivos y las mesas en la calle. Era mejor cuidar del tiempo que de los nervios.

Julien Dupond, de quien les hablaba, es cuidadoso con las cartas, pero también con las plantas del patio, los cubos de basura, no arrastra las sillas y tiene siempre los cristales transparentes. Además, ama la Navidad. Y en Navidad hay muchas cartas que acaban en la basura: felicitaciones que se repiten año tras año con mismo contenido pero diferente sello.

Oyó esa mañana los pasos rápidos y crujientes de su vecina bajando el último tramo de escaleras que dan al patio de los tiestos y se movió de su silla para distinguir bien el toc toc toc de los tacones. Hizo un esfuerzo mental por adivinar quién era y en su mente visualizó la figura de Mercedes con los zapatos marrones de lazo que usa los domingos. «Es ella», murmuró, buscando la escoba para que le pillara trabajando en el portalón y poder así intercambiar con ella algunas palabras.

Era ella. Efectivamente.

La elegante señora Mercedes había dejado a su perro en la manta, cobijado junto al balcón, y llegaba abrigada con guantes y bufanda.

—¿Está mejor?

—¿Quién? ¿Yo? ¿Por qué lo dice? —preguntó Mercedes a la defensiva.

—Su perrito.

—Ah, perdón, Julien —repuso recomponiendo la voz—. Está mayor, el pobre me da una pena terrible. No se mueve apenas y temo que no pase este invierno. Malditos inviernos de París.

—Está todo embarrado por la nieve. Si no fuera así, le daba un paseo como otras veces, si usted quiere.

—No lo aguantaría. Está quieto junto al calefactor. Sale a beber agua y vuelve a quedarse con la manta. No sabe la pena que me da. Voy a tener que ir preparándome para la despedida y...

—No lo piense, señora Mercedes, no lo piense.

—Vamos todos sumando años, Julien. Demasiados. Y a estas alturas solo enumeramos despedidas.

El conserje sabía muy bien lo que quería preguntar, pero no sabía cómo alargar la conversación a cuenta de la salud del chucho. Ella se hallaba ya en el portalón abierto, con un pie en la calle y con el manojo de sobres en la mano cuando se giró y le dijo:

—Lo olvidaba, Julien. Estas son las que me faltaban por darle. Para su colección de sellos.

—Mil gracias, señora.

—Últimamente han llegado demasiadas y de golpe. No las necesito y acumular basura es lo que me faltaba en un piso tan pequeño.

—Pero cada sobre es como una historia...

—Lo son, en efecto. Pero... las auténticas historias que quiero guardar están en mi cabeza y se vendrán conmigo al otro mundo. —Y sin permiso del narrador, añadió—: Mi vida no tiene ninguna intención de pasar a otra historia más que a la mía.

—Todos somos importantes para alguien.

—O lo fuimos.

Zanjó así.

Julien calló y ella se mordió los labios. Sabía que estaba desahogándose sin necesidad de hacerlo, pero el portero era un hombre de toda la vida, un confesor de los buenos días.

—¿Sabe? —volvió a la conversación mientras se encendía un cigarrillo a medio fumar que sacaba de la cajetilla—. Deberíamos ser como mi pobre y viejo perro, callados, y ladrar cuando tenemos hambre o ganas de salir a la calle. Sin más. Qué necesidad de sentarse a remover el pasado tiene la gente a veces, qué necesidad...

—A veces es para congraciarse con alguien.

Mercedes dio una calada y lo volvió a apagar.

—A eso le llamaba mi padre ajustar las cuentas y estoy muy de acuerdo con él. No le gustaba escribir, ni siquiera hablar mucho. Y a los adultos las cosas se les dicen solo una vez, no dos. Y el peligro de las cartas es que se pueden releer...

Hubo un silencio y en la calle el sonido de un claxon alertó a unos niños que cruzaban sin mirar. Ambos giraron la cabeza a ver si había sucedido algo. Julien, que sabía que algo pasaba más allá de las cartas, la observaba de reojo con interés. Apretó el manojo de sobres vacíos en sus manos pensando en que al final acabaría ella pidiéndoselas de nuevo para tirarlas en cualquier papelera de la esquina.

—Las cartas siempre hablan de pasado.

—Estos días son felicitaciones.

—Pasado igualmente. Es un bucle.

—Pero si usted siempre miraba el buzón...

—Ya. Lo hacemos todos —dijo Mercedes, despidiéndose—. Debe de ser algo mecánico. Esperamos algo toda la vida. Esperamos... No sé el qué.

—Y le digo —quiso añadir el conserje para resultar amable— que en verdad lo único que llegan son recibos del banco y publicidad.

Cuando las madres agarraron a sus hijos y el coche siguió calle abajo, Mercedes soltó como un quejido:

—En mi caso esta vez han sido... facturas pasadas.

Las calles de París tenían toda la decoración de Navidad. Escaparates adornados con guirnaldas de acebo, velas, las flores de Pascua, las ramas de brezo, bombillas de colores y cientos de parisinos buscando regalos bajo ellas. Dentro de la portería, un árbol que había decorado el conserje con bolas de colores de las de toda la vida. Y en cada una ponía el nombre de uno de sus inquilinos con una etiqueta lazada. Una bola, un nombre. Ni que decir tiene que Mercedes tuvo esa Navidad el adorno más llamativo por el regalo anticipado que había recibido.

Ella ni vio ese detalle aquella mañana.

Julien guardó las cartas vacías en el archivador.

Mi amada Mercedes:

Es inútil que te escriba, pero aquí va mi siguiente carta. Otra más. ¿Cuántas debo de llevar escritas? Qué se yo. El lazo que me une a ti ya solo está en mi cuello, ahogándome. Me lo merezco. Y cuanto más te escribo, más se estrecha. Creo que lo hago a propósito para morir. Pero esto te debe sonar barato cuando el que te dejó sola fui yo. Y si piensas eso, tienes razón.

Al principio paseaba por esta ciudad en la que me quedé satisfecho de mi decisión, pero tal y como han ido pasando los años, más ha ido aumentando tu presencia en mi recuerdo.

Cuando cambié de casa con Rose, te he hablado de ella en otras cartas aunque no debería, pensé que ganaría la batalla a mi pasado contigo; sin embargo, después de toda la complicada mudanza, también traje con las cajas y muebles tu olor. Mer-

cedes... Qué bobos somos a veces. En qué momento me dejé llevar...

Pero ya da igual. Sobre todo, ya te dará igual a ti.

He empezado a pintar y también estoy en un taller de lectura. Al principio me parecía algo que no iba conmigo, pero ya ves. Dibujo y escribo. Y se me da bien. Tendrías que ver mis progresos y la sensación tan placentera que me da esta ocupación. ¿A ti? Dirás. A mí, Mercedes, sí. A mí. Soy el único hombre del taller y las chicas me tratan como un padre que quiere aprender. Cuando me sumé al grupo, me sentía ridículo entre tanta joven que comenta lecturas que jamás pensé que leería, tampoco creí que analizaría textos de grandes autores. Lo nuestro también ha sido una novela. Y —esto que te voy a decir lo he aprendido en el curso—: «Siempre pierde alguien en la historia». Espero haber sido yo.

Te recuerdo aún.

O.

Mercedes cogió solo esa misiva. El resto las hizo trizas. Fue echándolas a la basura poco a poco, en trozos tan pequeños que parecían confeti. ¡Cuántas despedidas se convierten en fiesta! No quería correr el riesgo de releerlas. La única que reservó doblada en su bolsillo fue la que dejaba esa duda en el aire: siempre pierde alguien y espero haber sido yo.

«¿Y si he sido yo y no él?», pensó.

Mercedes se agarró a una farola. Las manos le temblaban y estaba mareada. Su primera reacción fue de victoria, había roto con todo el pasado tantos años después de aquel bar y ahora, con arrugas y heridas cicatrizadas, se negaba a acceder a la petición de Étienne. Pero volvió a sentir esa melancolía que pensaba curada y desaparecida desde que se vino sola a París. Le invadió una tristeza profunda. Empezó a sollozar. El encabezamiento no podía ser más explícito: «Amada Mercedes». Y así eran todas las que descansaban hechas añicos en la basura. Ella, por supuesto, se sintió igual.

Étienne simplemente le estaba pidiendo que visitara a su padre en Grenoble porque jamás la había olvidado, quizá para que la herida —ambas— cicatrizaran por fin. Y a lo mejor, pensaba ella, para que se diera cuenta de lo que había perdido y con qué se había tenido que conformar. «Siempre pierde alguien». Pero ¿quién?

*

A esas horas entraba el chico de los encargos. Abría la puerta, metía la cabeza y aspiraba el olor de la floristería. Intensamente. Siempre igual.

10

Antes de bajar a la tienda, Violeta Gadea pasó por una oficina de correos para enviar un telegrama a sus padres deseándoles —de la manera más convincente— «Feliz Navidad». No pudo evitar la sensación de estar ocultándoles algo, esa distancia de kilómetros y de piel que crecía se había hecho normal desde que vivía en París con el señor Dominique Brulé, y necesitó sorprenderlos con ese telegrama para tranquilizarlos. O tranquilizarse. No bastaba con la carta. Es como tratar de fingir que juegas al solitario. Las personas que quieren ser independientes entienden mejor que nadie el malestar de tener que ocuparse de mantener algunos lazos prietos para que sigan pareciendo lazos. Violeta no sentía remordimientos, pero tal vez sí, necesitaba calmar el arrepentimiento que a veces surge en las noches de insomnio.

Así que salió y fue por la rue Bonaparte, desierta, dirección al bulevar. «Date prisa, por favor, antes lo haces, antes acabas», decía el discreto sol, con su primer brillo de la mañana. La oficina de La Poste cercana que conocía estaba en el 53 de la rue de Rennes. Así que decidió pasear. Abría a las ocho.

Una de las noches, cuando llegó a París, se quedó dando vueltas, no soportó encerrarse en aquella habitación de estudiantes sin que le viniera el sueño. Paseó, ahora lo recordaba, como si nunca fuera a hacerse de día. Al principio no tuvo miedo. Luego, sobre la marcha, se fue dando cuenta de que era una persona demasiado valiente.

Recordó ahora que se cruzó varias veces con la misma señora mayor de pelo blanco y que le resultó una abuela entrañable que caminaba tarareando canciones en voz muy, muy baja y charloteando como si fuera acompañada de una niña.

Acabaré así, se dijo Violeta. Como ella. Y ella pareció entenderla desde la otra acera.

Desde entonces cada vez que caminaba sola se proponía pensar también que iba acompañada o buscando el número de una calle determinada, y con ese pretexto parecía que deambular solitaria lo era menos. Se dijo también que a lo mejor nadie se fija en nadie y que los únicos que van realmente perdidos son esos que van mal acompañados.

Aquella mañana el suelo era una mezcla de marrones, la nieve hace estragos con el tráfico y lo que en un principio parece una postal es poco después un desastre propio de la ribera de algún río de provincias lleno de pisadas y marcas de rueda, por mucho que sea París, la Ciudad de la Luz y esas cosas que dicen los narradores en las novelas en las que crean escenarios para pasearse solos desde el escritorio. Se lo había dicho Dominique. Lo recordaba bien.

Una vez en el 53 de la rue de Rennes, faltaban minutos para las ocho de la mañana, decidió tomar un café con leche para entrar en calor. El prudente sol ya se había escondido entre esa masa gris que cubre la ciudad diariamente. Para no quedarse helada tuvo que callejear un poco más hasta encontrar algo abierto. El embarazo y el cuidado que ponía para no resbalar en las aceras empezaba a dejarla exhausta con demasiada frecuencia. Y solo veía tiendas de ropa cerradas. Cruzó a Bernard Palissy y la única luz encendida era la del café de Les Valseuses, que estaba abierto.

Un chico rubio y sonriente que se anudaba el delantal le abrió la puerta del bar. Algunos parroquianos, pocos, estaban apoyados en la barra desayunando en silencio y dos más leían la prensa en las butacas de la cristalera. Uno de ellos la intrigó.

—Un café con leche muy caliente, por favor. Y un vaso de agua.

—¿Algo dulce?

—Cruasán.

—No tardo nada.

Aprovechó para mirarse en el espejo. Seguía teniendo esa misma cara de sorprendida y chica cargada de inquietudes que en Madrid. No por cambiar de ciudad vas a cambiar de cara, pensó. Pero sí sintió que París le sentaba bien. Y el narrador pensó lo mismo.

El chico la miró.

Violeta intentó parecer distraída organizando las cosas del bolso: los pañuelos, las llaves, la agenda... y vuelta a empezar. Se volvió a ver en el espejo y tenía la cara roja, no sabía si por el excesivo frío de la calle o el calor de la calefacción del bar.

—Nos conocemos, ¿verdad?

Era el hombre de la barba.

—Usted es la chica de la librería Shakespeare —añadió.

Violeta esperó que él dijera: «¿Usted, verdad?». Para poder decirle que no, que no lo era, que se confundía, que ella era otra, que bla bla bla. Pero él la había reconocido y no preguntaba, afirmaba. «Usted es la chica de la librería Shakespeare». Llevaba puesto el mismo abrigo de paño marrón con el que le vio la otra vez y una cartera cruzada como si fuera un estudiante de la Sorbona. Le pareció altísimo al tenerlo de pie frente a ella. Y más joven, escribe. Sí, más joven.

—Me llamo Violeta —dijo, intentando ser correcta para disimular la vergüenza—. Buenos días.

—Yo, Étienne. Me di cuenta de cómo nos seguía el otro día. Yo había entrado con la mujer de mi padre a la librería y recuerdo que usted era la única que corrió a refugiarse de la lluvia. Iba calada. Le dijeron que tuviera cuidado...

—Pero si estabais arriba...

Sonrió y se apartó un poco para que el camarero dejara en la mesa el café con leche muy caliente y el cruasán.

—Lo ve. Era usted. Vi que compraba un libro. ¿Cuál era?

—*Cuento de Navidad*, de Dickens.

—Qué apropiado. ¿Para regalo?

—Para mí. Una edición bastante bonita. Me cautivó. Me gustó. La cogí. Sin más.

—Bueno, no habrá sorpresa, pero... es buen regalo. Y así no falla. ¿Le importa que me siente?

Violeta levantó los hombros para responder en un gesto de coquetería y timidez que se centuplicó en los espejos enfrentados del café Les Valseuses.

—Pasado, presente y futuro —dijo Étienne—. Curioso revivir a Dickens.

—¿Curioso por qué?

—Porque eso es lo que estoy haciendo estos días. Amasar una mezcla de los tres fantasmas como si fueran míos.

—¿Y no son suyos?

—No, esta vez son de mi padre. Se está muriendo.

Violeta, que no sabía nada, se estremeció. Tembló como una ráfaga helada de las que silbaban en ese momento en la calle y después miró fijamente a los ojos de Étienne, que tragaba saliva y emociones a partes iguales apretando los dientes. A ella le pareció brusco; a él, sin embargo, le dio la sensación de que con una extraña le resultaba más fácil verbalizar sus sentimientos. Era la única forma de acostumbrarse.

—Se muere.

Ella sintió una punzada porque los ojos del chico de la barba empezaban a brillar vidriosos y sus labios temblaban. Violeta estuvo a punto de apretar la mano de Étienne durante unos segundos. Pero no lo hizo. Lo pensó.

—No quiero hablar de compasión. Ni a él ni a mí nos gusta.

—No sé qué decir.

—¿Por qué nos seguías? Porque... nos seguías.

—Mercedes es una vecina, una conocida. Ese día había desaparecido y estábamos preocupados.

—Era el día que había quedado con ella.

—Y... —Con un tono lo más parecido a la normalidad que podía encontrar, Violeta preguntó—: Explícame entonces qué está pasando. Has dicho antes que era la mujer de tu padre, ¿te he oído bien? ¿Supongo que eres su hijo? ¿Has venido a buscarla?

—Sí y no.

Violeta volvió al café con leche para despejarse de una vez por todas. Demasiadas preguntas amontonadas como cartas desordenadas y tenía a quien podía darles respuesta frente a ella.

—No soy hijo de Mercedes. Ella es la mujer de mi padre, todavía están casados. Yo soy hijo de su segunda mujer, Rose, mi madre. Con quien nunca se ha casado porque jamás se ha divorciado de Mercedes. Pero imaginarás que uno por su padre moribundo es capaz de hacer cualquier cosa, incluso de quedar mal con su madre y venir desde Grenoble a París a buscar a quien fue su primer amor. Parece un lío.

—No tanto. ¿Por qué necesita ahora de Mercedes?

—Porque él no quiere morir sin volverla a ver.

En ese momento de la conversación, nuestra chica carraspeó ligeramente.

—¿Te lo ha dicho así?

—Encontré sus cartas. Un montón de cartas que fue escribiendo todos estos años a modo de diario sin enviar. Sentí tanta pena... Y tanto odio... Mi padre jamás estuvo enamorado de mi madre y te parecerá extraño que esté aquí. Buscando a una vieja desconocida que ya no es aquella joven de la que se enamoró, con la que se casó y a la que abandonó y... ¡Qué sé yo! Pero los hombres o... los hijos somos así.

—Al menos tú.

—Al menos yo, sí.

—¿Lo sabe tu madre?

—No, no, no. Se volvería loca. Cómo voy a decirle que mi padre jamás la ha querido y que le llevo antes de morir a su primer amor para que se despida. Ella no necesita saberlo. Nadie necesita saberlo todo, ¿para qué? Es mejor que muchos recuerdos se mueran con nosotros.

«Nadie necesita saberlo todo», tenía apuntado el narrador en la libreta.

—¿Eso piensas tú? —preguntó Violeta.

—Se lo he leído a mi padre en una de esas cartas.

—¿Y qué has hecho con ellas?

—Se las envié todas a Mercedes hace pocas semanas.

—Ahora entiendo todo.

—Por eso nos seguías, ¿no?

—Yo solo seguía a Mercedes, es amiga de mi jefe y había desaparecido. Se comportaba de manera extraña esos días. Nos tenía preocupados. No es habitual que una mujer de setenta y tantos años desaparezca sin decir nada.

—Pero ¿no os dijo nada?

—Nada. De hecho, me estoy enterando por ti.

Violeta cogió un trozo de cruasán y le ofreció la mitad a Étienne, como si deshojara una margarita.

—Después de conocerla me ha parecido una mujer muy segura, bastante seria... un poco taciturna.

—Por eso. —Pellizcó el cruasán—. Nos sorprendía que ya no hablara de sus temas y que se ausentara así, sin dar señales de vida. De pronto pensamos que le había pasado algo serio. No es propio de ella hacer algo parecido.

—Todos dejamos de hacer lo que es propio alguna vez. ¿Tú no?

El cruasán dividido en dos pareció más margarita que nunca porque no sabía qué responder.

—Bueno, a veces se hacen cosas sin pensar. O las piensa algo en tu interior y no te das cuenta. Eso que dicen sexto sentido o nuestra intuición femenina.

—De eso sé poco. Pero todos echamos a andar a veces por lugares que no imaginaríamos. Ya me ves aquí. ¿Un hijo buscando al primer amor de su padre?

—Lo haces por amor a él.

Asintió.

—No quiero que se vaya al otro mundo con esa sensación de haber roto algo. Y... si pudieras tú ayudarme a convencer a Mercedes...

—Pero yo no soy tan amiga como para convencerla.

—Acabas de decir que sí. Saliste a buscarla.

—No, no. Digo que es amiga de mi jefe. Trabajo en una floristería y ella es una clienta habitual. Y esa mañana, la que faltó, todos nos pusimos a investigar.

—Pues a lo mejor habrá que hablar con él o con alguna amiga de ella.

—Supongo. Pero el problema es de tu padre, no mío.

Étienne se quedó paralizado.

Violeta buscó las palabras antes de contestar.

—Quiero decir que, dada la gravedad del estado de tu padre, el que mejor puede convencer a Mercedes eres tú. Si ella no ha querido decirnos nada, cómo vamos a convencerla. Eres tú quien podrá proyectar el dolor y hacerle ver que tal vez...

—Ya he hablado con ella. Y no quiere. Todos tenemos hipotecas emocionales y supongo que la suya, la de ellos, es a muchos años vista.

—Pero ya son mayores.

—¿Y crees que no he intentado ablandarla? Pero es terca.

—Tal vez todavía está dolida, hay amores que no se curan.

Violeta sintió en ese momento una patada en la barriga. Y otra en el corazón.

—Pero es una pena que se muera sin pedirle perdón. Es mi padre, Violeta, es mi padre.

—Lo sé... Te entiendo. ¿Vas a volver a hablar con ella?

—Sí. Pero abriga todavía bastante rencor. Ha sido buen padre, pero creo que no fue buen amor. Demonios familiares.

—Todos tenemos.

—Pero tú y yo somos jóvenes —murmuró él.

«Somos», dijo.

Violeta se miró en el espejo y vio la espalda del chico en el reflejo. Tenía los hombros caídos por la preocupación, pero se veían grandes, el cuello bien rasurado y asomaba una fina cadena de oro en la nuca. La barba le hacía parecer mayor, pero era joven.

—Te preguntarás por qué mi padre dejó a Mercedes.

—No, no quiero saberlo. Tú mismo lo has dicho. Demonios familiares. Nadie necesita saberlo todo. Y tienes mucha razón. Yo no quiero saber todo de mis padres y tampoco quiero que lo sepan todo de mí. —Violeta pensó en el telegrama que debía enviar—. No es necesario. Se vive mejor.

—Naturalmente, pero si te vieras en mi situación. Con mi padre en la cama a punto de... Si te vieras en esa situación de despedida, querrías saberlo todo de él antes de que su ausencia lo inunde todo.

—Supongo. No lo sé. Si te sirve...

Étienne se aclaró la garganta.

—Llega un día, llegará, y me daré cuenta de que no supe ni la mitad de las cosas que quería contarme mi padre y tampoco podré explicarle el porqué de mis miedos o de mis sueños. Y me veo en esa situación, Violeta, sé que ha llegado ya y hay algo que me aprieta el corazón. Al final de todo quiero TODO. Tantos años juntos los dos y ahora es cuando siento que no me ha dado tiempo, y me arrepiento no sabes de qué manera de haber sido un canalla que estaba deseando que acabara la comida para levantarme de la mesa, que escogía los regalos de su cumpleaños con prisa para irme a hacer otras cosas, que se iba de fiesta, que si me pedía ayuda para mirar el coche buscaba excusas. «Tengo cosas que hacer, papá». ¿Qué cosas? Pienso ahora. ¿Qué cosas más importantes tenía que hacer?

—No puedes ya arrepentirte.

—Pero sí puedo salvarme yo.

—¿Tú?

—Es la única cosa que me ha pedido. Y ni siquiera soy yo. Se trata de volver a ver a su gran amor.

—Estás empeñado en una historia que no es tuya. Es de ellos.

—Es mi padre.

—Reconoce que también él pone en ti un peso que ni siquiera es tuyo. Ellos eran los esposos. No tú. Tú solo eres el hijo.

—Ya.

—También ha perdido él su tiempo. No quiere solucionar ahora algo de anteayer precisamente. Es algo que implica a una mujer que también tiene su vida, que también se habrá curado... o no.

—Y no crees que a ella le cuesta poco aceptar mi petición...

—No entiendo mis dolores, cómo voy a entender los de los demás.

—Perdona.

Étienne guardó silencio unos instantes.

Guardé silencio unos instantes.

Pensé que la barriga que tapaba bajo un jersey azul amplio y largo era el presente de algún desengaño por la forma en que se abrazaba con desilusión y esperanza. Era evidente su aflicción cuando bajó la mirada hacia sí misma, apretando los labios y queriendo explicar con el silencio que no había nada que decir. O sí. Que no quería hablar de fracaso, ni de error, ni de frustración. Era una mezcla de recato y padecimiento. Y seguramente: valentía. Soy un hombre y no sabría distinguir el mes del embarazo, ni siquiera era capaz de preguntar si es feliz en ese estado que la vuelve tan bella. Solamente me limité a callar unos instantes para dejar pasar los segundos y recuperar la conversación anterior pellizcando trozos del cruasán. Violeta se dio cuenta de mi incómodo silencio y pasó la mano por su tripa a modo de respuesta; y solamente fue eso, una respuesta. A mí me bastó. Entendí que estaba sola, que todo iba bien y que la vida a veces viene sin invitación. Si me hubiera explicado algo, le habría respondido con dulzura, pero no se dio el caso. Yo recuperé mi café y me fijé en el resto de los parroquianos que leían la prensa y en la música que, sin darnos cuenta, estaba sonando. El bar, más allá de nosotros dos, tenía la normalidad de los buenos días. Cuestión de orden o de indiferencia entre unos y otros. Gente desconocida que por unos minutos comparte barra a escasa distancia sin saber nada del prójimo. Eso es cortesía, ¿no? Un señor con traje, otro con el abrigo beis todavía puesto, un joven mirando sin leer la portada de *Libération*, el camarero colocando vasos, una mujer pellizcando otro cruasán como si fuera a lastimarlo y nosotros. ¿Desde cuándo tienen los buenos días reglas tan férreas? Las ironías de la rutina que juegan con lo mismo entre gentes distintas. Mirando en derredor cuando hacía tiempo para transformar en ordinario lo extraordinario, la vi de nuevo. El espejo o su reflejo. Había una lágrima y seguía con la mano apuntalada en su barriga. Violeta dejó que la gota recorriera su mejilla hasta la comisura de la boca. Allí notó el sabor salado. Porque ese sabor lo conozco bien. Quise acercarle una servilleta, quitarle la lágrima con mi mano, decirle algunas palabras... Quise abrigarla y buscar un tema como quienes saben salir de un apuro. Pero no supe, ni pude, ni pretendí. Envidié su forma de tragarse el lloro porque yo soy de los que llora sin remedio, ridículo y grotesco como un demente. Violeta había dicho exactamente: «No entiendo mis dolores, cómo voy a entender los de los demás».

El espejo, ese espejo enfrentado a otro, hacía que una lágrima fueran cientos.

Infinito dolor, pensé.

Infinito dolor que será pronto felicidad, pensó ella.

Al salir del café Les Valseuses, Étienne le propuso caminar juntos. Tenía una voz suave, y así se lo dijo:

—¿Caminamos?

*

Diría ahora Pedro Salinas en *La voz a ti debida*: «Lo que eres me distrae de lo que dices». Y se callaría el narrador.

Pero la historia sigue y debemos contarla.

11

Étienne y Violeta caminaron por la rue de Rennes hasta la oficina de correos.

—¿Así que tu jefe es un florista? —preguntó él cuando ella salió de La Poste para recuperar la conversación del inicio.

Estaba de pie junto a un cartel que anunciaba conciertos de música clásica en la iglesia de Saint-Julien-le-Pauvre.

—Es más que mi jefe —le contestó, mirando los horarios—. Y ahora se ha convertido en casi un familiar. Parece mi padre, creo que le tengo más cariño que al mío.

Étienne no pudo evitar sonreír con melancolía al ver que ella se dio cuenta de lo que había dicho. Volvió a crearse el silencio, pero fue menor por el tráfico y la gente que ya iba llenando las aceras del bulevar.

—Si no has ido nunca a un concierto de piano, deberías ir —dijo Étienne para salvar a Violeta de su aprieto—. Este de Chopin y Beethoven será agradable.

—¿Sonatas *patéticas*? Es lo que me faltaba.

—Bueno, *Claro de luna* está bien. Te gustará.

Apareció una sonrisa en su rostro y asintió como si dijera «Tal vez vaya».

—No dispongo de mucho tiempo, me vuelvo hoy a Grenoble. Pero quiero que recuerdes lo que te he pedido.

—¿Hablar con Mercedes?

—Sí. ¿Y por qué no la convences después de llevarla al concierto? —preguntó cuando vio que ella no ponía muchas ganas en persuadirla para que volviera a ver a su padre—. Tomáis algo, le explicas, le hablas de mí... Dile que me has conocido, que el azar a veces juega con las personas, que he aparecido en tu camino y que te he caído bien. ¿No?

Sabía que había dado en el clavo cuando Violeta sonrió.

—No sé qué decisión tomará Mercedes. Yo, desde luego, no querría volver a verlo.

Se trabó al pronunciar la palabra *verlo* y quedó claro que en realidad hablaba de sí misma. Sabía que estaba hablando de dos hombres diferentes, pero ¿quiénes somos para convencer a los demás si se niegan a volver al pasado?

—Te entiendo. No te voy a decir lo típico de que el tiempo logra curar todas las heridas, porque no es así. Todas no se curan. Todos vamos cargados de cicatrices. A veces nos recuerdan qué es lo que no debemos volver a hacer, y otras que hicimos lo correcto: cortarnos. Sangrar. De hecho, no me fiaría de los cuerpos sin cicatrices... Pero todos no somos iguales.

—Yo he perdido la sensibilidad —respondió Violeta, como si arrancara una hoja del calendario del tirón.

—¿Por qué lo dices? —preguntó Étienne.

—Ya no lloro ni cortando cebolla. Te parecerá absurdo, pero ayer, mientras cocinaba algo para Dominique y para mí, me di cuenta de que no había soltado una lágrima.

—¡Por Dios, Violeta! ¿Qué tiene que ver eso con la sensibilidad? Sería mala. Estaría caducada.

—¿Ella o yo?

—No digas eso.

—No quiero morir cortando cebollas, ni montar dramas en la cocina... pero no lloro. No lloré. Nada, ni una lágrima. ¿Cómo voy a llorar por lo demás?

Étienne sabía que mentía.

—¿Qué es lo demás?

Miró a los ojos a Violeta y, de pronto, agarró su mano de forma enérgica.

—Hablo de cebollas, Étienne.

Una brisa suave, helada, se llevó unas hojas muertas de la acera. Y en esa conversación absurda, culinaria, donde habían desaparecido varias capas de cada uno, una señora de pelo blanco pasó muy cerca mirándoles. Ninguno le prestó atención porque mucha más gente transitaba rue de Rennes arriba, rue de Rennes abajo. Alguno de los dos conocía ya el dolor con toda seguridad, pero eso no se percibe entre la multitud. Incluso lo negaríamos para no tener que llorar innecesariamente. Todos somos idénticos en el gentío.

Étienne hizo una mueca de disgusto.

—Una chica guapa debería llorar con las cebollas.

—Eso que has dicho es absurdo.

—Ya. Pero tampoco creo que hayas perdido sensibilidad. No eres una contable que suma y resta cifras, eres una chica que trabaja en una tienda.

—Para poder vivir.

—Entonces todos deberíamos trabajar en esa floristería. Incluso mi padre.

—Tu padre...

—Sí, sería genial que se volvieran a ver entre las flores. Mercedes y mi padre...

Sus ojos se humedecieron.

—No, Étienne, por favor. No puedo seguir con esa conversación. No sé qué decir y tú te haces más daño involuntariamente.

—Te equivocas. Es voluntario. He venido porque yo quiero. Y porque le quiero. Porque llevo semanas pegado a su cama diciéndole cosas que jamás le había dicho, como si fuera a morirse siempre en ese momento en el que acabo la frase. No sabes la de veces que me he despedido, ni de niño hablé tanto con él. Ha sido ahora, cuando le he visto desvalido, necesitado de cumplir un sueño absurdo cuando he abierto el corazón. ¡No podré aguantarlo! No sabes lo jodido que es que mencione el nombre de Mercedes en voz baja, aprovecha cuando mi madre sale de la habitación y entonces me agarra la mano y suplica: «Dile que venga, dile que cometí un error, dile que la he querido siempre»... Violeta, no es forma de irse.

—Pero a lo mejor es que desvaría. Perdona que lo diga así.

—Eso pensé al principio. Hasta que lo dijo él: «No estoy loco, hijo, estoy muriéndome».

—Es excesivo.

—De alguna forma, sí. Un hombre con conciencia clara.

—Qué chantaje —murmuró Violeta.

—Con todo lo que eso implica —dijo Étienne.

—Pero ¿qué le dirás a tu madre si llega Mercedes?

—No te preocupes, no tiene por qué saberlo. Yo me ocupo de ella. Ayúdame tú a que venga.

—Tantos años y todavía...

—Todavía la recuerda. Sí. Qué jodido, ¿verdad? Ponte en su piel.

—Te he dicho antes que ya no lloro.

—Y yo te he dicho que no te creo.

Pareció en ese momento que una bandada de pájaros pasó sobre sus cabezas.

—Lo ves, Violeta. En el fondo, estás de mi lado y me entiendes. La gente que se quiere siempre encuentra una solución para perdonarse.

Hacía ya buen rato que estaban allí. Apostados junto a la farola donde se anunciaban Chopin y Beethoven como si buscaran piso para compartir. Todavía era pronto. Habían desayunado, habían charlado, sabían qué cosas podían decirse y cuáles no. Ella jugaba con las asas del bolso y él pensaba en su padre mientras ajustaba compulsivamente la correa de su reloj.

Violeta había dicho que ya no sabía llorar. Mentía. Étienne, que necesitaba satisfacer el último deseo de su padre, mentía también. Porque esas cosas las sabe el narrador. A decir verdad, ella se hartaba a llorar a escondidas, encendiendo velas o buscando fotos, y él quería expiar el dolor que provoca el sentir a última hora, a destiempo, que no has sido un buen hijo. O no el que esperaban. Tanto las lágrimas como las culpas purgan y lavan dolores viejos.

París entraba ya por el bulevar. Quiero decir, algo de sol entraba azotando los cristales y reflejando la luz de diciembre en todos los balcones y ventanas de la calle.

Caminaron.

—Debes recordar que Violeta, embarazada, caminaba más lento, con precaución y que sentía la vida en su interior.

—¿Qué puedo decir de eso, no sé de embarazos?

—Que la chica iba aferrada a otra vida. Que cuando la maternidad llega, cambian los tonos, las inquietudes, incluso los aromas. Debes hacer que hable como una mujer que siente de otra manera, que en lo más profundo hay esperanza y que todo le provoca miedos.

—Pero Violeta es valiente.

—Eso lo dirás tú. Te digo que Violeta es débil.

—¿Tú crees?

—Fíjate en su mirada cuando prepara ramos para enamorados y verás. Cuando entra una pareja joven y les pregunta preferencias y se ve obligada a elegir ella. Creo que no has sido consciente todavía.

—Pero es que he estado pendiente del señor Dominique Brulé...

—Dominique es ya sabio. Olvidado Dominique, diría. Él ya está acostumbrado a buscar flores para bautizos, bodas y entierros. Ya sabe dónde están los trucos de los que solo quieren flores, los que necesitan flores y los que buscan flores. Ha acumulado historias y las historias se repiten, todos los que entran en su floristería se sienten nuevos, especiales... pero ya entró alguien con la misma intención. Y él lo sabe. Por eso escribe sus notas, les cambia las palabras, les ayuda... Pero no es ya él, es el tiempo. Presta atención a Violeta, cuídala bien, narrador.

—... lo haré.

Ante la insistencia de Étienne, Violeta aceptó de no muy buena gana caminar juntos hasta la floristería. Llegaron a la avenida de Saint-Germain, donde él, sin pronunciar palabra, hizo que ella se agarrara de su brazo para evitar riesgos con los restos de nieve y charcos que se formaban entre los adoquines. Étienne Martín iba mirando los edificios que enmarcan una de las zonas más exquisitas de París. Se diría que ella era la francesa y él el extranjero de paso. Habían dejado atrás el gran bulevar y estaban ya en la esquina del Deux Magots, frente a la iglesia de Saint-Germain-des-Prés. Vio salir a Mercedes y disimuló para no ser vistos. Detrás de ellos, una voz femenina llamó: «¡Violeta!...», y se volvió.

Era Tilde.

Los miró con extrañeza, porque pensó que él era el padre de la criatura y el culpable de que la muchacha estuviera ahora sola en París con un bombo de regalo. Esto lo pensó tal cual, no es cosa del narrador. A Matilde se le notaba en la cara que tenía todas las ganas del mundo de preguntar, pero, por prudencia regalada, se las iba a reservar para más tarde. Así que se limitó a decir:

—¿A la floristería?

Y Violeta asintió mientras Tilde caminaba acelerando el paso para perderlos de vista dejándolos solos. Le habría preguntado por él, por la razón de ir juntos del brazo, por una posible reconciliación, por el nombre del chico de la barba, por todas esas cosas que no se preguntan y que apetece saber. No se atrevió. Tilde sonrió al joven y le fichó por completo como un arco de aeropuerto antes de caminar. Pensó que después, a solas con Violeta, accedería mejor a los detalles.

—¿Quién es? —preguntó Étienne.

—Se llama Matilde, Tilde. Es amiga de Mercedes.

—¿Sí? ¿Nos podría ayudar? —añadió ilusionado.

—¿Por qué no me dejas que lo arregle yo?

—¿De parte de quién estás? —dijo él.

—Antes has dicho que no todos sois iguales.

—Sí.
—¿Me lo juras?
—Te lo juro.
Se quedó unos segundos en silencio, mirándole a los ojos. A menudo, recordando una mirada como esa, pienso en todo el amor que sentí por ti. Pero hablo de ellos, no de mí.
—Étienne... —dijo Violeta, sin dejar de mirarle más allá de sus pensamientos—. Hablaré con Mercedes. Es lo que puedo decirte.
—Gracias. Se nota que trabajas en una floristería.
—Qué absurdo.
—No ha sido idea mía.
—¿De quién ha sido?
—Del narrador.
Pero para decirlo de alguna manera que sonara menos afectada, Étienne añadió:
—También lo habría dicho yo.
Violeta le pareció una de las mujeres más bellas cuando ya en la esquina donde está situada L'Étoile Manquante, entre esos cubos abarrotados de flores y ramas de acebo que se ven desde lejos, le dijo:
—Aunque Mercedes quiera, aunque decida aceptar la propuesta, quiero que sepas una cosa. Te hablo como mujer que también ha sido herida. Nunca vuelve quien se fue, aunque regrese.

*

En ese momento de desconsuelo y esperanza —porque a veces se mezclan de manera inequívoca—, Étienne Martín, hijo de Óscar y de Rose, pudo haber respondido algo, desde el fragmento de una canción de las que uno tararea o verbalizar de alguna manera el deseo de que eso que acababa de decir Violeta no fuera del todo cierto.

«Nunca vuelve quien se fue, aunque regrese».

Había en las palabras de la chica algo similar a la impresión que te deja un puzle a punto de acabarse: cuando uno toma conciencia de que le faltará para siempre una pieza.

«Nunca vuelve quien se fue, aunque regrese»...

Cada uno lucha como puede y Étienne luchaba por cerrar de la mejor manera posible el pasado de su padre, también el suyo, así que solo pudo responder:

—Feliz Navidad.

Se soltó del brazo como los barcos sueltan amarras y caminó sola hacia la floristería.

*

—Hola, Violeta.

Era la misma mujer de los cabellos blancos. Debía de tener ochenta y muchos años y, sin embargo, sonreía con la cara de una niña ilusionada. La vi caminar con la actitud de quien va paseando un perrito invisible. Dice mi narrador que es la persona más bella que haya visto jamás, pero yo sentí además algo especial. Parecía familiar. De esas personas extrañas a las que sientes la necesidad imperiosa de sonreír cuando te las cruzas por la calle. Y más en ese instante, Dominique había subido a casa, otra vez sus dolores de estómago que salvaba con un puñadito de sales, y ella —la señora de los cabellos blancos— entraba en la floristería.

—Hola.

—Hola, Violeta.

—¿Me conoce?

—Habrá sido al escuchar cómo se despedía el joven que acaba de soltarla del brazo. Escuché su nombre.

—Oh, perdón, qué tonta soy.

—No es malo, puede ser divertido. Te salvará de muchas situaciones comprometidas.

—...

La señora asintió con la cabeza.

—Las irás viendo, la vida tiene eso, que viene, aunque no quieras.

El narrador de esta historia cuenta que la Guerra Civil le robó la inocencia; su primer marido, del que se separó y que le robó un hijo al que amó con todas sus fuerzas. En aquellos años la custodia se la quedó el padre y pudo verlo a escondidas gracias a la generosidad de su suegra y su cuñada.

—La vida es maravillosa, pero hay gente que nos la estropea mucho.

—Lo sé.

—Pero eres joven, no dejes que te la estropeen. Además, has venido a uno de los lugares más maravillosos: una floristería. Es un cuento. Solo hay que imaginar que son muñecas —dijo cogiendo una flor y poniéndola del revés—. ¿Lo ves? ¿A que parece una?

Yo sonreí porque de niña también giraba las flores pensando que eran faldas de pétalos y las hacía caminar sobre la mesa.

—Tu niño también jugará.

—¿Cree que será niño?

—Sí. Estás muy guapa. Será niño.

—Me da miedo, no sé si este es el mejor mundo para él. Y estoy nerviosa.

—Quiérele. Con eso bastará. Lo demás son adornos.

—Pero los niños de hoy...

—¿Qué, Violeta? Los niños de hoy son como los de ayer. Los niños no cambian. Lo que cambia es el entorno, las costumbres, los usos... Pero los niños son siempre iguales.

Me quedé callada y apenas pude decir:

—No le he preguntado ni qué quería.

—Solo quería ver este lugar —dijo mientras revoloteaba con la mirada sobre todos los rincones y flores—. Me gusta visitar lugares que me son familiares. Me trae muchos recuerdos.

No había nada extraño en nuestra conversación y, sin embargo, me lo parecía. Consideré fugazmente la posibilidad de preguntarle si era familiar de Dominique, pero estaba sonriendo, y no sabía muy bien si metería la pata. Además, podía bajar en cualquier momento.

—¿Me deja que le regale unas flores?

—No, no. Seguro que al chico de antes le hacen más falta. Al de la barba. Seguro que vuelve pronto. Y necesitará pronto más de una flor. Guárdalas para él.

—Étienne Martín, sí.

—Es joven. Tiene todo por hacer —dijo la dama.

—Y... ¿usted?

No sé por qué pregunté eso. Pero ella sonrió de nuevo.

—¡Todo! Aún no he empezado...

Volví a experimentar la insistente sensación de que esa mujer me había acompañado toda la vida cuando al llegar a la puerta para salir se giró y me dijo:

—No temas ser feliz. Todo es real. Haz que la vida parezca un cuento.

—Perdone... ¿Cómo se llama?

Se calló, como si se inventara un nombre para mentirme y contestó:

—Paulina. Soy Paulina.

12

*

Cuando Dominique entró en la floristería, la dama de los cabellos blancos ya no estaba.

—¿A qué huele? —preguntó.

—A flores —contestó Violeta mientras colgaba el abrigo.

—No, no. Huele a algo más.

—Acaba de salir una señora, será su perfume.

Dominique Brulé la miró fijamente. Tanto que ambos se quedaron paralizados como en los cuentos y las campanillas volvieron a sonar sin haberse abierto ni cerrado la puerta. Este se quedó callado, con la certeza de que pasaba algo; ese sexto sentido que dice y anuncia que las cosas van bien.

Fue Matilde, sin embargo, la que apareció.

—Pensé que estaría aquí Mercedes, la he visto salir de la iglesia y también... —Violeta pareció decir «cállate»—. Me dio la sensación de que venía hacia aquí.

Supo corregirse, pero la miró como diciendo: me lo cuentas después.

Dominique intentó disimular con diplomacia de experto a la vista de que las dos mujeres, la mayor y la joven, se hacían gestos como si acabaran de inventar un código morse de pestañas, hasta que, sin más remedio, se disculpó con la franqueza de quien necesita un eufemismo:

—Me subo a casa un minuto, os dejo al cargo.

—Pero si acaba de bajar.

—Creo que me he dejado el fuego encendido.

—¿Cómo? ¿A estas horas el fuego?

Lo miré, confundida. Él me devolvió una mirada igualmente confundida. Traté de repetir la pregunta pero me respondió:

—*Qu'est-ce que vous dites?*

No como si no me hubiera entendido, que me había entendido, sino como si se negara a responder.

—El grifo abierto, tal vez —dijo Tilde.

—Posiblemente. *L'ancienne maison...*

Pero ¿qué le iba a decir al propietario de la casa y de la floristería?

Que estábamos de secretos. Lo notó.

Las desapariciones de Mercedes habían alterado la dinámica de toda la floristería. No puedo asegurar si eso lo llegan a notar las flores, si en el cáliz de todos los pétalos, entre pistilos, estilos y estambres, empieza a latir por contagio otro tipo de ansiedad; pero teniendo en cuenta el cuidado y mimo con el que son tratadas en la floristería por el señor Brulé, sería lo más lógico. Una ligera afección emocional.

De modo que en ese momento de la mañana prestaban atención a la conversación los pinsapos, los agapantos, las fresias, las ramas de abeto, las mimosas, los lirios, las margaritas, las dalias, las siemprevivas... Todas las flores miraban a Matilde y a Violeta. «Por Dios, que no entre un cliente», parece que se dijo la flor de Pascua.

Ambas tenían que darse explicaciones y buscar una solución al tema principal. En pocos minutos, como si todo ordenara la mente de las presentes, salieron todas las preguntas: «¿A lo mejor tú sabes qué hacer?». Lo que equivalía a vamos a buscar un consenso y contémonos todo antes de que aparezcan Dominique o Mercedes. «El chico con el que se ha encontrado estos días es el hijo del marido». «¿De aquel? ¿Del de Grenoble?». «Y... ¿qué le has dicho?». «Que hablaré con Mercedes y que intentaré convencerla de que vaya a despedirse». «Para qué». «Se muere». «¿Se muere? Mercedes no va a querer, Mercedes no va a ceder al chantaje emocional». «El chico lo hace por amor a su padre, es su última voluntad». ¿Y ha pensado en la última voluntad de Mercedes? Egoísta. Todos son iguales. «Étienne, no».

—¿Cómo?

—Que el hijo me parece que lo hace por verdadero amor.

—Ya os vi.

—Tú solo viste a un chico que me agarraba para que no resbalara: París está imposible.

—Todo está imposible. También París. Y su padre no se salva.

—Uno no tiene la culpa de lo que hicieran sus padres en el pasado, ¿no? Él ha venido aquí a intentar que se muera feliz. Es su deseo. ¿Qué delito tiene? ¿O nos toca rezar por los pecados de padres, abuelos y bisabuelos?

—No me toques la genética. Y mucho menos me hables como si fueras mayor. La vieja, muy a mi pesar, soy yo.

Violeta asintió y entonces dijo:

—Y yo estoy embarazada. —Las flores miraron en silencio. Luego añadió, muy despacio—: Y no quiero que mi hijo tenga que aguantar como un fardo las cosas que yo haya hecho mal. Hasta entendería que quisiera en un futuro lo mismo que intenta hacer hoy Étienne...

—Te equivocas. No soy madre, pero llevo viendo cómo muchas que lo son y, con las mejores intenciones, han fastidiado la vida de sus hijos. Han amontonado sus multas en las espaldas de los coches equivocados.

—¿Qué?

—Que cada uno lo suyo. Que lo único que tienes que repartir son las alegrías. Ya está bien de desahogos a destiempo.

—¿Te parece que lo del padre de Étienne es un desahogo?

—Por supuesto. Y el pañuelo, Mercedes. No me parece sano. Has hablado o examinado al chico —dijo— y no le ocurre nada malo, salvo que es un hipocondríaco por el dolor del padre.

—¿Es usted psicóloga, Tilde? —le preguntó.

Matilde estaba a punto de responderle cuando una dalia se abrió paso entre los pinsapos para escuchar. Estaba preparada para lo peor. Para asombro de las mimosas, se había callado. Parecía que le gustaba la descripción: una psicóloga. Y esto, para Tilde, fue como un piropo. Porque siempre había dado por sentado que sabía «calar» a los demás (en palabras suyas). De modo que recibió con agrado la calificación. Y Violeta esperó respuesta. Patidifusa, como suele decirse.

—Supongo que el chico está deprimido.

Ese fue el diagnóstico prescrito por Matilde: depresión. Así, Violeta pasó a la acción.

—¿Quieres que se lo diga yo a Mercedes...?

Matilde negó con la cabeza.

—No.

—Me gustaría convencerla —añadió Violeta.

—¿Por Mercedes o por el chico?

—Por el padre.

Tilde levantó la cabeza, mirándola.

—Tú eres la que va a ser madre. Me habría gustado serlo, hablo por mí. No por Mercedes. Y no sé qué cara se le habrá quedado al ver llegar al hijo de aquel que la abandonó suplicando ahora que vuelva al redil para despedirse. ¿En qué novela se ha escrito eso? ¿En qué corazón cabe ese alivio?

—A lo mejor en el de un hijo.

—No dejes en tu hijo las responsabilidades que no le tocan, es solo un hijo. Será solo tu hijo. Y tú solo su madre. Olvida las herencias que van más allá de cuatro fotos y lo que tengas en casa.

—¿Qué quieres decir, Tilde?

—Pues que es injusto lo que está haciendo ese padre con el tal Étienne. Exigirle que busque un último antojo, como si fuera a borrar el pasado con solo suplicar un perdón a Mercedes, lo tiene claro. Que tranquilo fue abandonándola y que tranquilo lo vuelve a hacer. Dos veces. Por si no fuera poco.

—Supongo que esta vez es para enmendar el error. Es suficiente humillación para él, digo yo.

—No. No es suficiente. El que se muere es él. Y la que se quedará con el muerto será Mercedes. Y le quedará algo peor.

—¿El qué?

—Le quedará la culpa.

—Pero si el que tiene la condena ahora es él.

—¿Y?

—Pues que el que quiere morir en paz es el padre de Étienne. Tampoco es una pretensión tan difícil de entender.

—Es el apetito de la muerte.

—Ese hombre nunca ha olvidado a Mercedes...

—El amor caduca y la memoria también. —Violeta sacudió la cabeza, negando. Siguió Tilde—: Que le hubiera pedido perdón en su momento. Ahora es remover todo el pasado... Mira, niña, no quiero ni imaginar cómo debe de estar ahora mi amiga. La conozco bien. Y es muy escrupulosa con sus sentimientos. No es de hablar ni de echar cuentas del pasado, ni siquiera del futuro. Y que te conste que tengo razones para odiarla, pero también las mismas para quererla. Han pasado muchos años y cuesta mucho tener una amiga así.

—Ahora la egoísta eres tú.

—Seguramente, pequeña. No me quedan tantos años como para buscar otra amiga con la que perder el tiempo.

Ni una sola flor se movió.

—Insisto en que Mercedes no merece que le remuevan su pasado. Ni enfrentarse a un viaje, ni a verle, ni a tropezarse con esos recuerdos.

—¿Y qué hacemos, Tilde?

La perspectiva infundió calor en ambas.

—Se lo preguntaré a las claras: «¿Quieres ir a verle?».

—Y... ¿Y si dice que no, Tilde?

—Ese es otro capítulo.

Dominique hizo ruido desde la puerta para que se percataran de que llegaba. Sin resultado.

Las flores calladas y la silueta del señor Brulé como si fuera un recortable de sombras.

—He puesto la comida a fuego lento —dijo.

Las dos prestaron poca atención porque seguían meditando sus palabras. Una con la mano en el cuello, la otra con la mano en la tripa.

El corazón a veces se instala en lugares insospechados.

Estuvieron unos segundos en silencio. En la calle se agitaban las plantas golpeando el cristal del escaparate.

—Puede comer con nosotros, Tilde —añadió Brulé, entrando tras el mostrador—. Hay de sobra para los tres.

Como todos conocían los vínculos entre unos y otros, se impuso la hegemonía del silencio de las flores.

—Gracias. Tengo comida en casa.

El fuego bajó de intensidad, Matilde respiró hondo y buscó las palabras en la despensa de su alma con la esperanza de hacer sentir cómoda a Violeta. Con mayúsculas y muy sinceramente, preguntó:

—Por cierto, ¿y tu embarazo?

—Bien. Todo controlado.

—Me alegro.

—Quédese a comer, como dice Dominique.

Él asintió, que era lo único que podía hacer.

Pero Tilde ya no parecía oírla, reconcentrada como estaba en su decisión.

*

Mercedes y Tilde. Sillón circular de la zona interior del café de la rue Bonaparte. Dos cafés con leche.

—¿Quieres ir a ver al susodicho?

—No.

—Ya lo arreglaré —dijo Tilde. Y se acordó de cuando su padre le recompuso una cometa que no volaba. La sacó del trastero, tiñó papeles de periódico con pinturas rebajadas en agua, cosió bien las cañas, añadió tirabuzones en la punta y le montó la cometa más bonita que existió en su barrio. Desplegó el hilo, corrió como si se le fuera la vida en ello mientras todas la miraban asombradas y llenas de envidia y aquel rombo gigantesco de colores pudo verse desde todas partes, sobrevolando tejados y azoteas, atravesando nubes y creando envidias mientras ella corría y corría haciéndose mayor.

—Ayúdame —oyó.

El mapa de París que hay tras los sillones del café Bonaparte pareció en ese momento la cartografía del dolor de Mercedes.

*

Mercedes y yo habíamos tenido nuestras diferencias, hace años. Luego, el frío y las arrugas nos hicieron bajar el hervor de cocción de las desconfianzas. La vida. El tiempo. Cuando has superado la edad de tus padres, ya todo cambia.

Entonces, a fuego lento, con edad y con arrugas, fue cuando empezamos a disfrutar de la amistad.

Si lo hubiéramos sabido antes, no habríamos perdido el tiempo, pero el tiempo se pierde, se gasta, se consume, se todo. Qué me van a decir a mí del tiempo. Y nadie te avisa de él por muy acostumbrado que estés a ver viejos por la calle desde niña. Son viejos y crees que han sido siempre así. Son invisibles, crees que nacieron así. Y no. También fui niña.

Y si quisiera añadir el narrador que «Todavía lo eres por dentro», lo agradecería. Pero soy de las que pide en silencio.

Hacía frío. Y el frío cauteriza.

Supuse que Mercedes quería caminar un rato sola, y el invierno, la Navidad incluso, sigue cumpliendo sus funciones cada año: atravesarte cada día con alguna historia del pasado. Como si fuera una astilla que se clava y eres incapaz de sacar hasta que la olvidas. Una y otra vez. Por eso es frío, porque así se mantienen dolorosamente los recuerdos mejor.

A nadie le extraña ver pasear a alguien llorando en invierno, en cambio en verano...

¿Quién llora en verano?

¿Quién no llora en invierno?

Sin darme cuenta, estaba pensando en mi amiga y en todo ese pasado que volvía. Entonces me alegré de no tener amor, ni novio, ni marido, ni muerto al que llorarle. Y lo digo traicionándome a mí misma, que he suspirado algunas veces por un hombre.

Me cuesta pronunciar esta vez su nombre. Simplemente, él. Y qué más da.

Lo que no ha sido no existe. Y si existe es porque a algo te tienes que aferrar para pensar que tu vida ha sido o es más apasionante. Infeliz. De todos modos —pensé, como intentando buscarme excusas—, Dominique no es más que un señor educado. También tendrá su astilla. Y su herida.

Sé que no es justo, pero me siento afortunada si pienso que también tiene su dolor. Dejo de pensar en esto.

Estaba aún mirándome las yemas de los dedos cuando vi cómo Mercedes caminaba sola hacia su lugar por el bulevar Saint-Germain. Ella y su manía de ir a la librería Shakespeare.

La seguí.

Los alrededores, como siempre, estaban abarrotados de gente. Los parisinos esquivando la multitud por la acera y los turistas pegándose a la puerta para sentirse una celebridad de la nostalgia. Mercedes se hacía hueco entre la gente.

Con su elegancia innata, victoriana, hubiera hecho pareja perfecta con Dominique Brulé. Pero este pensamiento se me fue también pronto de la cabeza porque yo misma me vi colgada de su brazo.

Me pensé.

Qué viejas melancolías aparecen cuando menos te lo esperas. Y sabes que, como en la película de Frank Capra, *Qué bello es vivir*, todo puede cambiar en un día.

Una vez dentro, saludó al joven de la máquina registradora y supe que no solo era escondite, sino que lo frecuentaba más de lo que imaginaba. El chico, encantador, le indicó a Mercedes que arriba hoy había menos gente que la de costumbre, «Ya sabe, como siempre, suelen asustarse con la estrechez de la escalera y pocos descubren el primer piso». Mercedes musitó agradecida: «Mi lugar favorito de esta ciudad», y se coló entre los peregrinos hacia el interior.

Todas las cosas están llenas de Júpiter, pensó el librero.

Yo esperé un poco escudriñando entre las postales.

Eneas y la Sibila descendían a los infiernos mientras Mercedes ascendía al suyo. Porque sentarse entre los libros era para ella estar entre los espíritus de la melancolía. (Este pensamiento último es del narrador, no mío).

Uno de los rostros de las postales me recordó a Gregory Peck, pero advertí que todos eran escritores. No giré la fotografía porque no llevaba las gafas de cerca y era absurdo buscar las letras esas pequeñas que ponen en vertical. Preferí pensar que era el actor de *Matar a un ruiseñor*.

—¿Ha visto cómo ha salido volando un libro?

—¿Qué dice?

Estaba tan enfrascada mirando la foto que me asustó un señor a mi lado con su comentario.

—Si merodea más veces por este local, verá cómo vuelan los libros. Sobre todo en la zona de los poetas rusos. Al fondo.

—Será broma —dije, apretando mi bolso contra el pecho.

—Esto pasa todo el rato en esta librería.

—No le creo.

—Suelen decir que lo hace el fantasma de George Whitman, el dueño, que se dedica a tirar libros.

—Suena a bobada.

—Seguramente. Pero tiene gracia.

—Ninguna.

—¿Sabe? Tengo ganas de primavera.

—¿Cómo? —correspondí bastante seca a la frase pensando que estaba loco.

—Que tengo ganas de que llegue la primavera. Este frío mata. ¿No cree? Y que, por suerte, llegará el buen tiempo, digo. Las Navidades son malísimas para los huesos. ¡A esta edad! Tengo ganas.

Era un señor de bigote y sombrero que esperaba en la cola para pagar sus compras y tenía esa cosa que nos pasa con los años: el filtro del pudor se pierde. Hablas con quien sea.

—Dichosos los que viven al sur —contesté, dando normalidad a la charla y haciendo ver que también estaba esperando mi turno con la postal que había cogido todavía en la mano.

—Es usted española, ¿verdad?

—Sí. Y usted, de dónde es.

—De Grenoble.

—Vaya por Dios.

—¿Por? ¿Lo conoce?

—No, no. Pero sospecho que debería conocerlo.

—Se lo recomiendo.

—Pues entiendo que esté esperando la primavera, en los Alpes ahora debe de ser una delicia.

No entendió mi ironía hasta unos segundos después. Arrugó la nariz primero y luego la relajó.

—Pero nos compensa, el verano llega de golpe y es maravilloso.

—Me lo pensaré.

Afortunadamente, ya era su turno y dejamos de hablar. Me vi de pronto pegada al mostrador, empujada por el resto de clientes y con una postal en la mano de Gregory Peck como si fuera la invitación para entrar en el Waldorf Astoria. Supongo que la lámpara de cristales amarillos y naranjas que había sobre mi cabeza me hizo pensar en ese hotel. A las pobres cualquier brillo nos deslumbra. El señor del bigotito se quedó gratamente sorprendido cuando alargué la imagen para que la metieran en un sobre regalo y me dispuse a pagar.

—Me encanta. Qué buen gusto —dijo.

Asentí sin saber quién era el señor de la fotografía por el que estaba pagando. Maldita sea, pensé. En qué momento se me ocurre pararme allí para dar tiempo a que Mercedes subiera a la primera planta. Y en qué momento no llevo gafas.

El señor era una especie de dandi que, además del bigote y el sombrero, llevaba un fular bastante llamativo y un paraguas del brazo, colgando como un bolso de mujer. Pensé que sería sarasa y que no tenía intención de ligar con una mujer vieja como yo que ha perdido el filtro, la memoria y hasta los genes. Aunque, bien pensado, los viejos ya me da igual que sean mariquitas o no. Para lo que hay que hacer.

El chico de la librería comentó que a él también le gustaba y pensé en lo fácil que sería sobrevivir cortando cardos para la floristería.

—Bueno, no sé si sabe que también venía en sus años mucho a esta librería.

—Claro, claro —dije, intentando parar la conversación que me llevaba al abismo.

—Por su aspecto siempre pensaron que más que un escritor era un actor de Hollywood o alguien importante —contestó cortés.

—Yo habría pensado lo mismo —dije, mordiéndome la lengua.

—Y bien. Si se anima, venga a Grenoble. Le gustará. Allí somos pioneros hasta de la Revolución francesa.

Puse cara de que no entendía nada. Una mezcla entre incrédula, pardilla y despistada. Y esas caras se notan a distancia porque son un descalabro de músculos faciales. En casa habría ido a la cocina, habría bebido agua y habría vuelto al salón a ponerle comida al gato que no es mi gato. Pero allí, con la postal de mi Gregory Peck y el señor del bigotito no tenía más remedio que preguntar.

—¿Cómo?

Tampoco es que fuera una pregunta que diera opción a mucho.

—El Día de los Azulejos es considerado el preludio de la revolución.

Pensé decir «qué escabechina». Pero a ver quién era la lista que traducía al francés algunas expresiones evitando la crudeza de carnicería, destrucción o degollina. Por muchos años, por muchas estaciones, no dejas de ser emigrante. Paseas con una maleta de palabras que jamás suenan igual.

Sonreí con el deseo infantil de abandonar al señor y buscar a mi amiga. De mujer anciana. De demente.

Al escribir esto el hombre se había recolocado el sombrero, ajustado el fular y despedido con un gesto muy cortés. Me apretó la mano y me la devolvió como si fuera un horno. Qué calor.

Corazón frío, pensé. Como los azulejos.

Sentí que necesitaba volverme, mirar hacia atrás. Hacia la puerta. Y efectivamente, allí estaba. Parecía más masculino desde lejos. Su silueta, alta, se recortaba entre la gente que se apelotonaba en la puerta. Hizo un último gesto con su sombrero y salió. Para mí que era un fantasma. En todos los sentidos.

Esto no lo dije, lo pensé. Me paso la vida pensando.

Entonces fue cuando hice lo que tenía que haber hecho al principio, pasar al fondo y subir las escaleras hacia la parte de los sillones de la librería. Allí donde está la máquina de escribir.

—¿Qué haces aquí?

—Comprar postales —dije, moviendo mi bolsa de papel.

—¿Me has seguido?

Hubo entonces un silencio largo, demasiado.

—Sí.

—¿Sí?

—Eres mi amiga, ¿no?

—A lo mejor hoy dejamos de serlo.

En el bosque en el que jugaba de niña pensaba que los árboles eran mis amigos y así los abrazaba, sin importarme lo rugosos que fueran o el moho que pintaba sus cortezas. Más aún: eran mis confidentes sin palabras. Y el bosque era mi mejor pandilla. Entenderá el lector que cuando te has criado así, las palabras que se han escrito en la frase anterior con la intención de herir duelen poco.

En ese bosque de libros de Shakespeare and Company, engañoso como todos los señores de bigote del mundo, la que se sentía en su monte era Mercedes. Yo no. Yo hacía la función de cazador que entra a romper la paz a tiros. Suena exagerado, pero soy una exagerada. No tengo edad para cambiar tampoco de carácter.

—Mercedes... —la llamé. Tan en voz baja que debieron oírme solamente los protagonistas de los libros de esa selva. Me acerqué a ella. Seguía callada. Pero su silencio no era mudo. Era un grito.

Yo había avanzado y me senté junto a ella, que sostenía un lapicero y unos trozos de papel escritos con su letra.

Le cogí las manos.

Manos frías. Corazón caliente.

*

Querido lector:

Antes de que sigas leyendo creo que hay algo que se ha perdido en esta novela. Y soy yo. Dominique Brulé. Por no hablar de la vida, que está pasando mientras sucede esta historia de personas desconocidas. Te diré, recordando a este respecto lo que escribiera Léon-Paul Fargue en 1939: «(...) Nuestras vidas domésticas, en este mundo gris, sabroso como una caracola de pasas, son vidas de libros y de macetas, con la cocina apretada contra el pecho, y el oído, ¡ay!, el oído maternal al alcance de la ternura, el cotillón sencillo, andanzas de amigos y de viejos hermanos, el espectáculo de la portera (...)». ¿A que estimula la imaginación? No de lo que fue, sino de lo que será.

Con frecuencia veo entrar en mi habitación a la vieja Paulina y creo que estoy loco porque no existe. Y con ella siento que viene el aroma del aroma de Julie. Rara cuestión. Porque me veo como un viejo curioso, un olvidado Dominique que no sabe ya quién fue más que lo que es: un florista de Saint-Germain-des-Prés que sabe más de lavandas, lilas y rosas de la China que de personas. Lejos de querer huir de unas y de otras he querido entender a todas. Ya sé que la lavanda es la desconfianza; la lila, blanca inocencia y las rosas de China, amor voluptuoso. Con todas juntas creas a las mujeres que hoy me rodean: Mercedes, Tilde y Violeta. No me hagas narrador decir quién es quién, que esto no es un juego, es mi vida.

París no cuenta. París posee, a mi juicio, todo el significado de las flores. Completamente distinta, aunque se empeñen en hacerla postal de *souvenir*. Cualquier escritor o turista se obstina en suspirar por ella, sin darse cuenta de que la que suspira es ella, harta de que la simplifiquen. A nosotros, a París y a mí, nos gusta y nos disgusta esa confusión, porque nos permite escondernos. A mí, de mi viejo dolor con unas flores, a ella, de sus tragedias con sus adoquines. Es menester pisarla toda para entenderla. He dicho pisarla, no pasearla. Porque nada tiene que ver.

Hoy mis flores estaban vivas. Y mi carácter también. Pero a veces sucede lo contrario y me veo obligado a desordenarlas por colores para que no parezca un arcoíris de bondad. Pero ni así, revueltas, se ponen feas. ¡Canallas!

Muchas veces apago el sonotone. Y ese silencio, casi vacío, es el que más me gusta de París.

Eres una ciudad callada. Reservada.

El otro día, mirando a Violeta, también quise apagarlo. *Off*. Y la floristería fue un cuadro de los que visito en Orsay con una protagonista que tenía movimiento. Las flores y ella eran una película de cine mudo, un lugar afónico y silente donde parecía que iba a pararse el tiempo. Lo hago muchas veces. Y me he dado cuenta de que sonrío más.

Hombre sin sonido. Vida tranquila.

En el museo es muy práctico, porque parece que no existo, cruzo entre la gente sin escuchar y todo parece un campo, acaban desapareciendo porque solo son bultos, arbustos en un campo de cuadros.

La maleza es gente. La multitud resulta menos áspera en silencio.

Es placentero ver el cuadro y descubrir que el dibujo es como yo, mudo. Que jamás salen sonidos y sin embargo tiene todos. Te invito, lector, a ver la calle del París lluvioso de Caillebotte con un silencio violento porque acabas oyéndolo todo, hasta el agua que se escapa por los desagües de los bordillos. Se abren y se cierran los paraguas. Se oye cómo la seda se despliega en las varillas. Y el carruaje que pasa a lo lejos con prisa para no mojar a los patronos. Se escuchan las pisadas de los caballos en los adoquines, de su hierro cristalino como grillos; las de las suelas de cuero de los señores, el tictac de los relojes, la puerta que se cierra, la ventana que se abre... Oyes más cuando todo está en silencio del mismo modo que sientes más el amor cuando se ha ido.

Como también oigo el corazón de Violeta cuando llega.

Y no veo su corazón, como tampoco veo la lluvia en el cuadro de Caillebotte.

A veces, sin pilas, juego a las cartas con los jugadores de Cézanne. Y alcanzo la botella y fumo de su tabaco.

Otras, me siento con la triste y melancólica mujer de Degas que bebe absenta. Y le aprieto la mano para que sonría, para que sepa que entiendo su dolor como si fuera mío. La soledad. Y ella se retira un poco para hacerme hueco en la bancada y sabe, lo dice, que su tormento es más tormento porque la aflicción solo la cura el tiempo. Y el tiempo se quedó parado en el cuadro impidiéndole levantarse de ese bar y caminar en busca de flores.

El silencio. Mi silencio. Por eso callo.

Hoy he puesto flores frescas en la puerta de mi floristería: rosas houdini y rosas capuccino.

—Cada dos días les corta el tallo en diagonal y les cambia el agua, gracias.

Todos necesitamos agua fresca.

Con precisión suiza.

—Muchas gracias, florista —dijo aquel muchacho que había venido a por rosas «que no tuvieran color de rosas» antes de desaparecer bajo las campanillas de la puerta.

Era la primera vez que me llamaban florista.

Me quedé mirando las rosas que no tenían color de rosa, las capuccino.

No sé cuánto tiempo estuve así.

Pensé en Julie.

Y en aquella frase que encontré subrayada en uno de sus libros: «La vida es lo que se ve en los ojos de la gente».

*

Dos mujeres seguían sentadas juntas en Shakespeare and Company. Una chica paseaba embarazada con patadas en su interior camino del doctor. La señora de cabellos blancos recorriendo París en busca de un cielo donde sentarse. Y mil fantasmas dando vueltas en la imaginación. Todo es como en una floristería. Las calles de París lo son. Y hay rosas que no tienen color de rosa.

*

Cuando se levantó Mercedes del sillón también lo hizo Tilde, impulsadas las dos por un mecanismo común. Tic. Ese que da la amistad. Tac. «Vámonos ya, aquí sobramos y tenemos cosas que hacer», dijo la primera.

En ese momento se le activó también a Matilde una fascinante idea en la cabeza que no la dejaba pensar en otra cosa.

—Me he dejado el bolso arriba.

—Vaya por Dios. No ves que lo llevas colgado del brazo, mujer.

Tilde evitó morder el anzuelo.

—La postal que he comprado, quería decir. Al llegar me he feriado con un actor.

—Pero si esto es de escritores.

—Da igual. Parece un actor. ¿Te acuerdas de *Matar a un ruiseñor*? ¿Recuerdas ese momento en el que...? Ahora bajo.

A todas luces se veía la mentira de Tilde. Quería volver a donde Mercedes había dejado una nota escondida entre uno de los libros.

—Adelante, Matilde, sube —dijo en tono mecánico.

Tilde se hizo la despistada cerrando los ojos y moviendo la cabeza a los lados.

—Ya bajo —respondió acelerada.

—Salgo a la calle mientras.

Mercedes miró hacia arriba: el cielo todavía tenía un color azul muy pálido, un azul cansado y agotado. Iba vistiéndose poco a poco de gris como anticipo de la noche.

Cuando estaba en la planta donde habían permanecido calladas, sentadas, comprendió que su obligación era ayudar a su amiga y también a aquel hombre del pasado. Pero —bien fuera porque la edad no perdona, bien porque la vida tenía pocos sobresaltos a estas alturas del almanaque o por las palabras de Violeta contagiada por Étienne— el caso es que necesitaba que ese hombre muriera con un adiós.

Tilde ladeó la cabeza hacia su hombro y repasó los libros de la estantería donde habían estado. Sabía muy bien que Mercedes había dejado un papel en uno de esos tomos; pero las prisas y el nerviosismo la hicieron dudar. En las últimas horas estaban pasando demasiadas cosas y tenía la jovialidad de cuando vivía en España, aquella inocente vida de pueblo en el que siempre era domingo. Su trabajo de costurera y limpiacasas no le dejó mucho tiempo para el amor, por no decir ninguno. ¿Qué era el amor? Así que consagró sus días a sus padres. Dos hombres de campo que sabían más de tormentas y tiempos de labranza que de emociones.

Muy al revés de lo que su padre suponía, Tilde, en aquella casa, se sentía presa. Se había hecho a la idea de vivir en el pueblo cuidando de sus padres y, a la mínima, se olvidaba de ella misma. Pero surgió París como huida. París como destino.

Y aquí estaba desde entonces.

A los pocos días de estar en la gran capital, conocía al dedillo las calles, las paradas de autobús, el servicio médico, las mejores paradas de metro, los horarios de las tiendas de última hora y los cines donde colarse porque también era emigrante el chico que hacía de acomodador. Había aprendido el idioma, se había quitado la melena que iba destinada a ser moño con los años, había acortado las faldas y borrado las medias.

Sabía que siempre sería «la española» para los vecinos, pero para ella lo importante no era cómo la vieran, sino cómo se viera.

Y Tilde decidió verse bien.

Abrió el libro que tenía hojas verdes dibujadas en la cubierta, uno de Olive Ann Burns, *Cold Sassy Tree*, y al abanicar las páginas como una baraja de cartas, cayó volando como si fuera otoño la nota de Mercedes.

—Anda —gritó—. Acerté.

Y sin despedirse de los libros, se metió el papel en el bolsillo y se precipitó hacia el exterior.

Todo había concluido.

Caminaría con su amiga.

Cogidas del brazo.

Charlarían.

Callarían.

Echarían cuentas de los gastos.

Comentarían alguna de las luces de la Navidad.

Les entraría nostalgia.

Y cada una acabaría en su casa.

—¿Y por qué has venido a buscarme? La verdad.

—Mujer... Por soledad. Bajo ningún concepto te dejaría ahí entre los libros.

—Pensé que te referías a tu soledad. No a la mía.

—Entre amigas las soledades se confunden.

—Pero entre libros no estoy sola. Todo lo contrario: hay una magia en este lugar que me gusta.

—Pues un señor a la entrada me ha dicho que el fantasma del dueño mueve los libros y que los lanza. Y si te fijas bien, parece que todo esté desordenado.

—¡Por favor, no te creerías esas historias!

—Vaya, no te las creas tú. Pero me resulta hasta divertido. Yo, si me muero, pienso aparecerme. No tengo otra cosa que hacer...

—Sé lo que estás pensando.

—No, no estoy pensando en nada.

—Esta librería sería bonita para aparecerse como dices tú. Y mira la gente que viene. No sería nada aburrido. Pero... Vamos a dejar en paz a los fantasmas.

—Desde luego —dijo Tilde, cruzando los dedos.

—Exacto. Dejemos en paz a las sombras.

Se apartó y encendió un cigarrillo de los que siempre dejaba a medias. Las manos le temblaban. Había algo distinguido en ella que la edad no marchitaba. El cuello largo, la mirada serena y aristocrática, sus hombros rectos, la forma de parar en seco para fumar, sus dedos delicados con el cigarrillo prieto entre ellos. Algo espléndido en ella que el humo y los nervios no apagaban.

Matilde cerró los ojos e imaginó su ocurrencia, la que había tenido antes para salvar el asunto. Con un poco de picardía le quitaba el agobio a su amiga y hacía que el mal hombre se fuera al otro mundo tranquilo como un buen hombre.

—¿Estás bien, Mercedes?

—No pienso hablar del tema.

—Estoy segura de que me entenderás si te digo que no solo te pregunto por cortesía. Somos amigas.

—Y viejas.

—De eso no me cabe duda. De lo otro... fin. Vale.

—Ya basta, Matilde.

Parpadeó.

A algunos zumos es mejor echarles agua para que pierdan la acidez, igual que a algunas personas. Solo es un paso. De malo a bueno. De amargo a dulce. De ácido a suave.

Tantas misas, no precisamente las de París, habían hecho efecto y el miedo al infierno era aún poderoso en ella, una desconfianza que arrastra desde pequeña. Como si necesitara todavía ir con cuidado. «Matilde, pasa la bandeja en la iglesia. Matilde, canta en la iglesia. Matilde, ayúdanos en la iglesia. Matilde, pon el nacimiento. Matilde, ayuda con los manteles, con las platas, con las ropas de los santos... Matilde, Matilde, Matilde».

Ella también aterrizó en París con lágrimas. Pero las de aquella época se olvidaron. Porque los llantos se pierden. Y hasta las razones se traspapelan. Solo queda la sospecha de que hubo algo que hizo daño.

*

¿Qué ponía en la nota de Mercedes?

«No querer pensar también cuenta como felicidad».

Eso ponía.

*

Matilde dobló el papel cuidadosamente y lo guardó en la caja de cerámica que tenía en la chimenea. Allí donde había escondidos sin sentido un tapón de corcho de champán con una fecha de la que ya no recordaba el porqué, un pendiente viudo, varias fotos de niña y velas para los apagones. En ese momento entendió exactamente qué significaba el silencio de una amiga. No hacía falta que releyera las letras, estaba claro lo que contenían esas siete palabras y sintió que el nudo de Mercedes era un llanto sordo.

Después se fue al baño, se mojó las manos con colonia y se frotó la cara. Olió sus dedos. Los primeros recuerdos que Matilde conservaba de su infancia estaban indisolublemente unidos a ese gesto que hacía su madre antes de irse a dormir. Aun vieja y decrépita con el olor a colonia emergía la cara de mujer traviesa que nunca perdió. Idénticas madre e hija en eso. Era experta en inventarse historias, algo que había heredado Tilde también, y muy astuta a la hora de buscar soluciones. De niña eso se calificaba en la familia de enterada y de mayor, de capaz. Lo que es la vida.

Matilde presumía de independiente, mañosa y sensata. Pero de las tres cosas una no era cierta: nadie como ella para dejar la cordura en la almohada y salir a la calle dispuesta a vivir con sorpresa.

Intentaba ahora explicarse a sí misma cómo había podido arrugarse tanto. Y con las manos húmedas de colonia se estiraba los mofletes hacia las orejas intentando recordarse como en esas fotos de la cajita de cerámica. Y en ese momento pensaba, «Maldita sea, con lo guapa que eras, Tilde, con lo guapa que eras, qué ganas tiene el tiempo de amargarnos la cara». Después de eso, soltaba las manos y abandonaba los pensamientos por irreversibles.

En ese momento, en otra casa, Mercedes se miraba también en el espejo del baño. Cuando su padre murió, volvió a España para enterrarlo. Y desde entonces no se había movido de París. La cadena que se atascaba siempre al desnudarse era la del progenitor, una en la que colgaba una medalla y una alianza. Cada noche seguía apretándola en su puño como si al dejar de hacerlo fuera a fallarle la memoria del amor paterno. Qué sola se quedó.

Qué sola me quedé, narrador.

Qué sola te quedaste.

Mercedes no estaba bien vista en el pueblo porque para el viaje de la madre muerta no fue. Aquella mujer había querido más a su hermano, el hijo menor, y por ese motivo, que pesa más en el alma que en la báscula, Mercedes telefoneó para comunicar que, llegados a ese punto, ya no había razón para fingir que se llevaban bien. No fue. La dama se había comportado siempre con ella como una matrona que tiene una función caduca y así habían vivido. Distantes. Después de todo, no tenían nada que contarse. Y lo único que hizo fue enviar flores desde la distancia.

Mercedes, ahora frente al espejo, tuvo una horrible asociación de ideas. Recordó el envío de aquellas rosas. Pensó en el cuadro de Goya, *Saturno devorando a sus hijos...*, y pensó en el sabor de la carne.

Se echó crema en las manos y la olió.

Mientras tanto Violeta se duchaba en el baño de Dominique y al ver el vapor pensó en el nombre que le pondría al niño. Se quedó bajo el agua cavilando y repasando nombres. Recordaba, eso sí, sus discusiones con las amigas cuando decían cuál les gustaba más y lo elegían reservándolo como quien guarda divisas en un banco.

Por aquel entonces, las amigas eran el nudo más fuerte y el futuro, la hoja más débil. Probablemente —se decía—, la llamaré Elena, si es niña, y Nicolás, si es niño. La amiga decía que elegía los nombres de Óscar y Federica. La tercera del trío había decidido que se llamaría como ella o como el padre. Las tres, cuando hablaban de eso, derrochaban coquetería, porque en el fondo de lo que estaban hablando no era de niños, bebés y bautizos, sino de hombres con los que tenerlos. Le vino confusamente a la memoria la imagen del primer beso con un chico y la primera vez que le tocaron los senos. Sobre todo, apareció en su mente el excitante recuerdo de cuando le tocó el miembro a su mejor amigo, que dejó de serlo. El «trío del banco» (ellas se llamaban así porque se sentaban siempre en el mismo banco para hablar) despertaban deseo entre la mayoría de los chicos. Y perdían el tiempo con ellos hasta que se hacía de noche, fingiendo que no habían decidido con quién salir.

A Violeta le pareció oír la voz de su madre cuando la llamaba desde el balcón para que subiera a cenar. «No te preocupes tanto por mí —decía—, soy mayor y sé lo que hago. Ya voy».

Ahora una patada le avisaba de que era mayor y que había que elegir nombre, colegio, ropa y alivios para los miedos. «El estómago es un monstruo de hormonas y la cabeza, un medidor de ruido constante. Dormir sería un buen plan si no fuera porque no puedo y si lo hago, tengo pesadillas. Tengo más pensamientos en el cerebro de los que caben. Más miedo que corazón y más inquietudes que venas. Me río de mí misma, pero reconozco que estoy cabreada por no dominarme. Calma, Violeta, calma. Me quiero fumar un cigarro pero cada calada es un infierno, así que pienso en chocolate. Abriría las tiendas a puñetazos si es necesario. Quiero chocolate. Qué parte no se entiende. Chocolate. Chocolate».

Se enjabonó la barriga mientras tarareaba una canción.

Dominique oyó la voz de Violeta desde el pasillo porque estaba escuchando cada una de las gotas de la ducha, cada pisada en la bañera. Y puso las manos en la puerta para sentir el calor, como quien siente el motor encendido de un coche todavía caliente.

—Que tengas buenos sueños —dijo en voz muy baja, inaudible casi también para él. Casi había olvidado cuando Julie se duchaba y dejaba la puerta entreabierta para que el vapor no se condensara y empañara todo formando nubes. Dominique pasaba dentro y se quitaba también la ropa para ducharse con ella.

Respiró.

Respiró hondo.

Respiró hondo como cuando llegaba a casa en el pueblo de Vézelay tras dejar la bicicleta en la puerta y corría para buscar a Julie.

En otro lugar, Étienne daba vueltas en la cama pensando en todo. También en su padre. Contaba tres y respiraba hondo, aguantaba siete y soltaba el aire descontando siete. Así hasta que conciliaba el sueño. Pero esta vez era imposible.

El presentimiento de algo sin sustancia puede desvelar hasta lo insoportable. También a él.

Tres, siete, aguantar, soltar. Tres, siete, aguantar, soltar. Otra vez. Sabe que esa noche tampoco va a dormir. Escucha la respiración mecánica de su padre, los pasos de la enfermera, la lluvia golpea los toldos de tela como disparos de guerra, parecen piedras. Las cuenta: una, dos, tres, cuatro, cinco, seis... Y se intenta dormir pensando en las flores que se han quedado en París.

Pero a París todo esto le da igual. Recostada en las aceras, también duerme. O se hace la dormida dejando que el invierno pase a la espera de una primavera. La ciudad acepta las condiciones de quienes circulan a esas horas buscando un taxi que les devuelva a casa. El código de una puerta que falla. Un mendigo que duerme como Quasimodo abrazado a la pared. Un policía vomita. Unos novios se besan en el asiento del coche con el motor encendido. Huele a comida árabe y pizzas en el portal donde viven Silvia y Eva. Las dos estudian a la luz del flexo. Dominique se mete en su habitación. Mercedes apaga la luz y aspira el olor de las sábanas. Tilde sisea a su no gato para que venga a su lado para no estar sola. Violeta se seca con la toalla y entra con camisón de felpa en su habitación. Siente calor. Todo le da calor. Se lo quita en la cama y se queda desnuda. Dominique la imagina.

París entorna los ojos.

Madrid se revuelve en la cama.

«¿Echas de menos a Violeta?», le pregunta la madre al padre y este se gira en la cama buscando la postura. Y como no responde, piensa que, a ratos, nadie echa de menos a nadie más que a los que fuimos en algún momento. Egoístas.

El gato de Tilde no se acerca. Ella se levanta a buscarlo. Un rayo de luz de la calle ilumina la chimenea y la caja de cerámica donde está la nota que Mercedes escribió para esconderla en un libro.

—¿Cómo era lo que decía?

Allí estaba:

«No querer pensar también cuenta como felicidad».

13

El conserje Julien Dupond estaba sentado con las manos apoyadas en la cara. O mejor dicho, con los codos en las rodillas y la cabeza entre las manos. «Cuando era pequeño —piensa—, mi abuelo le decía a mi madre: este niño tiene un ojo más abierto que otro». Los recuerdos más extraños vienen a la mente en el momento más inaudito.

Por eso Julien se ha pasado la vida guiñando alternativamente los ojos, como si fuera un coche parado con los intermitentes puestos.

Vuelve a hacerlo ahora.

Violeta y Matilde estaban deseando hablar con él, pero no se atrevían a despertarle de lo que parecía una ensoñación anómala. Sobre todo inexplicable para ellas. Esperan un instante hasta que cierra los ojos y luego los abre mucho como una lechuza.

—Julien...

—Hola, señoras. Perdonen... Bueno, señorita y señora.

—Déjese de líos y protocolos. Venimos a lo que venimos.

—En qué les puedo ayudar —dijo, incorporándose y atusándose las mangas de la bata azul índigo.

—Julien, enséñeme las cartas que ha recibido Mercedes. Sé que le da los sobres y que usted los guarda.

—No los guardo. Los colecciono. Es diferente. Guardar cosas parece de chiflados. Coleccionar es más refinado.

Matilde emitió un leve suspiro mientras le clavaba las pupilas para no responder lo que pensaba: «Excéntrico».

—Bueno, recopilo los sellos.

—Nos da igual. Queremos... necesitamos encontrar una de las direcciones.

El portero asintió mientras abría uno de los cajones de la estantería y entonces dijo:

—Supongo que es de vital importancia.

—Mucho. Pero no podemos explicarle nada.

—Ya. Pero yo tampoco puedo darles así como así las direcciones si no me explican nada.

—Venga, Julien, que nos conocemos de viejos. Aquí no hay ladrones ni movimientos extraños. Mercedes es amiga de todos y el único atajo son esas cartas.

—¿Qué pretenden? ¿Responder?

—Mejor aún —contestó.

—Pero quiero aclararles que yo no los robo. Los sobres me los regala ella, como hacen también muchos de los vecinos. Es una afición. Hay mucha gente que colecciona cosas. Y la numismática es de lo más normal... Los sellos que me ha dado en esta ocasión son muy antiguos y me gustaban más porque...

—¡Deme! —le ordenó Tilde en un arranque de histeria cuando el conserje tuvo los papelotes en la mano.

—Por Dios.

Julien la miró enfadado.

Violeta renunció a poner objeciones ante la expresión despectiva de ambos. Todavía se enojarían más si ella intervenía. Se limitó a callar y dejar que los segundos fueran menos tensos mirando el techo, las paredes, el suelo mientras se acariciaba la barriga... hasta que por fin volvió la normalidad.

—Significa que no va a contarme nada de lo que está pasando —dijo Julien.

—No —respondió Matilde—, no es eso. Significa que a cambio de sus cartas, o de sus sellos, y de nuestra colaboración, tenemos la solución a un problema. Puedo contarle o no contarle. Pero es cosa de mujeres. Si decido explicarle, estoy segura de que se va a poner de parte del hombre.

—Pero dice usted que es tema de mujeres...

—Y de un hombre.

—Espero no ser yo.

—Por Dios. Qué va. Su colaboración es necesaria. Sus sobres son la respuesta para nuestro asunto.

—Me siento importante. No sabía que mi afición iba a acabar siendo de tanta satisfacción.

—Pues sí. Lo es.

—Intuyo que ese «hombre» es la clave de todo esto. No quiero causarle ningún problema a él.

—Él ya tiene bastantes problemas. No vamos a sumarle uno. Seguramente a quitárselo para siempre.

—Me asustan.

—¿Le parecemos Violeta y yo dos delincuentes que puedan asustar? Los hombres provocan muchas veces reacciones desproporcionadas. Incluso para ellos.

—Puede que sea un ingenuo —dijo Julien—. Sí, estoy seguro de que soy un ingenuo, pero yo no veo a todos los hombres así. Yo no presupongo que todos seamos malos. Creo en la gente razonable y que respeta a los demás. Confío en la amabilidad.

—Bueno, en una cosa tiene razón.

—¿Con respecto a cuál?

—Que es un ingenuo.

Julien había adoptado esa postura de incredulidad que se consigue bajando los hombros. Violeta tuvo la sensación de que Tilde era dinamita. Se quedó de pie detrás de ella y contempló el cuadro, sin hablar. Y luego Tilde añadió:

—Y yo también he visto *Un tranvía llamado deseo*. Y no sé si confío en la bondad de los desconocidos.

—¿Habla de mí?

—Hablo de él.

—De quién...

—¡Por favor, Julien! —gritó Tilde—. Hablo del remitente de los sobres.

—Entonces está bien.

—Claro que está bien. No se preocupe, ni como hombre ni como conserje. Su ayuda está bajo secreto. Gracias.

—Las acompaño.

—Conozco el camino.

Violeta ignoraba cómo iban a apañárselas con todo el plan; pero tampoco se le ocurría ninguna solución mejor.

Las dos habían desayunado juntas esa mañana en el café Bonaparte. Les habría apetecido ir a Ladurée para darle un empaque novelesco, pero es muy caro para asuntos cotidianos y demasiado turístico incluso cuando empieza el día. Y fundamentalmente decidieron quedar en el Bonaparte porque Tilde no pagaba jamás; es lo que tiene haber limpiado los baños y cristales durante años.

—¿Has hablado con Mercedes?

—Sí —dijo Matilde—. Ella dice que no. No quiere cerrar la biografía. No quiere ni verle.

—¿Por qué?

—No me lo dijo.

—¿Nada?

—Típico de Mercedes.

—Creo que coincido con ella.

—¿Cómo puedes coincidir con ella si no conoces sus razones?

—Coincido en su decisión. No verle.

—Bueno, no eres Mercedes. Y ya sé de qué estás hablando. No soy imbécil. Pero... esta es otra historia. Tenemos un plan —dijo Matilde, resurgiendo como la protagonista de *El halcón maltés*.

—¿Un plan? Pero ¿hay plan? —observó Violeta sorprendida.

—Mercedes es capaz de mortificarse con la idea de ver al difunto.

—Todavía no ha muerto.

—Para ella sí. Y para nosotras también. Nuestra amiga es Mercedes y, además, estoy muy aburrida. Hace tiempo que no me pasaban cosas. —Violeta calló por prudencia—. La verdad es que no es que haga tiempo que no me pasan cosas, es que jamás me ha pasado nada. Y esto me anima. Además, tu amigo... El chico ese...

—Étienne.

—Eso. Étienne quiere que su padre se despida de su viejo amor.

—Sí.

—Entonces yo seré su amor.

El narrador sonrió.

—¿Cómo vas a ser su amor si no te pareces a Mercedes? —preguntó Violeta sin dar rodeos.

Matilde hizo un gesto de invulnerabilidad.

—Tengo más años que Matusalén, ese hombre tiene cinco más. ¿Crees por algún momento que espera a la chica joven de la que se enamoró?

La joven se encogió de hombros.

—Lleva sesenta años sin verla. Sesenta años sin ver a Mercedes. Sesenta. La vejez nos ha jodido a todos la cara y el cuerpo. «Jodido», decís los jóvenes, ¿no? Estoy segura de que incluso podría ir Dominique Brulé a Grenoble y decirle «Soy yo», y el enfermo se quedaría tranquilo.

—Si usted lo dice.

Matilde sonrió como una hechicera vieja.

Pero Violeta volvió a su pregunta anterior.

—Puede que la recuerde: los ojos, las manos, el pelo...

—Si ese hombre recuerda algo es su dolor. Intuyo que no lo ves con buenos ojos, señorita Gadea, y yo misma tengo dudas. Pero será fácil. Llevo toda la vida siendo Matilde, la española que se vino a limpiar casas de señoritos, que encontró otro trabajo y que tiene una pensión de jubilada con la que vivo. No soy nadie. No tengo historia. Nadie se ha fijado en mí jamás. No ha habido ningún hecho reseñable en mi vida para que alguien se invente ni siquiera una estampa. Es mentira que todos tengamos vidas de película, men-ti-ra. La mayoría somos esos extras que pasan por detrás en la vida de los otros. Secundarios. Sin texto. Mercedes al menos tiene un drama. Y tú también.

—Tilde, no tendrás envidia de mí...

Matilde señaló expresivamente el vientre de Violeta y tragó saliva como si fuera alcohol de quemar. Prefirió no contestar porque si decía algo, las palabras encenderían la mecha y estallaría en pedazos. Apretó los dientes para callar y los ojos se le humedecieron.

No soltó una sola lágrima. Subastó los sentimientos por todo el cuerpo y esa noche se derrumbó en su habitación como hacía tiempo. Cuando llegó a su cuarto, se sentó en el sillón desde el que se veían los tejados y parte del cielo de París. Respiró hondo, muy hondo y, sin saber muy bien por qué, se sintió aliviada. Todas las respuestas estaban allí.

Sí, querría haber sido madre, querría haber amado, «Tú no te cierres al amor, que a lo mejor llega», le decían, querría tener un hombre por el que suspirar a veces aunque fuera de odio, querría guardar recuerdos, tener fotos de viajes, un olor que tuviera nombre, desvelarse por las noches esperando la mañana, que la hubieran abandonado, llorar por amor, escribir notas, recibir cartas, echarle de menos, mandarlo a la mierda, engordar, ponerse guapa para otro y no solo para ella, querría haber sufrido mareos, comprar ropa para bebé, pasear con carrito por las calles, sonreír feliz y responder «de cinco meses», elegir un nombre, sentir dolores, sufrir, abrirse en dos y parir como una perra.

Quería para ella todo eso.

Jamás lo tuvo.

Cuando dejó de llorar, tenía las dos manos en las ingles y las piernas mojadas de pis. Terminó meciendo un almohadón hasta que se durmió.

—La vida es así —respondió Matilde.

—¿Cómo? —dijo Violeta, sin dar crédito a lo que oía—. No eres consciente de lo que significa estar embarazada de alguien que no quieres. No te haces a la idea de lo que implica que una barriga vaya creciendo en tu cuerpo y te recuerde que es de un hijo de puta que me ha destrozado la vida. Un tío que ha jugado conmigo, haciéndome sentir, qué digo sentir, ser insegura. Y a cada patada, a cada mareo, cada vez que me giro en la cama por las noches y noto que algo me lo impide, siento que es él el que ha puesto un bulto para joderme. ¿Sabes? Me dejas perpleja. Yo quiero a mi hijo y voy a ser la mejor madre que existe, pero no te haces a la idea, Tilde... No tienes ni repajolera idea del miedo que tengo. Incluso a que se parezca a él.

Hubo un silencio. Un silencio muy fuerte. Pastoso.

—Violeta... No soy consciente. No lo sabes tú bien. Y créeme que me gustaría serlo.

—Eres injusta.

—No, Violeta... Déjame que te diga algo...

—¿Qué?

Matilde la miró muy seria y calló un instante.

—Nada.

*

Dominique fue hacia el sillón que tenía tapizado de flores de Annecy que tantos recuerdos acumulaba. Se sentó, con aire ausente, y miró la foto de Julie.

—¿Me recuerdas?

Qué joven se la veía en la imagen y qué solitaria es la fotografía de un muerto al que has querido. Ni siquiera ella era ya para Brulé la mujer que permanecía en el recuerdo, ese que uno va barnizando con los años, capa a capa, barniz sobre barniz involuntariamente. La vida va esmaltando los recuerdos y allá, bajo los años de mantos depositados, está la verdadera memoria. Pero a esa ya no llegas ni rascando.

Dominique miraba la foto intentando rescatar algún olor nuevo, el guiño de la complicidad común o algún recuerdo que vivieron juntos para evocarlo. El rubio cabello, despeinado en la nuca, recogido en coleta, brillaba en el marco. La amó. De eso tenía constancia. Y sabía que le gustaba jugar con su pelo. Pero era el recuerdo de siempre, acopiado a fuerza de repetirlo sentado en el mismo sitio: el sillón de flores. Ya no sentía lo que sentía. Lo que percibía al tocarlo cuando caminaban juntos y él le pasaba la mano por la espalda. Era otro de esos recuerdos vacíos en los que se convierten las fotos, papeles planos, inertes, sin más conmoción al mirarlas que la reiterada retahíla de llantos verdaderos cuando el dolor era dolor, cuando la ausencia era irrespirable. Ahora no era más que una foto.

Se miraron en silencio.

—Qué poco queda de nosotros. Solo quedo yo.

Julie miraba como siempre, con la picardía de aquel momento en el que Dominique le dijo: «Ponte, te hago la foto, estás bella». Y nada había cambiado: seguía indiscutiblemente bella. Pero ya no era ella. Ni siquiera mirándola era el recuerdo que guardaba, porque no quedaba. Un día se atenúa, se desvanece y al tiempo desaparece. Ni soplaba el viento como en aquel risco en el que estaba tomada, ni se le veían las manos manchadas de chocolate que escondió en su espalda, ni el pelo se movía, ni recordaba —horror— que hubo un beso después, justo cuando pidieron a un turista que les hiciera una foto y ya no quedaba carrete.

—Este nosotros se acabó. ¿Cuándo?

¿Cuándo dejó Dominique de emocionarse al ver la foto, qué día el beso diario al cristal pasó de ser una necesidad a convertirse en un gesto, una mueca, una pantomima? ¿Cuándo ella dejó de ser ella para ser una foto en un marco?

Maldita sea.

—Qué vida corta y fea —dijo—. Se acabó la fiesta y aquí me tienes. Nadie me espera. El baile sigue. La vida sigue.

Y tú te fuiste. Y lo que era irrespirable ahora es normal: aire puro, limpio, nuevo. No hay dolor. Solo un recuerdo difuso que he atrapado de forma mecánica. ¿Sabes? He cambiado a veces de lado en la cama. Me he acostumbrado a dormir consciente de tu hueco. Dejé el whisky con *ginger ale* y me gusta el vino tinto. A veces me siento en las iglesias (sigo ateo, pero me siento para relajarme). Tengo muchos años y he escuchado tu nombre en muchas chicas y ya no me atraganto como lo hacía entonces. Porque oír Julie era quemarme. Han venido muchas primaveras y muchas peonías y ya solo son flores. No tus flores. ¿Sabes? Son las favoritas de mucha gente. Todos piden peonías. No somos especiales. Eso es lo peor, que ya no somos especiales. Y yo, encerrado aquí, para que la vida siguiera teniendo tu olor, para conservarte, para tenerte de alguna manera. Pero la fiesta continúa. La fiesta continúa para todos, sin ti, sin mí, sin los recuerdos. Podría sonar ahora esa canción de Edith Piaf: *Non, je ne regrette rien*, y rompería a llorar. Porque sería mentira.

»¿Sabes que hay una chica viviendo en casa? ¿Sabes que va a ser madre? Está embarazada y se llama Violeta. Trabaja conmigo, lo hace muy bien, las flores le han cogido cariño. Y yo también.

Los libros en la mesa, el cenicero con flores de lis, las velas, el ángel de cerámica, el jarrón de cristal, la piedra ámbar. Mira Dominique Brulé la mesa y ve que todo le pertenece a él, que ha ido cambiando de objetos, que sin quererlo los que tenían halo femenino se han ido difuminando, mudando o rompiendo. Las mentiras de la memoria, habladurías del recuerdo, también se van.

La foto que queda es de Julie.

Dominique la mira.

Julie hace tiempo que es más olvido que evocación.

—Me perdonas, ¿verdad?

Paulina le escuchaba invisible apoyada en la pared del pasillo. Contempló los ojos grises del florista que un día fueron azules. Era una mirada cansada. Le dolía verle así, pero lo esperaba. Un día se va el niño para siempre. Quiso decirle algo, hacerle sentir bien, pero se quedó callada. Todo era tal y como la vida ordena.

El marco fue envuelto cuidadosamente en papel de seda, guardado después entre las sábanas plegadas junto con el resto de las fotos que poblaban el salón.

Le invadió una gran ternura y unas ganas irrefrenables de llorar. Se hizo el vacío.

Dominique no lloró.

Caminó sin sentido por la casa buscando algún recuerdo que sustituyera a esa foto muerta, hasta que se detuvo en la ventana. Se quedó mirando al infinito como uno de esos perros que se sientan en un portal ajeno, en calma, sin esperar caricia alguna; apoyó la cabeza en la pared y vio a un montón de pájaros que volaban dibujando órbitas en el aire.

Estuvo así mucho rato.

Las sábanas entre las que se quedó Julie fueron otro de los recuerdos que se guardan en un momento de la vida para otro «siempre»: la ropa de cama que jamás utilizó su madre, bordada con las iniciales de soltera por su abuela y que desde años se mantiene intacta en la parte alta del armario, ordenada, planchada, inmaculada de uso, pero cargada de vida y olor a vieja lavanda seca y bolas de alcanfor.

Dominique pasó las yemas de los dedos por las telas dobladas como quien pasa las manos por los lomos de los libros y sabe que no los va a releer.

*

El olvido que seremos es el título de un libro de Héctor Abad Faciolince que no ha leído Dominique Brulé. Las tías abuelas de Mercedes emigraron a Venezuela en barco, el viaje duró un mes, y jamás regresaron. Las cartas se fueron apagando y nunca más se supo. A Violeta Gadea le gustan las velas de flor de azahar y tocar la cera con los dedos cuando está caliente. Étienne usa el paraguas de su padre con mango de caña. Un paraguas que fue de su abuelo y que cala porque es de tela. En los cines Odéon proyectan de nuevo *Buenos días, tristeza,* de Otto Preminger. Solo queda una butaca vacía entre dos chicos que esa tarde se enamorarán al confundir sus chaquetas en la oscuridad. En L'Étoile Manquante ha entrado un divorciado buscando flores para una nueva primera cita. Tiene vergüenza. La vida continúa.

14

Mercedes se enfadó (muchísimo) cuando la llamé para decir que pasaría las Navidades fuera de París.

—Pero, qué dices, Tilde.

—Voy a acompañar a Violeta a Madrid. Su familia no sabe que está embarazada y creo que la muchacha no debe viajar sola. Imagínate la papeleta. Es tan joven, embarazada, sola...

—No, no me lo imagino. Ni tú tampoco —espetó Mercedes con tono socarrón.

—Voy a ayudarla, en cualquier caso.

—¿Lo has pensado bien?

—Todo lo pienso muy bien.

—Serás capaz. Pero si eres dinamita.

—Mejor estallar a quedarme dormida.

—¿Y qué hay de nosotras?

—Es una Navidad más. La celebramos en enero y punto. Las fechas tampoco son tan importantes.

—Te lo recordaré en tu cumpleaños.

—Bien. Recuérdamelo.

—Entonces, ¿cuándo os vais?

—Estoy preparando ya una bolsa de viaje que no recuerdo ni haber utilizado. Mañana.

—Lo que haces está bien. No lo dudo. Pero no te metas en su vida, tiene sus padres y su familia. Dar consejos desde la vejez es peligroso en asuntos tan delicados.

—Me llevo bien con Violeta.

—Desde cuándo has echado lazos con la chica. No sois precisamente de la misma quinta.

La pregunta tenía maldad porque parecía que eran celos de amiga cuando ambas podíamos ser las abuelas de Violeta. Pero como mi argumento incluía mentiras, mentí fácilmente.

—Mujer, qué más da desde cuándo. Me lo ha pedido. Se siente culpable. Todos, digo yo, nos sentimos culpables de algo.

Ahí sabía que le daba de su propia su medicina.

—Bien —susurró Mercedes—. Sé como si fueras su familia y acompáñala. Pero... La chica no es como nosotras. —Colgó.

Ahí me dio ella.

No tenía por qué sentirme culpable, me dije. Culpables nos sentimos a veces con razón y otras sin razón. La mayoría de las veces, en mi caso, sin razón.

A estas alturas de mi vida, con más años que recuerdos, qué necesidad tengo de dar explicaciones, pensé.

Mentiras sí. Mentiras me gusta. Y esta mentira es maravillosa.

—Mañana salimos.

Era Violeta. Ya tenía la maleta y le había explicado a Dominique otra sarta de mentiras. Él la entendió porque sabía que, como las flores, a veces algunas especies no aguantan mucho tiempo cortadas y se acaban asfixiando en el jarrón.

—Te sentará bien hablar con tus padres —dijo conciliador.

Durante la cena en casa, Violeta intentó parecer lo más tranquila que pudo, y Dominique fingir una alegría que era imposible de impostar. Hablaron de la Navidad, de cuando ambos eran niños y las diferencias entre París y Madrid, del pan, de las terrazas con estufas, de los tejados; también del colegio, del nombre de sus profesores y de las películas que les habían marcado...

El tema embarazo lo evitaron los dos.
También el amor.

El señor Brulé sospechaba que no volvería a ver a Violeta jamás y que esa era la última vez que cenaban juntos.

—Tendrás ganas de ver a tus padres.

—No, pero creo que debo ir. Supongo que me hago la mayor y no soy más que una cría que juega a serlo. He llamado a Silvia y a Eva, todavía tenía cosas en su apartamento. Me he tomado un café con ellas en un sitio bonito, el Louis Philippe. Eva trabaja allí limpiando platos, le pagan una miseria, y Silvia en una tienda cercana envolviendo libretas y regalos de niños. Están a tope ahora. Me echan en cara lo mismo, dicen que no está bien que esté ausente de todo. Y de ellas. Pero no tengo ningunas ganas de verlas. ¿Está mal? Es mi decisión. Como volver a Madrid... Parece que huyo de todo lo que tiene que ver con mi vida. O mi otra vida. Y mis padres son también eso... Un desastre. No tengo ganas de enfrentarme a su cara.

No mentía.

—Pero son tus padres. A mí me gustaría volver a verlos.

—Eso es porque guarda buen recuerdo. Yo me vine con una sensación amarga por muchos motivos. Y mi casa no era precisamente el final de *Qué bello es vivir*. Me conformo con que no haya gritos, con que hablemos del tiempo o de los adornos que ha comprado mi madre.

—Un día desearás imitar esa película. —Dominique se dirigió a Violeta tierno pero firme.

—Sé que eso debe de ser maravilloso, pero no lo conozco. Y, créame, esta tranquilidad nuestra allí jamás la he tenido.

—Pero es que yo no soy tu padre.

Violeta miró con cariño a Dominique, le quería. Aquel hombre había hecho que, a pesar de todo, viviera en una primavera continua, y para ella era precisamente como un padre. Brulé la miró y supo que esos pensamientos que a veces le rondaban de manera involuntaria no eran más que espejismos, espinas y pámpanos que debía quitarse como una poda antes de que aumentaran. Quién era él para imaginarla en otra circunstancia. Silencio. «Te juegas el ridículo de la vejez», pensó.

—Aquí estoy feliz. Soy feliz, Dominique.

Supo que Violeta estaba diciéndole entre dientes que le hubiera gustado tener un padre así.

—Bueno, pues entonces cuando arregles todo allí en Madrid, a ver qué cambios hacemos a tu vuelta. La floristería necesita de tus ideas. Y yo también. Me estoy quedando viejo y no quiero que se pierda.

—Ya será menos. Cambios, ninguno.

—¿Cómo que ninguno? Pero si está pidiéndolo a gritos.

—Hable con las flores durante estos días. Verá como le dicen que están contentas. Es un lugar que no debe tocarse, cuanto más viejo más encanto. Lo anticuado se lleva, es moderno. L'Étoile Manquante está perfecta, hábleles.

—Sí, me has visto hablar con las flores... Un disparate. Lo sé. Yo es que lo vengo haciendo toda la vida y ya parece que si no lo hago no funciona. No le digas a tus padres que te ha dado trabajo un chiflado. Un loco.

—Loco si deja de hacerlo. No, no. Las flores no pueden dejar de escucharle. En cuanto le ven, cambian. Me he fijado.

—Bueno, pues seguiré hablando solo. Aunque me temo que te estoy contagiando la locura.

—No habla solo, lo hace con ellas. Y cuando vuelva yo, haré lo mismo.

—Eso es competencia desleal.

Rieron.

Hicieron como que brindaban con el agua, sin chocar las copas (por si acaso).

Ahí, a su pesar, Dominique Brulé sabía que también era feliz. Él adoraba a Violeta de una manera dolorosa. El deseo a la edad tardía es difícil de asimilar. Pero reconocía que ser un «padre» podía ser tan hermoso como el mejor de los sueños que rondaban por su cabeza, mejor reconsiderar cualquier posibilidad peregrina en ese momento; y en esta sala, en esa cena, él estaba experimentando que la vida le había dado otra oportunidad. Extraña. Extravagante. Era un señor que volvía a sentirse joven. Y tenía ante él a una joven que le miraba como a un padre. Nada de eso habría imaginado tiempo atrás, cuando las únicas violetas venían en gavillas envueltas en celofán. Otro giro en la historia.

—Bueno, da recuerdos a tu familia. Madrugaré para ordenar la floristería. Llega pedido para estos días y estaré atareado. Sé feliz en Madrid. Cuídate mucho. Y cuida de Tilde.

Dominique no quería despedirse, así que recurrió al truco de recoger la mesa y decir que estaba cansado como una noche más. Miró a la chimenea y se dio cuenta de que faltaba ella, se apoyó donde estaba la foto y cerró los ojos. En el fondo se sentía como si hubiera eliminado una parte de él. Balbuceó buenas noches y lanzó un amago de sonrisa al ir hacia la habitación. Estaba claro que los recuerdos son imprevisibles, aparecen de forma inesperada y se esfuman también de forma súbita. Esa conversación quedaba pendiente para las flores.

Las peonías vuelven en primavera.

—¿De verdad te ha dicho que cuides de mí? —interrumpió Tilde, subiendo al vagón que las llevaba a Grenoble—. Ayúdame. Qué valor. Se habrá creído que soy una vieja gagá.

—Eso me ha dicho. Que cuide de ti. Así que te controlo como si fueras...

—Como digas «mi abuela» te doy el viaje.

—¡Tilde! Anda, dame la maleta que la ponga arriba.

—Como caiga...

—¿Cuánto tiempo hace que no viajas?

—No me acuerdo.

—Bueno, mejor. Así disfrutamos de las cuatro horas mirando el paisaje y comentando.

—Me da que caeré rendida. He dormido poco. Anoche no hacía más que pensar y me dio por darle vueltas al asunto.

—¿Como qué?

—Pues las pocas cosas que me ha contado Mercedes en su vida de él, para poder ser ella. Alguna pista que no me delate.

—Étienne me dijo que estaba ya muy mal.

—Eso, Étienne. Recuerda que tienes que hablar con él. Espero que acceda. O no le decimos nada y yo hablo con su padre en un aparte.

—Bueno, eso lo vemos allí.

—Habrá que hablarlo antes.

—Bien, lo hablamos antes. Ahora deja que me quite el abrigo, que vaya a la cafetería a por agua y me siente. Me duelen los pies.

—Yo he traído agua. Llevo una botella en el bolso.

—Pero, Tilde...

—No hay más que hablar. Soy una mujer antigua. Y aquí en estos trenes cobran un pico por cualquier cosa, que me lo han dicho.

—Bueno, pues bien.

Violeta se levantó aguantando la risa y Tilde frunció el ceño, iba a refunfuñar algo pero se contuvo. Una señora que viajaba sentada enfrente se sonrojó y se puso a leer una revista de viajes que abandonó a los pocos minutos por una novela de Modiano de título imposible. Pronto se quedó dormida con el libro en las faldas. Desde ese momento el viaje transcurrió en medio de una charla constante.

«Tal cháchara consistía en mejorar nuestra relación, parlotear de cosas intrascendentes que se hacen importantes, comentar detalles de Mercedes que la hacen especial y rara —que suele ser lo mismo—, interpretar la vida de Dominique Brulé y conversar de todo ese París que yo no conocí pero que Tilde se comió con patatas».

—Yo no me enteré del mayo del sesenta y ocho, me pilló fregando escaleras y ordenando trastos de cocinas. Pero era muy divertido. La calle estaba viva. O estábamos vivas nosotras. Es que cuando me acuerdo de mi juventud ya no sé si era divertida porque era divertida, o era divertida porque era joven. Lo único cierto es que era pobre y cuando eres pobre la calle es más tuya. Dónde va a parar. Mientras mis señores, donde trabajaba, tenían un coche que les llevaba de un sitio a otro, yo me tenía que recorrer París. Y, claro, París se me hizo mío.

»La mansión de los Luard me fascinaba. Me atraían mucho los relojes. Yo creo que esos señores tenían muchos relojes para ser conscientes del tiempo. Cuando se es rico importa más. Cuando se es pobre... con llegar, basta.

»A mí, lo que me gustaba de aquellos años era la música. Me volvía loca Françoise Hardy, pero loca, loca... Creo que aprendí francés con sus canciones porque quería saber qué decía. Y me las aprendí de memoria. Escribir no sé, escribo fatal en francés, pero como me basta con hablar... Pues hablo. Pero no me preguntes dónde van los acentos ni para qué lado. A veces, cuando leo la prensa, que eso sí, leer leo, me parece que han salpicado las letras con un salero. Cuánto adorno necesitan algunas palabras. Bueno... ¡y algunas personas!

»Aprendí cantando. La señora Luard tenía todos los discos de Hardy. Y me gustaba mucho una que cantaba cuando paseaba por la calle.

Tous les garçons et les filles de mon âge
se promènent dans la rue deux par deux,
tous les garçons et les filles de mon âge
savent bien ce que c'est d'être hereux,
et les yeux dans les yeux, et la main dans la main,
ils s'ent vont amoreux sans peur du lendemain...

»Me gustaba mucho también Sylvie Vartan y France Gall. Pero yo quería ser como la tímida Françoise Hardy, solo que ella tenía el pelo lacio y a mí se me quedaba fosco en cuanto caían cuatro gotas. Era tan guapa. Ahora también lo es, pero entonces... La recuerdo perfectamente. Incluso recuerdo cómo olía. Era absolutamente *parisienne*.

—¿Cómo?

—Los señores eran amigos de Jacques Dutronc, un actor que también era muy guapo y que se llevaba bien con mi señora. En una de las fiestas que daba en el salón, escuché la canción, pero no había música. Era ella. No me lo podía creer. ¡Ella! ¡No los discos! Aceleré por el pasillo hasta la puerta, me daba miedo pasar por si no sabía controlarme. Temí por la bandeja de tazas de Limoges que llevaba en una mano, así que tuve que agarrarla con las dos para asegurar los temblores y con el codo abrí cuidadosamente una de las hojas. Pasé. Y nadie se dio cuenta de mis lágrimas porque había mucho humo. Allí, en torno a unas sillas, se elevaba, misteriosa, mi «profesora de canciones». Estaba cantando sentada en las rodillas del tal Dutronc, que la abrazaba por la espalda.

—¿Le dijiste algo?

—Cómo iba a saludarla. Yo era la chacha. La chacha española que era muda.

—Qué pena.

—No te creas. Había más servicio para aquellas fiestas, y como yo me llevaba muy bien con *madame* Luard, me acerqué para dejar la bandeja en su mesa y cambiar los ceniceros por otros limpios. Solo quería verla. Tenía el pelo tan brillante, tan suave... Creo que al girarme se le movió como si fueran cortinas de gasa.

—Y había más gente.

—Claro, era una fiesta.

—Digo gente famosa.

—A mí solo me importaba la cantante porque era mi maestra de francés con sus letras. Me sabía sus canciones de memoria. Me las sé todavía. A veces tarareo sola en casa. Bueno, mentira, las canto y me imagino que soy ella.

Pero sí, también estaba Paco Rabanne. Era español, como yo. Pero no dije nada.

—Qué envidia. Lo imagino.

—Y yo.

—Y... ¿Dutronc?

—A mí ese no me gustaba, me parecía un chulo. Iba con gafas de sol y no soporto a la gente con gafas de sol porque me reflejo y me creo que estoy hablando sola. Es como hablar con la lavadora. Eso sí, cada vez que me despierto de madrugada me acuerdo de su canción: *Son las cinco de la mañana, París despierta*.

—¿Tienes insomnio?

—Tengo años. Cuando eres vieja duermes menos.

Matilde se quedó mirando por la ventanilla del tren absorta en sus pensamientos y yo me hice la dormida. Mis recuerdos estaban habitados de ansiedad. Hasta las narices del lado malo de las cosas. Los besos que llevo conmigo pesan. Y pesan también los que no llevo. Me dan miedo las agujas. Odio las agujas. Últimamente me sacan sangre, mucha, cinco tubos. ¿Tantos? Y me mareo. Qué pena no ser niña. Tenía un oso de peluche que perdí y que ahora abrazaría. Al pasar un hombre entre los asientos me ha rozado con su abrigo y me ha venido un olor particular. Lejano. Es la tela áspera de mi padre. Su barba. Tengo intacta a la niña que fui. Quiero aquel flexo de aluminio bajo el que escribía cartas de amor. Me duelen las piernas. Mi tripa ya no es mía. ¿Cómo serás? Este viaje en tren es absurdo.

Ha vuelto a pasar entre los asientos el señor del abrigo. Huele.

Me levanto cada mañana abriendo las ventanas de toda la casa de par en par, porque todos los olores me molestan. Hasta puedo recordar el aliento de las personas a las que quiero con un asco profundo. Ayer fui al médico y lloré; bueno, también lloré antes de ayer porque escuché a una pareja decir: «Aquí hay flores como para una boda». No supe por qué lloraba pero lloré. Aunque creo que por dentro estoy llorando todo el rato. «Estás embarazada —deberías decir—, tienes una vida dentro que depende de ti y todo lo que sientes lo siente también». Oh, por Dios, que se callen, porque eso no me ayuda.

Las que queremos más siempre perdemos.

Recuerdo una película sobre prostitutas, *Princesas*, en la que después de escuchar algo así como «Lo que más miedo me da de morirme es que la otra vida sea como esta», también me hinché a llorar allí sentada, mirando a la pantalla, porque por una vez alguien me entendía.

Alguien que te entiende siempre es un lugar.

Quedan pocos meses, semanas dicen los médicos, para que me siente a pelear por ti. Quedan días para demostrarle a una persona que no me conoce de nada que soy buena madre. Que puedo serlo. Y no hay horas suficientes al día para llorar tanto miedo.

Malditas hormonas líquidas.

El libro que estaba leyendo dice que no hay que vivir en el pasado. Claro, como si eso no estuviera en los huesos. Como si al mirarte en el espejo no vieras hasta las costras.

Incluso tengo miedo de ti, pequeño.

Y te amo tanto. Es así de extraño.

Según me dicen los médicos ya tienes huellas dactilares y un corazón pequeñito, oye corazón, que bombea a mi ritmo. Conmigo. Los dos. Cómo no va a volverse loco mi cuerpo si tiene que crear otro cuerpo. Por mucho que sea natural, es magia. Eres magia.

Noto una patada.

El paisaje corre tras la ventana.

Tilde tararea:

C'est le temps de l'amour
Le temps des copains et de l'aventure
Quand le temps va et vient
On ne pensé à rien malgré ses blessures.

*

Sonríe. En cualquier momento te vas a echar a llorar.

*

Ah, mientras transcribo las palabras de Violeta —en realidad, debería decir la escucho—, veo a una chica que se le parece. También tiene expresión de tener miedo, pero lo contiene con una forzada sonrisa, se toca la barriga y hace como que lee un libro. Estoy sentado en una cafetería donde Matilde iba de niña con sus padres: Las Nieves, en la calle Jerónimo de la Quintana, de Madrid. Aquí escribo entre el ruido de la cafetera y el olor a patatas guisadas que sirven a los que entran con frío y piden cerveza. Veo ante mí todo lo que pasa y me fijo en los bártulos de la chica: una maleta y un abrigo que descansa en el respaldo de otra silla.

¿Su nombre? Es probable que haya huido. O que esté cansada. Una amiga se acerca con dos cafés con leche y quiero que deje de sonar la máquina de café para escucharlas. Me limito a verla llorar frente a su amiga. Cuida de ella, pienso.

Es otra historia.

Todos tenemos historia.

Y tú también, lector.

¿Te acuerdas todavía de aquella cafetería Manila del edificio Carrión en la que un gentil camarero te invitó por guapa después de toda una suerte de cumplidos, querida Matilde? Qué tímida eras entonces. Habías comido con tus amigas y fuiste incapaz de acabarte el bizcocho borracho porque temías mirar de más. Había unos chicos de vuestra edad que también os echaban el ojo, por guapas, y hacían gestos con los sombreros y se giraban en los taburetes como si fueran subidos en caballitos de feria. Y en esto lanzaste el servilletero al suelo montando un drama de palillos y servilletas de pura vergüenza. En el caso de que llegara el día en el que tuvieras que besar a uno de ellos serías incapaz, lo pensaste. Y el pudor te amargó la vida como amargan a muchos los miedos. Eras una jovencita timorata. Si te pilla ahora, ¿verdad? Habrías hecho confeti con las servilletas.

Hace mucho que no vienes a España, ya no existe Manila, hay una tienda de ropa en su lugar. Las Nieves sí.

El paisaje desde el tren que las lleva a Grenoble, blanco, te acaba de llevar a la infancia y no quieres abrir los ojos. La que duerme ahora es Violeta.

Cafetería Las Nieves. Viste el cartel y quisiste entrar con tus padres. Imaginabas un lugar de cuento y con alguna princesa que atendía en el local vestida de tul. Sin embargo, no. El olor a patatas fritas era casi una metáfora de lo que estaba viviendo el país. Mamá te cogió el abrigo y la bufanda para salvarlos de las manchas y del olor. Papá buscó hueco en la barra con forma de barco en la que quedaba el espacio justo para apoyarse uno e ir haciendo plaza progresivamente. Mamá se temía que papá pidiera alguna tapa de más y luego no quisiera comer lo que ya estaba preparado. Solía pasar. Una vez allí iba a tener poco margen de maniobra.

Papá pidió una cerveza y un *bitter* para mamá. Una bebida color de fresa, pero amarga como la tónica. Uno de esos engaños de la vida.

—Hola, pequeña, tú qué quieres.

—Conocer a la señora Nieves.

—No vive aquí.

—Y ¿dónde está?

—En las montañas —dijo el camarero a la pequeña Matilde.

—No me lo creo.

—Bueno, como veas, pero es cierto. La Virgen de las Nieves está en un pueblo de León. Aquí no está.

El trayecto hasta casa no fue precisamente como había imaginado mamá. Tilde, cabezota, tuvo que conformarse con la promesa de que un día, si las cosas iban bien, irían a ver «a la princesa de las Nieves», tal y como entonces la bautizó la pequeña. Papá iba delante, con las manos detrás como caminaban casi todos los hombres por entonces, y las chicas imaginando cómo sería el vestido de tules y gasas blancas.

Mamá se dio cuenta de que tenía una hija llena de fantasía, demasiada para aquel Madrid y para unas posibilidades remotas de viajar más allá del recorrido del tranvía. «El mar es como el lago del Retiro, pero mucho más grande», explicaba mamá por las tardes.

—Pero ¿cuánto más grande?

—Mucho. Todo lo que te quepa en la imaginación.

Error. En la imaginación de Tilde cabían muchos litros de sueños. Y del mismo modo que crecía, descendían las probabilidades.

Estaba claro que no había que fantasear mucho más con ella, la vida estaba primero.

Y la vida fue pasar de vez en cuando a la cafetería Las Nieves para ver si aparecía su princesa. Uno y otro domingo. A veces, si lo permitía el trabajo de papá, también alguna tarde aunque solo fuera a saludar a los parroquianos.

Entonces sucedió.

—Usted debe de ser la famosa niña Matilde —dijo un día la cocinera gorda que siempre permanecía oculta tras los fogones incorporándose desde las escaleras a la mesa donde estaban sentados padre e hija.

—Sí —contestó tímidamente la pequeña Tilde.

—Me han dicho que vienes mucho. ¿Cómo es posible que no nos hayamos visto con lo guapa que eres? Una niña como tú tengo que conocerla. ¿Cuántos años tienes?

Una sonrisa gigante y generosa y Tilde pensó que aquella señora rolliza y mofletuda vestida de impoluto uniforme blanco era la Señora de las Nieves. No pudo decir nada. Ni siquiera la fantasía interior acumulada durante semanas se inmutó con la realidad. Lo que había idealizado en sus dibujos y al pasar por la puerta de la cafetería mejoró al verla. Parecía que la sofisticación de Matilde no iba a hallarse precisamente por los excesos. Le bastó con el brillo de aquella bata nívea que llegaba hasta los tobillos y unas manos suaves que le apretaron la cara mientras mostraba una sonrisa amable, serena y pacífica para creer que ELLA era la dama de las nieves.

—No consigo quitarme la canción de la cabeza.

Violeta se despertó cuando el tren paró en una estación.

—¿Cuál?

Matilde sonrió mirando al exterior, el paisaje estaba todo nevado.

Escribo todo esto algo tembloroso. Me pregunto, Paulina, si todo cuanto cuento te interesa. Si lo hago bien.

*

Bordeábamos Mercedes y yo las elevadas verjas del Jardín de Luxemburgo. Paseábamos callados por la acera. Se la veía inquieta, mirando de un lado a otro.

—Qué pasa, Mercedes.

—Nada, Brulé. Nada. Será el frío.

La conocía de sobra. Era una de las mejores clientas de mi floristería, y ella y su amiga se habían convertido en familia que se visita, se cuida y se mantiene sin preguntas.

Habíamos comentado en más de una ocasión lo solos que nos sentíamos con la edad, «Los años pasan, pero que pasen, que pasen», decía Tilde. Y nos reíamos porque tenía razón, «Que pasen», «Mejor solos que mal acompañados», «Lo bueno es la madurez, la juventud se pasa».

Sin embargo, cuando el silencio pesaba especialmente era porque el tiempo inadvertido se hacía físico. El desierto que deja la vejez se ve demasiado cerca y tal vez por eso caminábamos despacio, por miedo a encontrarnos.

—¡Cuidado!

Una de las rejillas que rodean los árboles bailó y Mercedes estuvo a punto de caer al suelo. Se agarró a mi brazo y trastabillamos los dos.

—Maldito ayuntamiento. Menos anuncios y más seguridad.

Lo gritó fuerte para sentirse escuchada y que no se advirtiera en ella un ápice de flaqueza ni debilidad adulta. Y así fue, unos jóvenes que cruzaron rápidamente al ver el tropiezo, la aplaudieron con sonrisas y nos preguntaron si necesitábamos algo.

—Tiene toda la razón la señora.

—Claro que tengo razón. Hay que quejarse más. Pero os toca a vosotros ser rebeldes. Yo ya soy vieja. Ya me gustaría repetir el mayo del sesenta y ocho hoy mismo. Faltan voces y sobran gritos. Entonces levantábamos los adoquines, ahora solo levantáis los teléfonos.

Mercedes era un animal social.

Nunca nos habíamos visto en fotos de jóvenes, pero nos intuíamos entre las arrugas.

—Tiene razón —repitieron.

Yo supe que no se estaba quejando de la política, estaba hablando de ella. La querella salía de dentro como un gruñido. «Ya está bien de adornos, ya está bien de maquillajes: más realidad para los que pisamos la calle». Parecía un mitin improvisado en las rejas de los jardines.

Todos nos quejamos más cuando somos incapaces de neutralizar un dolor. Y en ese caso, yo no sé si se lamentaba de la edad, de su angustia o de todo junto.

Mercedes se agarró bien a mi brazo para ajustarse el zapato y caminar, y fue entonces cuando la pareja joven, que se había despedido con afecto, dijo:

—Me gustaría ser como ellos cuando seamos viejos.

Lo escuché yo.

Y también lo escuchó Mercedes.

Pero a mí me gustó.

A ella:

—Ya estoy bien —dijo soltándose del brazo—. Que no ha sido más que un tropiezo, no necesito ambulancias ni lazarillos.

—Anda, vuelve a agarrarte. Ahora sobra el orgullo —le dije.

Así fue. Ella tragó saliva y se hilvanó a mí.

Mercedes y yo caminamos cogidos del brazo durante mucho rato. Ella se dejaba llevar y si yo tenía otra intención oculta, prefería que siguiera siendo así. El paseo fue fluido y lleno de detalles de Mercedes hacia mí. Paramos en un café, compartimos una mesa bajo la estufa, repetimos en otro —en este caso ya descafeinado— cerca de Saint-Sulpice y seguimos caminando. No estaba acostumbrado a que fuera excesivamente cariñosa. No era como Tilde, tenía un pundonor que la paralizaba para ser más delicada en su vida diaria o con la gente que la rodeaba. Miedos tal vez, como siempre, como todos. Pero en esta ocasión la debilidad la hizo distinta. Así que cuando comentó que le encantaba la música actual, me obligó a mentir. Dije que también me gustaba mucho Zaz o Calogero, los que había mencionado. Y en vez de explicarle que no sabía quién era la tal Yael Naim, que quería escucharla para conocerla, respondí con un «me suena... Y estoy deseando escuchar al hijo de Dassin». Mercedes especificó que el hijo de Joe había mejorado los clásicos, que ella estaba harta de antiguallas.

Todo iba así, con música.

Sin embargo, aquella tarde no quise plantearme el porqué de la apacible charla entre dos viejos conocidos.

Disfruté de su acercamiento más estrecho de lo habitual. Y seguramente, estoy convencido, ella necesitaba sentirse así. Iba a escribir «protegida», pero no lo sé.

Puedes escribirlo, narrador, estoy seguro de que es así. Incluso hoy. Mercedes se sentía protegida y le gustaba la sensación de auxilio.

—Qué hora será. Se me ha ido el santo al cielo.

Estuve a punto de replicar irónicamente que lo que había hecho es bajar. Pero me contuve con mi mejor sonrisa.

—Iba a proponerte...

—¿Qué?

—Pues, ya que se ha ido la «familia» a Madrid y supongo que estarás sola en Navidad...

—Siempre ceno con Tilde. Es la única vez del año que cenamos juntas. Así no reñimos. Esta vez será raro.

—Pues eso, que... Te propongo que cenemos juntos.

—Huy, no, no.

—¿Cómo que no? Ya que será raro, como tú dices, mejor que sea raro para dos.

—Bueno, ya lo hablamos.

Iban los dos bulevar abajo, hacia Bonaparte, dirección rue Visconti 14, ella más callada y él sin atreverse a distraerla de su silencio. O de sus pensamientos. Luego, con voz muy mansa, Dominique le dijo que se lo pensara bien. Había que encontrar la *entente cordiale* en esos días y qué mejor que poner dos platos, dos copas y una botella bajo la misma luz. Cosas «navideñas», volver a sacar los adornos, poner villancicos de fondo. Hablar. O simplemente, estar.

Callados durante un rato habían llegado al portal de Mercedes. Los portalones azul Prusia que tanto llamaban la atención.

—Hasta mañana, Dominique.

Él se quedó allí unos minutos, pensando en aquella ocasión que entró por primera vez en el portal de una chica.

15

Violeta miró el reloj y vio que ya estaban llegando a Grenoble. Se había pasado el viaje durmiendo. Levantarse ahora a coger la maleta le parecía una tarea sobrehumana, tenía los riñones entumecidos y las piernas dormidas.

Entonces fue cuando llamó su atención un señor de bigote. No lo había visto antes porque recordaría ese rostro tan caricaturesco, pensó. Con primoroso cuidado propio de otra época avanzaba hacia la zona de equipaje en gabardina balanceando un paraguas de mango largo que se enredó con el bolso de Tilde.

—¿Usted también aquí?

Matilde se sobresaltó como si la hubieran asaltado dos rateros y se volvió hacia el lechuguino (así lo definió luego).

—Qué sorpresa.

—No pensé que mi recomendación para visitar Grenoble fuera tan efectiva. ¡Y tan rápida! Aunque le dije que mejor en primavera.

—Soy muy de invierno. Me gusta el frío.

Tenía una voz suave y elegante que inspiraba confianza. Un señor de refinados modales que asumía la diferencia de su delicadeza con cierta satisfacción.

Tilde lo miraba fijamente, cortada.

Hasta ese momento Violeta no había dicho nada. Imaginaba que era de París o, mejor, que Tilde también escondía tapados entresijos que iban a animar de improviso el final del viaje.

El gomoso señor de bigote las ayudó con las maletas. Antes de separarse de ellas, a las que bendijo con varios piropos, anotó su dirección y el número de teléfono de su oficina en una servilleta de la cafetería.

—Pueden llamarme. Grenoble es mi casa.

—Por cierto, cómo se llama.

—Jérôme.

—Le presento: Violeta. Y yo, Matilde. Encantadas y gracias por la ayuda.

—¿Su hija?

—No. Mi nieta. Pero gracias.

—Pues hasta muy pronto, espero.

Parecía un individuo formal. A lo mejor podría servir de ayuda.

—Eres muy fuerte, Tilde. Estabas coqueteando. ¿Quién es?

—Gregory Peck. Le conocí por casualidad en la librería donde Mercedes se esconde.

—Shakespeare.

—Sí. Pero no estaba coqueteando. Era cortesía.

—Ya lo veo. Eres una ardilla. Acabamos de llegar a Grenoble y ya tienes en el bolsillo la dirección y el teléfono de un hombre.

—Por Dios, Violeta. Qué dices.

—Eso.

—Es un lechuguino.

—Pues bien que te has ajustado el abrigo mientras bajábamos al andén. Y le mirabas.

—Por si nos robaba. Lo vigilaba para que no saliera corriendo con las maletas. ¿Y si nos roban a una anciana y una embarazada nada más llegar a la estación?

—Lo más normal. Ya.

—Camina, Violeta. Camina. Y deja de fantasear.

Los ojos de Étienne, de pie ante la puerta de la estación de tren, se clavaron en ella en el preciso instante que apareció arrastrando la maleta junto a Tilde; y no desvió la mirada hasta que cruzó la calle y se fundieron en un abrazo. Parecía un pésame.

No digas eso, narrador. No parecía un pésame. Era un abrazo. Y los abrazos, si no estás en ese hueco que queda entre corazón y corazón, no sabes qué pretenden decirse. Fundamentalmente porque es imposible que coincidan los órganos latiendo en el mismo lugar. Solo coinciden palpitando cuando nos abrazan por la espalda.

Tilde enseguida reparó en que duraba demasiado tiempo.

—Jamás había venido aquí... —dijo caminando delante de la pareja—. Es tremendo el frío que hace. Caray. Me temo que tendré que ponerme el otro jersey. Voy congelada y las piernas matadas de no moverlas. —Violeta y Étienne no contestaron porque seguramente no la escucharon. Tilde prosiguió—: Supongo que habrá que ir al hostal antes de todo lo demás. Estoy algo cansada. Me abrigo y me doy una friega en las rodillas con alcohol. Las tengo matadas. Y este frío... Ya me habían dicho. ¿Siempre es así?

—Perdón.

—Que si siempre hace este frío.

—Sí.

—Perdonado.

—Imagino que el viaje ha sido agotador.

—No es precisamente un bólido el tren desde París, pero tranquilo, que hemos venido sentadas.

—Étienne, si te parece —dijo Violeta—, nosotras vamos primero al hostal. Nos acomodamos. Nos cambiamos y estamos listas.

Tilde se paró bruscamente. Cambió el tono, incluso la actitud. Observó al muchacho y le agarró del brazo, arrancando así una de sus explicaciones. No tenía preparado el discurso ni la forma de empezar. Dejaba que la improvisación que da la edad le sirviera para masticar cada una de sus palabras. Odiaba los rodeos, dar giros y buscar palabras con las que quedar bien. Habían llegado desde París, estaba agotada y ahora solo había que ser quirúrgica. Bastaba con decir: «Traemos un mensaje para tu padre». Pero cuando uno va a hablar, a veces, dice lo que dice. Eso sí, Tilde demostraba convicción en cuanto se ponía la mano en el pecho a modo de confesión dramática.

—Como ves, no ha venido Mercedes.

—¿Sabéis cuál es la razón? No quiero que me tranquilice —dijo él—. Quiero que me diga la verdad.

—No quiere. Punto. Y no le des vueltas. Es lo que es.

Étienne no pudo añadir palabra.

Violeta le cogió del brazo.

Cuando aparecieron por la puerta de la estación esperó ver a Mercedes, pero se quedó mirando a Violeta. Fue una mezcla de frustración y emoción que Tilde intentó aplacar pidiéndole que las ayudara con la maleta. Bastaba —eso ella lo sabía bien— con que un joven se sintiera útil ante una vieja para que se serenara el malestar. Como cuando te duele una muela y decides pellizcarte el pulgar. Más o menos.

—¿Cómo está de salud? —preguntó ella.

—Sigue igual.

—Vaya. Rezaré algo.

—Dadas las circunstancias, está bien. Sus órganos fallan a un ritmo lento, pero funcionan. Nos han avisado de que es progresivo y puede demorarse. Su pérdida de movilidad se ha acelerado, está en cama. Y tiene pérdidas de memoria, pero nos conoce a todos.

—¿Y pregunta por ella?

—¿Te refieres a Mercedes? Sí —dijo Étienne—. Cada vez que entro a verle.

—No me gustaría causar problemas, pero le hablaré de ella.

—No causan problemas —dijo mirándolas.

—Bien, pues luego hablamos.

Acarició al muchacho con unos golpecitos en la cabeza propios de una tía lejana, volvió a estrecharle la mano y Violeta le besó.

Después de que se acomodaran en el hostal, Étienne fue a buscarlas a la recepción para ir caminando a su casa. En otros tiempos, la casa debió de ser un hogar cómodo y con cierto lujo. Se apreciaba el encanto de los espejos en la entrada, la chimenea cargada de cerámica duplicada, algún cuadro que parecía de valor por el marco y la iluminación de dos lámparas de araña que, aún apagadas, reflejaban centellas en la pared. Venían luego los detalles: muebles de madera de caoba con pieza de mármol donde había depositados marcos de fotos, cajitas de madera y nácar, estatuillas de campesinos en acción paralizada —ese tipo de cosas que parecían heredadas y que tanto gustaban a Matilde—. «Si lo viera Mercedes», pensó. Se percibía un aroma a talco y a flores.

Se oyó la voz de Étienne, «pasad», y le siguieron por un breve pero ancho pasillo en el que había un sofá de madera acolchado cargado de almohadones alineados como una baraja.

Tenía entonces cara de cansado y desgastado. La proximidad de la muerte ajena es así de cruel con los invitados. Pero Tilde, con esa manera de salvar la situación tan suya, le ofreció el cariño templado de una mujer que intenta tranquilizar con los gestos y pocas palabras. Todo ese buen rollo que da una mirada cómplice, una cabeza ladeada, una mano que aprieta con dulzura y unos piropos sobre la bondad de un hijo que ayuda a su padre que, bien ordenados, hacen elevar las alfombras. En ese contexto de dolor y despedida, no dejaba de pensar en el hombre que, moribundo, estaba esperando a otra, a Mercedes. ¿Cómo lo conseguía Tilde? No lo sabe ni el narrador. Pero ella nació para ser un espejismo de otras vidas. De hecho, Violeta percibió una cierta modificación en la actitud de su vieja amiga. Esa reacción exagerada de dulzura, de familiaridad con el chico, la forma en que le cogía y le decía cosas inaudibles. Pensó que no había venido con Matilde, sino con un hipnotizador igualmente vestido de negro pero con collar. Algo había cambiado en ella. Así que no veía más solución: dejarla hacer. Y mejor: dejarla hablar.

Étienne habló sin apenas voz.

—Esta carta me la dejó mi padre para Mercedes. Me gustaría que se la llevarais a ella. Os agradezco de todos modos que hayáis venido. Y el cariño que me mostráis.

—Dámela —dijo Tilde, agarrando el sobre y metiéndolo en su bolso—. Yo se la daré. Descuida.

—¿Vas a hablar con él?

—Sí, me gustaría que me dejarais sola. Ya sé que puede parecer raro, pero lo que me ha dicho Mercedes quiero que quede entre ellos. Solo seré su portavoz.

—Pero...

—No te preocupes. Serán todo palabras bonitas. —Tilde cruzó el salón y se giró para preguntar—: Dónde está el baño. Querría ir antes.

—Es la segunda puerta, a la derecha. Te acompaño.

No se sentía con fuerzas de mentir y se sentó en el borde de la bañera. Se acordó de las tardes de niña, de las películas de Semana Santa y del gato que no le hacía caso. Todo se amontonaba en su cabeza. Se quedó sentada con el bolso en las piernas hasta que decidió abrir la carta que iba destinada a su amiga.

> *Mi querida Mercedes:*
>
> *Cuando leas esto ya habré muerto en una habitación de Grenoble. He vivido aquí. Debería decir, he vivido aquí sin ti. Ahora solo quiero despedirme y pedir, de nuevo, perdón. Sería muy largo de explicar todo lo que he vivido y todo lo que creo que me he perdido y no quiero aburrirte. Por lo que respecta a mi hijo, es un maravilloso hombre. Me gustaría que le conocieras. Le he pedido a él, Étienne Martín (no quise ponerle mi nombre para que no arrastrara mi destino), que haga lo posible por conocerte. La vida se ocupará del resto. Y la muerte de cerrar este asunto.*
>
> *Un beso. Óscar.*

Y como decía aquella canción de juventud que bailamos: «Quizá no supe hablar cuando te vi, hay algo en tu mirar que nunca vi. Silencio sin piedad en vez de amor, mas cuando quise hablar alguien cantó... El precio que pagué, quizá no supe hablar cuando debí...». No ha dejado de sonar Matt Monroe en mi cabeza. Jamás. Jamás, Mercedes.

Un último beso.

—Hola, Óscar.

El enfermo apenas se giró en la cama donde estaba postrado.

—Soy Mercedes.

*

Étienne le pidió a Violeta que saliera con él a tomar un café.

—Estoy seguro de que tienen muchas cosas que decirse...

Violeta se encogió de hombros. Pensaba en Tilde y en las circunstancias de despedirse de quien no es.

—Confía en ella, es una mujer muy generosa. No me ha querido decir nada del mensaje, pero entiende que no hemos venido desde París en este estado más que para... Ayudarte.

Étienne y Violeta fueron andando sin rumbo fijo desde la plaza de Victor Hugo de Grenoble hasta sentarse en el ventanal de un café de la rue Millet. Las estanterías del Jardin du Thé parecían una colección de corazones metidos en frascos rojos.

Había llegado el momento de poner los suyos sobre la mesa.

—¿En qué piensas?

Violeta se puso las manos en la barriga y recordó cuando se sentía atractiva.

—En nada.

Y, tras coger aliento, entró en detalles con voz atropellada, como si tuviera miedo de que los recuerdos fueran a aparecerse en la cafetería. Todos los detalles junto a las tazas de café. Que el chico del que estaba embarazada se llamaba Pablo, que no tenía ningún contacto con él, que no quería tenerlo, que el odio se había convertido en olvido, que había decidido vivir la vida en solitario, que era feliz en París de prestado, que estaba aprendiendo el cuidado de las flores, que había encontrado un padre con ellas, incluso una abuela postiza; que la vida a veces era una yincana abarrotada de pruebas para funambulistas, que si se agarraba el corazón podía cruzar las calles sin mirar, que no sabía si sería niño o niña, que no quería saberlo, que tenía miedo pero que se sentía doble.

—Siempre espero que se me recompense por continuar con todo, es la única conclusión que saco para entender mi tristeza. Me pregunto si marcaré la vida de mi bebé. Cuánta responsabilidad, Étienne, cuánta... Dicen que la infancia es la parte más dura de la vida de un niño. ¿Y si no es suficiente mi amor? Quizás es que creo que me merezco más y a lo mejor debo empezar a exigirle menos a la vida.

»Los días de lluvia me hundo. Y en París llueve mucho. La lluvia y yo no nos llevamos bien.

»Desde hace meses llevo una coraza, pero esa no soy yo y me echo de menos.

»Y como llueve, quiero llorar. Y parezco la chica triste de las calles... Pero he aprendido a sonreír. Como soy dos...

»Y cuando te tenga, le digo al bebé, soñaremos despiertos hasta quedarnos dormidos.

»No voy a llorar delante de nadie, salvo que alguien me pregunte cómo estoy.

Étienne atendía con los ojos muy abiertos y la cabeza apoyada sobre las manos. No quiso preguntarle. Cuando acabó de vomitar, se quedaron en silencio. Los dos, callados un rato más largo de lo normal.

—Supongo que un día tendré que hablarte de mí.

—No te he hablado para que me correspondieras. Te agradezco que me hayas escuchado.

—Qué menos, Violeta.

—Bah. Nada de lo que te he dicho tiene importancia. Soy una más. La típica joven que anda perdida y que piensa demasiado las cosas. Ni soy especial ni nada.

—Supongo que todos somos especiales para alguien...

Violeta apagó una risa.

—¿Hay algo gracioso? —preguntó Étienne.

—Seguramente para mí.

Están viviendo uno de esos momentos en los que ambos sienten que todo está en orden, que el hilo rojo te ha conectado con quien te tenía que conectar según la tradición japonesa, pero no lo quieres creer porque es una estupidez pensarlo. Y coges la cucharilla y remueves el té y decides echar más azúcar para olvidar la simpleza que se te pasa por la cabeza.

Étienne había colocado en una silla, a su lado, un abrigo largo de paño marino en el que había dejado el tabaco. Pero cuando encontró la cajetilla en uno de los bolsillos interiores se dio cuenta de que estaba Violeta con él.

—No te preocupes. Sal. Te espero aquí.

—¿No te importa?

—Mejor hacer tiempo, Tilde tendrá cosas que decirle a tu padre.

Se habían olvidado de París.

En el Jardin du Thé sonaban canciones antiguas, y la fuerza de la letra de una en especial perforó el momento:

Ne me quitte pas,
il faut oublier
tout peut s'oublier
que s'enfuit déjà...

Sobre sus cabezas pendía una inmensa lámpara trémula. La canción era de las que paralizan el ambiente y lo convierte todo en preguntas. No era una orquesta, lo parecía, y la voz de Jacques Brel era de las que pronuncian todo con el dolor masticado de quien sabe qué quiere decir. El camarero se acercó a preguntar qué deseaban y dejó dos vasos de agua. Violeta estaba sentada, Étienne ya en pie para salir a fumar. Paralizado. «Serán dos tés —dijo—. Con leche caliente», añadió cuando el camarero se hubo ido.

Oublier le temps
des malentendus
et le temp perdu...

«A saber cómo se olvidan las horas —entonó al unísono Étienne—, quienes mataban a veces, a golpes de por qué, el corazón de la felicidad».

Ne me quitte pas
ne me quitte pas
ne me quitte pas...

Volvió el camarero, con una bandeja con el servicio doble de té. Dos tazas con la infusión preparada, una jarra para compartir la leche caliente y un vasito ancho de porcelana con azúcar en diferentes sobres. También el dulce tiene matices. Luego puso las cucharas y dejó la nota.

16

—¿Mercedes? ¿Eres tú? Apenas puedo verte. Acércate a la luz.

—Aquí estoy.

Ese hombre de aspecto cansado, pelo cano y ojos azules o grises me miró fijamente buscando a la mujer que no era. Arrugó el ceño, como si no acabara de identificarme.

—Apenas te reconozco, Mercedes.

—Lo entiendo —dije, apretando mis manos—. También han pasado los años por mí.

—Hace mucho tiempo.

—Demasiado.

—Bueno, pero has venido.

Me quedé helada, aunque al mismo tiempo sabía que debía reaccionar con una sonrisa.

—¿Cuántos años? —me preguntó.

—Supongo que todos los necesarios para que no nos recordemos.

—Muchos.

—Muchos —repetí.

—Me alegra que estés aquí. No sé cómo agradecértelo.

—Dale las gracias a tu hijo.

—Se las daré. No ha salido a mí. Ha salido a su madre, es una mujer...

Giré la cabeza para evitar la conversación, como si yo misma estuviera dolida, aunque solo buscaba ocultarme en ese momento.

—Debes de seguir enfadada.

—¿Ahora? Te equivocas. No recuerdo los enfados. Tengo muy mala memoria. Solo estoy nerviosa.

—Ya no puede pasar nada.

—Lo sé.

—Dime por qué has venido. ¿También querías verme? Que sepas que... Te lo agradezco inmensamente.

Sonreí, complacida.

—Porque tu hijo me lo ha pedido. Ya ves.

—Es un buen hijo.

—Tienes suerte de tener un hijo como él. Si no hubiera venido a París a insistir en que viniera a verte, yo jamás habría venido.

—¿Jamás?

Me vi dudando frente a unos bellísimos ojos viejos, azules o grises.

—No lo sé, Óscar.

Se hizo un silencio y empezaron a temblarme las piernas mientras deambulaba por la habitación. Me paré en la ventana y observé la calle. Étienne y Violeta paseaban como novios. Eso me pareció desde ese lugar que no era mío. Al darme cuenta me vi reflejada en el cristal y me arreglé el pelo como si estuviera maquillando a otra que no era yo.

—París está muy lejos, estarás cansada...

—He venido sentada —respondí de espaldas.

—Ya imagino. Pero son muchas horas.

—Más de cuatro. Pero he estado dormida buena parte del viaje. No me he enterado ni de la mitad.

—Muy largo.

—He visto paisaje nevado mientras llegábamos. Esta zona es muy fría. —Intenté provocar la conversación. Violeta y Étienne desaparecían en la esquina de la calle.

—La culpa fue mía. —Me quedé callada—. ¿Me oyes?

Qué podía contestar.

—Te escucho.

—No te estoy pidiendo nada. Solo quiero que sepas que asumo que yo tuve la culpa. Los hombres somos veneno. Pero supongo que es tarde para eso.

—No importa ya.

—Te he pensado todo este tiempo. Te fallé.

—Tendrás que vivir con ello toda la vida, ¿no?

—Me queda poca.

Dirigí de nuevo la mirada hacia la calle. Era una situación desconcertante.

—Es probable que pienses que el que ha disfrutado con esto soy yo. O al menos el que ha vivido como ha querido. Para mí también ha sido difícil. La culpa pesa mucho.

—La vida pesa también.

—Más o menos.

Traté de pensar en su hijo.

—¿Estás bien? —me preguntó.

—Estoy bien —dije—. ¿Y tú?

Se calló.

—¿Qué puedo decirte, Mercedes? Es lo que sucede cuando sabes que te vas. La gente viene a verme. Y de toda esa gente solo te esperaba a ti.

—Aquí me ves.

—Ya no estoy en situación de pedir nada.

—¿Qué pensabas pedirme?

—Mercedes... Aquel día...

—Ya no importa la culpa de nadie, Óscar. Qué más da dónde empezó todo o dónde acabó. Somos viejos, Óscar. No he venido a provocar más daño con el recuerdo... Óscar.

Me sorprendí repitiendo su nombre, sospecho que para hacerme a la idea de que estaba suplantando a una mujer y una historia que no era mía. Una vida que no conocía.

Tilde, la impostora.

Tilde, la tramposa.

Tilde, la farsante.

Y todo para cerrar el capítulo de una buena amiga.

Tilde, la intrusa que hacía la escena de riesgo como esos actores que no se manchan la ropa mientras el protagonista espera en un café.

Sin embargo, me di cuenta al mirarme en el reflejo de la luna del armario que lo único que estaba realmente haciendo era mendigar una vida junto a un hombre que se despedía de la suya. Sustituyendo la parte de un dolor y sirviendo de espejo a la memoria de un señor desconocido para mí que temía morirse con un perdón atragantado en la garganta.

Y sospeché al verle, al verme de cuerpo entero, que saldría manchada por un recuerdo ajeno.

—¿Por qué querías verme? —dije seca, para intentar distanciarme. Supuse que Mercedes lo habría dicho así.

—Para despedirme de ti.

—Bien, aquí estoy.

—No me lo pones fácil.

—He venido, ¿no?

—Sí.

—Me queda poco.

—Lo sé. Ya lo has dicho.

—Mercedes, qué difícil lo pones.

—Qué quieres que diga. Estoy aquí. Tampoco sé qué decir. Para serte sincera es la primera vez que me encuentro en esta situación.

—Yo también.

—Supongo que no te mueres todas las Navidades.

Desaparecí del espejo. El silencio feroz en ese momento rompió mis palabras en añicos. Cruel. Me sentí sádica sin necesidad. Caminé hasta verme aparecer en la imagen. Inesperadamente era la misma.

—Perdón, Óscar, perdón. No he debido decir eso.

Entendí que poniendo distancia entre él y yo no iba bien la conversación.

—La culpa fue mía. Lo entiendo. Creía que hoy bastaba con venir, verte, que me vieras y sobre todo que no me iban a hacer falta las explicaciones. No había preparado qué decirte. Hace mucho tiempo de todo. Resulta incómodo.

—Para mí también lo es.

—Lo supongo. ...Y te veo ahí, tan dura, tan áspera, que lamento todo el dolor que te he causado, pero lo entiendo. Lo siento. Únicamente quiero decirte eso.

—Solo estoy nerviosa —arranqué a hablar—. Nerviosa porque no sabía qué me iba a encontrar. Tampoco sé qué decirte. Ni siquiera qué recuerdos recuperar para que esta vuelta no parezca de plástico.

—Cuéntame entonces cómo estás, qué haces, Mercedes.

Aspiré todo el aire de la habitación. Tanto que el enfermo debería haber muerto en ese instante por asfixia.

—Vivo en París. Llevo allí desde que pasó aquello.

Dije «aquello» porque debía agarrarme a algo que tampoco conocía bien.

—¿Tanto dolor te causó?

—Óscar...

—Lo siento, lo siento... Te agradezco inmensamente que hayas venido a despedirte. De corazón. A lo mejor te esperabas una excusa. No la hay.

Me quedé mirando esos ojos azules o grises que intentaban acercarse a mis recuerdos. También a los suyos. Tuve arrestos para mirarle de frente. Qué guapo tuvo que ser, pensé. Seguía mirándome, muy fijo, muy tranquilo. Y me atreví a imaginar un pasado común.

—Yo era joven y estaba enamorada de ti, Óscar. Basta con eso. Es lo más importante que nos une. Creo que —me desinflé de todo el aire que había cogido—... hoy habría vuelto a por ti en lugar de enfadarme.

—Saliste huyendo.

—Mi enfado engordó por los kilómetros, la distancia. Quizá porque me veía como una fracasada que cree que huyendo del problema se salva. Suele pasar. Te giras, te vas y crees que habrá una maravilla a la vuelta de la esquina. La distancia cura, dicen, pero en verdad solo ha sido distancia. Pero con el tiempo fui olvidando la razón del porqué y me vi siendo otra. Allí, en París, decidí ser feliz y cuando uno quiere, lo es.

—¿Tú crees?

—¿Tú lo has sido? —respondí como defensa.

—No.

—Pero has estado con otra mujer y tienes un hijo. Étienne es un chico maravilloso. Tú mujer es guapa. He visto las fotos mientras entraba. Esas que hay colgadas en el pasillo. Son fotos de gente feliz. Una familia. Yo... yo no he tenido una familia...

Sentí en mis huesos la envidia de una vida que tampoco me pertenecía.

—Mercedes... Eso es un espejismo. Toda esa vida que has visto en el pasillo es la vida que debí haber vivido contigo.

No supe muy bien cómo encajar esas palabras.

—No me mientas —respondí.

—Te juro que jamás me he olvidado de ti.

—Eso es mentira. De ser así habrías venido a por mí. Habrías venido a París. Jamás viniste.

—Mercedes, me enviaste una caja llena de mis cosas con el peor de los escupitajos escritos en una carta. Yo solo pude escribirte a esa dirección muchas veces. Jamás tuve respuesta. Y... entendí que no debía hacer nada.

—Debiste haberme salvado.

—¿Salvado de qué?

—De París.

—¿Cómo iba a salvarte de París?

—Porque París ha sido mi único amante durante esos años.

—No te entiendo.

—Pues es fácil. He sido una solterona toda mi vida. La ciudad y yo, simplemente. A eso me refiero.

Titubeó un segundo, pero me recordó lo más importante:

—Seguimos casados.

—He vivido sola —espeté.

—Yo como si lo estuviera.

—Por favor, eso no es verdad. No he venido a competir.

—Ni yo quiero ajustar cuentas, Mercedes. Solo oírte.

Otra vez volvieron a empañársele los ojos azules o grises y yo volví a ver un trozo de Tilde en la luna del armario. Menguante.

—Bien, he vivido desde entonces en París.

—Y ¿te gusta?

—A quién no le gusta.

—Tienes razón.

—Trabajé en una casa como asistenta.

—Lo siento.

—No lamentes nada. Da igual. Vivo en Saint-Germain, un barrio maravilloso, cuando en París no hay sol, allí parece que lo hay, es un piso pequeño, me basta, tengo una amiga española... Paseo cada mañana, doy caminatas muy grandes, me cuelo en el Jardín de Luxemburgo y veo a los niños que empujan barquitos, miro escaparates, no compro nada, y acabo siempre en la floristería de un señor que me regala las flores que ya no están para la venta. Allí charlamos y envejecemos.

—Sigues guapa.

—¿Tú crees?

Asintió. «Sigues guapa».

—Gracias, Óscar... Hace años que nadie me decía nada así.

—Es así. Lo eres.

—Te lo agradezco. Tú... también sigues... como entonces.

—No queda nada de aquel hombre.

—A mí me parece que sí. Te recordaba más... más serio. No te imaginaba así.

—¿Cómo me imaginabas?

Negué con la cabeza.

—No lo sé.

—Háblame de lo que me he perdido.

—Yo. Yo soy lo que te has perdido. Ahora soy como esas flores que me da Dominique, estamos ya para pocas ventas. Tuve mi tiempo. Quién se va a acercar a una vieja.

—Te veo y me acuerdo de nosotros. Me acuerdo de cómo éramos.

—Y... ¿cómo éramos, Óscar?

—Dos enamorados con toda la vida por delante.

—No entiendo entonces por qué hiciste aquello, si estabas tan enamorado...

Tilde apareció completa en la luna del espejo.

Luna creciente.

—Prefiero recordar lo bueno. Ese ha sido mi dolor, extrañarte. Pensé que se me pasaría al dejar de verte y encontrar otra pareja, hacer otra vida distinta a la que tenía planeada... pero te vi en cada cosa. Te has aparecido en todos los objetos.

—Como la Virgen.

—No te rías de mí, encima.

—Tienes razón. Pero, anda, no te tortures.

Me había acercado la silla a la cama para hablar con él. Me fijé también en su piel, le miré las manos y tuve ganas de tocar sus dedos de uñas perfectas y grandes.

—He estado paseando por una ciudad que está hecha para amantes y para turistas y yo he estado sola durante todos estos años. Y estaba sola mientras tú tenías otra mujer, otra vida, otro hijo... Ese hijo debería ser mío. Étienne debería ser mío. ¿Sabes? Yo debí ser su madre y yo debí ser tu esposa hasta hoy. Aquí donde me ves te he echado de menos. Esperé que llegaras cada tarde cuando salía pasear por esos lugares de las fotos que eran reales, pero para mí seguían siendo fotos sin vida. Óscar, te he querido hasta hoy. Y te he buscado en cada semáforo, me he quedado mirando a la gente buscando tu cara para esconderme o para que me encontraras. Cuando me he sentado en las terrazas siempre he dejado mi bolso en una silla vacía para esperar a que vinieras. «Está ocupada», decía. Y me miraban como loca porque ya me conocían. Cuántas veces me he ido diciendo: «Hoy tampoco viene». Y me he avergonzado de verme sola, un año, otro, otro año... «¿Qué haces aquí? No va a volver, jamás volverá tu amor porque no es tu amor, no es nada». Y así me he hecho vieja, áspera como dices, reseca como las flores que aplastan entre los libros... Parecen flores, pero son muertas con forma de recuerdo. Qué muerte más lenta, Óscar, qué lento pasa todo cuando no pasa. Un día, una semana, un mes, una estación, un año... Otro. Y otro. Y lo peor es que has sido, sin embargo, el motor de toda esta vida sin vida, la esperanza de cada mañana cuando me arreglaba para salir, el acicate de mi calendario. O lo mejor, debería decir. Tú, Óscar, tú. ¿Sabes cuánto he echado de menos que llegaras a esa silla vacía? ¿Sabes cuánto ocupa tu desierto? Solo he sido una mujer junto a una silla vacía. Eso he sido. Una mujer a la espera. Nada más presente que una ausencia.

—Mercedes...

Fue tras ese lamento cuando rompí a llorar de verdad, un gemido por toda mi vida que me salió como si vomitara pena. La mujer feliz, la Tilde que estaba escondida tras capas de años, saltaba a escena rompiéndose ante un hombre que le alargó la mano para estrechársela.

—¿Qué?

—Dame tu mano. Ven.

—Óscar...

—Te he querido hasta hoy mismo, Mercedes. He suplicado que aquella bobada con la camarera no hubiera pasado. Que jamás hubieras entrado al baño cuando pasó.

—No recuerdo nada. Solo sé que no te tengo.

—Por Dios, Mercedes, perdóname.

—Te perdono porque ya no tiene remedio. Te abofetearía si hoy fuera ayer.

—Eso debiste haber hecho.

—¿Pegarte? ¿Quién te crees que soy?

—Lo sé.

—¿Lo sabes? ¿Sabes quién soy?

—Sí.

—Perdona... Disculpa que haya venido —dije, levantándome de la cama donde me había sentado.

—Sé quién eres. Y sé quién soy. Pero hoy ya no hay mentiras. No me dejes. ¿Recuerdas la canción? *Ne me quitte pas.* Qué viejos somos, Mercedes, qué pena me doy. Gracias por haber venido. Gracias por quitarme hoy este dolor. Gracias...

Me senté en su cama y al ver cómo me miraba me abracé a su pecho como a una tabla de salvación en el mar.

—Eres la mujer que me ha faltado todo este tiempo.

—¿Me quieres aún? —dije.

—Te quiero aún —contestó.

Me gustaría acordarme de todo lo que hablamos durante aquella tarde, pero trago saliva para olvidar recuerdos que no son míos. Y peor, recuerdos que no deberían serlo.

Lo que sí siento, como si aún estuviera apretándome la mano, frente a mis ojos, es la imagen de un hombre enamorado de mí.

Veo también su mirada de profunda pena por no haberme —haberla— querido bien.

Y veo sobre todo a una mujer —yo— viviendo durante cuarenta minutos la historia de amor que jamás ha tenido, ni vivido, ni sufrido, pero que ahora, en este momento en el que salgo por el pasillo, contemplando las fotos de otra vida, me parece absolutamente real.

He robado los recuerdos de otra persona.

He mendigado un «Te quiero aún».

He visto mi cara en todas las fotos de otra persona.

Al salir a la calle había unos niños jugando, como en una escena de *Las noches de Cabiria*. La misma escena. Idéntica a la película. Justo cuando ella, Giulietta Masina, la prostituta romana que soñaba con que un golpe de fortuna en forma de príncipe azul, un hombre honrado y por supuesto sin prejuicios la sacara de aquella apesadumbrada existencia, ha sido abandonada por otro hombre. Pero con la salvedad en ese momento de mi vida de que ni yo había sido abandonada ni era mi hombre el que moría en la habitación. Y extrañamente me sentía así. Ilusionada al ver a unos niños sonriendo y sentirme llena de una vida ficticia que me hacía ser... otra. La que nunca fui.

Cabiria ya no llora en ese momento de la película.

Tilde tampoco. Sonríe, como los niños de la calle.

*

El narrador cree que no hay nada mejor para acabar esta escena que aquella frase de Eduardo Galeano en *La canción de nosotros*: «Ahora yo no sé si vas a poder leer esta carta, pero igual siento como una necesidad de decirte que yo contigo he sido más feliz de lo que en los libros dice que se puede».

*

Federico Fellini, te adoramos todos los personajes de esta novela.

17

En el Jardin du Thé donde estaban sentados Violeta y Étienne sonaba de nuevo, ahora en voz de mujer, *Ne me quitte pas*. Qué empeño tiene la vida a veces en repetirse. Y ambos se quedaron callados esperando que la letra cambiara, que es lo que uno espera de las canciones cuando las ha escuchado muchas veces.

—Volvéis mañana, ¿verdad?

—Qué remedio. Aquí ya no tenemos nada más que hacer. Y mira mi estado... Empiezo a ser una mujer incómoda en cualquier sitio.

—Se me olvida.

—Pues a mí no. Cuando me asusto, me toco la barriga y la gente solo ve mi sonrisa.

—Suena bien.

—Será la música, que amansa a las fieras. Pero no te creas que es fácil. Sales a la calle y miras a todo el mundo con los ojos llenos de hormonas líquidas. Ven una chica embarazada que sonríe. Y me gustaría agarrarles y gritarles: «Eh, tengo miedo».

—Tener miedo es normal. Con todo. Si no tenemos miedos, la felicidad no se entendería.

Al decir eso último su voz se suavizó para acercarse a Violeta. Puso las manos sobre la mesa con una intención que no llevó a cabo.

—Qué fácil —respondió ella.

—Cada uno tenemos nuestros miedos. El catálogo es enorme. De hecho, no me fío de los que no tienen miedos. Esos lo dan.

—Una cosa es miedo y otra debilidad.

—Y tú qué tienes.

—Ahora mismo, todo. Pero... me agarro el pecho, quiero llorar, me asusto, respiro... Ya está, «No pienses, Violeta», me digo, escondes el miedo y sigues. Así desde el primer día.

Acabó en ese momento la canción y la frase de Étienne se escuchó en todo el local cuando escondía las manos otra vez bajo la mesa.

—¿Puedo hacer algo por ti?

... y empezó a sonar otra letra por los altavoces.

Quería Violeta buscar algo para responder, algo que se acercara a lo que de verdad le apetecía decirle, pero esperó a que los dos señores de la barra continuaran con sus asuntos y el camarero volviera a distraerse con el orden de las tazas sobre la cafetera.

—Creo que ya me estás ayudando con todo esto —acertó a decir.

—Me alegro. Aunque no sé cómo.

—Estando.

El camarero subió el volumen de la canción consciente de la escena. Es eso que hacen a veces muchos empleados para sentirse directores de cine. ¿Preparar la escena? Eso.

Si hubieran estado sentados en la floristería del señor Dominique Brulé, todas las flores se habrían animado apretando sus pétalos hacia ellos dos en señal de atención, pero hay momentos en los que parece que no pasa nada. En los que no hay señales que nos hagan creer que eso que está sucediendo es especial. Buscas y no hay nada que te avise: es ahora. Atento. Recuerda la hora, el momento, el día. Miramos en derredor esperando nada. Sin embargo, algo pasa. Siempre. Solo hay que estar alerta.

—¿Qué canción es esta que ha empezado a sonar? —preguntó Violeta—. Me suena la voz pero no reconozco el título.

—Es muy vieja.

—¿Más?

—¿Más que cuál?

—Que la de Jacques Brel de antes.

—Pues más o menos. *La fête continue*, de Edith Piaf. 1950. No es de las conocidas, pero me gusta particularmente.

—Tiene su gracia: *La fiesta continúa*.

Ambos se quedaron escuchando ese momento de la canción en el que parece que disparan escopetas de feria en el barracón y los niños que salen del colegio se suben corriendo a los tiovivos lanzando las mochilas al suelo. El confeti y los globos —pensó el camarero— llenaron el bistró en el que sus dos clientes esperaban sentados en la mejor mesa de la ventana porque no hubo ni un segundo incómodo.

—Suena divertida.

—Sabía que te gustaría.

—¿Acaso has organizado la banda sonora?

—Quién sabe.

—No te creo.

—La ilusión, Violeta, como tú bien sabes, es la materia con la que trabajamos en las pastelerías.

—No recordaba tu trabajo.

Brindaron en silencio con la taza de té.

La fête bat son plein, musique et manèges,
nougats, carabines, boyantes, femmes nues...

—No me disgusta. Parece una juerga de los cincuenta. Es feliz. O lo parece.

—No te creas, la música engaña, tiene su lado tierno: parece que llora, pero quiere hacer reír con la melodía.

Le père est malade,
la mère est partie.
Il fout des taloches
à toute la marmaille.

—Ya veo. Sé lo que quieres decir.

—Es buena banda sonora para este momento. Mi padre se va, se acaba la fiesta y aquí estamos... Cada minuto que no estoy con él siento culpabilidad, como si no pudiera haber hablado en su momento todo lo que tocaba. Es como si ahora quisiera decírselo todo.

—Basta con estar. No siempre hay que hablar.

—Así dicho, me gusta.

—Quién soy yo para dar consejos. Pero... es lo que creo.

—¿Qué le habrá dicho Tilde?

—Quédate tranquilo. Seguro que...

Se cortó Violeta. Cerró los ojos. Los latidos de su cabeza se hicieron fuertes. También los del corazón. Y los del otro corazón en su tripa. Se entendieron. Al otro lado de la barra los ruidos arreciaron. Silencio. La voz siguiente fue la de Étienne.

—¿Qué ibas a decir?

—Nada.

—Dime.

—... Que seguro que se va feliz al otro mundo. Tilde es un torrente de vida. Le habrá contagiado la fiesta de la que hablas.

—¿Cuántas canciones faltan para que vuelva a sonar la de antes?

—¿Cuál?

—*No me dejes.*

—...

*

El viaje de vuelta a París sirvió para que ambas guardaran sus secretos bajo las nieves del trayecto Grenoble-París. Se acomodaron en el vagón tres y un señor las ayudó a colocar las pequeñas maletas en la parte superior. Al sentarse se quedaron calladas. Y ese tren en el que viajaban Matilde y Violeta guardaba los secretos que no ha contado el narrador de esta historia.

Tout peut s'oblier
qui s'enfuit déjà
oublier le temps
Des malentendus
et le temps perdu.

Esa noche, después de pasear con Étienne por la ciudad, después de salir del Jardin du Thé, recorrer unos metros hasta la...

No, no, no, debo contarlo de otra manera.

Vuelvo al instante en que sostuve entre mis manos la foto, guardada hasta entonces en su cartera, en la que Étienne jugaba de niño con su padre. «Te quiere, papá. Estamos», escrito a mano por la parte de atrás. Una foto con fecha en la que un hombre y un adolescente posan delante de un árbol. Un paisaje: montañas cercanas y lejanas, sin rastro de casas ni de caminos, y la intuición de un lugar boscoso bajo un cielo claro, despejado. Una caligrafía corriente y con la tinta gastada por los años pero lo suficientemente visible para que ese «Te quiere, papá. Estamos» haya sido mantra durante años.

La cafetería se vació enseguida. Era tarde: decidimos cenar algo allí mismo. El dueño nos ofreció picar algo de queso y compartimos una ensalada. «No hay mucho más». Me detuve a mirar la función que había empezado a hacer la mujer, supongo, del patrón. Huele a flores. Está cambiando el agua de los pequeños jarroncitos de las mesas y al remover los ramos todo desprende un olor parecido al de las camelias. Un camarero que ha estado toda la tarde, después de servirnos los platos, se despide del dueño, nos hace un gesto y se va.

—Pueden quedarse. No vamos a cerrar todavía.

Tengo todavía la foto en las manos.

—¿Eres tú?

—Y mi padre.

Lo miro un momento.

—Te pareces.

—¿A él?

—Bueno, y a ti. El niño, que se nota que eres tú. Tienes la misma sonrisa.

—Pues últimamente se me ve poco. No me sale.

—Lo entiendo. —Étienne se queda pensando y decido añadir ante su silencio—: Volverá.

La luna grande, redonda, llena, brilla en la ventana del café. Es como si nos vigilara. Al principio pienso que es el reflejo de algún objeto, pero Étienne también se queda mirando.

—Me gusta.

Lo miro un momento. Pienso: tú también. Un nudo de congoja me aprieta la garganta porque no es posible lo que estoy sintiendo. Afortunadamente, no he contestado nada pese a que soy propicia a llenar silencios cuando no toca. Pero lo siento y dirijo la vista a la foto. Noto que él sigue mirando el reflejo de la luna en el cristal. O la luna misma. Me digo: no levantes la cabeza, te verá. Lo va a notar. Te vas ahora a poner en el peor de los escenarios: la debilidad de las emociones. No, no, no. Mi cuerpo ya está bastante revolucionado como para que la luna, las flores y la foto de una infancia extraña empiecen a hacer mella en la única parte que debo tener intacta. Me tiembla en la mano y se la doy.

—Tu foto, guárdala.

La luna abrasa. Es como si fuera sol en mi cabeza.

Delante de nosotros sigue el plato de quesos intacto y la ensalada creando un bosque bávaro. Frondoso. Incapaz de ser atravesado. Hay huecos que no cubre la comida.

—La he recuperado de un viejo álbum. Estaba pegada al plástico y al sacarla descubrí que ponía: «Te quiere, papá. Estamos».

—Es muy bonito. Lo de «estamos», digo.

—Parece que es más de todo lo que me ha dicho en la vida.

—Yo no me hablo con mis padres, Étienne.

—Ya, pero eso será por decisión. Nosotros no hemos tenido nada que decirnos. O, tal vez, solo estar era la forma de hablar.

—A veces sobra.

—Pero me quedo con las ganas de haberle dicho más cosas. Que le quiero, que estoy orgulloso, que tal vez he sido un hijo ausente, que...

—No te mortifiques. Es lo peor.

—Pero se va y no voy a tener la oportunidad de saber nada más de él.

—Lo último que has hecho es maravilloso. Has ido a buscar a Mercedes.

—Ya. Pero es como si hubiera querido sanar con eso todo el resto de heridas. Las mías. Como si no lo hiciera por él, como si lo hiciera por mí. ¿Me entiendes?

—Claro.

—Ahora voy a quedarme con mil preguntas. Por no hablar. Por falta de empatía.

—Pero si ha sido así, ya está. No le des vueltas. ¿Le has querido?

—No lo sé.

—Pues lo parece.

—Pero no sé si he querido bien. Eso no se sabe.

—No soy psicóloga. Aunque en estos momentos me vendría muy bien.

—Los días que entonces me iba o pasaba de dar explicaciones... Las veces que no hemos hablado... Las riñas absurdas... Las quejas... Ahora tengo todos esos momentos atragantados y no me dejan respirar. Es un arrepentimiento que me mata. Una culpa. ¿Sabes qué pedía cuando ingresó en el hospital, antes de que los médicos decidieran que se quedara en casa para el final? Pedía chocolate. Quería chocolate. Y me bajé a la cafetería a comprar un helado.

Lo único que había. El que lo necesitaba era yo. Él lo pedía como un niño, estaba delirando. «Chocolate, quiero chocolate». Me ahogaba de tristeza. Lo compré y me subí a escondidas a la habitación. Cerré la puerta y me quedé con mi padre dándole cucharadas de helado. En el fondo, lo único que le estaba ofreciendo eran todas mis ausencias a cucharadas. Y sí, eran en forma de chocolate. La enfermera no tardó en entrar: «¿Qué haces?», me gritó. «Mi padre quería chocolate», le contesté. «Pero no puede, está con goteros, no puede comer. Se muere». Me callé y la miré desafiante. «Por eso se lo doy. Porque se muere».

—Hiciste bien. Yo habría hecho lo mismo.

—Perdona que te cuente esto. Es puro desahogo. Ahora ya está. No hay más que hacer.

—¿Quieres que salgamos a la calle?

—Pero no hemos cenado.

—No tengo hambre.

La luna estaba desafiante como un insulto.

La tarde transcurría sin tensiones de dos semidesconocidos que se confiesan todo. Por el contrario, un contagio casi enfermizo hacía saltar de un tema otro, de una observación trivial a una confidencia dura.

Étienne me contemplaba con paz. Probablemente la primera vez que nos vimos en París había sido una borde, la típica arisca, que saca las púas a todo. Y los erizos no tienen más que miedo. Protección de alerta se llama si miras los diccionarios de animales.

Seguro que esperaba mis aristas. Estaba listo para salvar los puntos de fricción y acercarse como un adolescente, que es cuando la vida te hace más flexible a las novedades. Por eso estuvimos despreocupados hablando de todo, mi entusiasmo a veces, otras sus miedos, a veces los míos, el bar con corazones rojos que eran botellas, sin testigos. Nosotros.

—Nunca había hecho un viaje en tren tan largo —me encontré diciendo—. Pensaba que no me gustaba viajar.

Estuvo a punto de pedir que me quedara más días. Esas cosas se notan. Guardó silencio esperando que yo siguiera en esa exaltación del tren que me había dado por loar. La tranquilidad, el sosiego, las ventanillas, el ritmo, los vaivenes, el zigzag de pensamientos que provoca o simplemente el nuevo placer de viajar en tren. A lo mejor el paisaje, dije.

—A lo mejor el destino —dijo Étienne.

Así que cuando una cree que está tranquila, vuelve a ponerse nerviosa. Qué poco previsible él.

—No lo sé —contesté para salvarme.

Étienne había picado mientras algo de queso. Me mira. Si el té de mi taza hubiera estado caliente, habría pensado que era una nube de vapor lo que subía entre los dos, pero fue algo emocional. Una nube de esas otras. Sí. Va a decirme algo más. Sí. Va a repetir lo que ha dicho. Yo tiemblo, y no es frío.

Se inclinó un poco hacia mí en un gesto que, me di cuenta, ya había repetido varias veces, pero solo fui consciente en esa ocasión de la importancia de su cercanía.

—Violeta —dice, arrastrando con suavidad mi nombre—. Viole te llaman, ¿no? Cuando te vi por primera vez pensé que eras parte de mi yincana hasta llegar a Mercedes, ahora sé que todo se ha desordenado.

—¿Para mal?

Qué mal se responde a veces cuando quieres responder correctamente.

—Para bien. Para muy bien. Todo esto me ha llevado a ti. Y, esto no debo decirlo, pero mis heridas son más pequeñas contigo. Como si calmaras.

—Soy un analgésico con tanta hormona acumulada.

Puedo empeorar mis respuestas. Es obvio. Ayúdame, narrador.

Qué poca experiencia tengo, pequeña. Sé más de fracasos que de éxitos.

¿Significa que esto es un éxito?

Lo irás viendo.

De una mesa cercana se levanta un hombre de bigote y se acerca a nosotros.

—Mira quién está aquí, el bueno de Étienne.

Étienne se levanta y abraza a un hombre que a mí me suena mucho y no sé de qué. Extraño porque no conozco a nadie en Grenoble. Sin embargo, alguna conexión debe de haber que se me escapa. Ambos se saludan como hacen los hombres: con esas palmadas sonoras en la espalda que parecen ridículas pero intuyo efectivas por el ruido hueco que provocan en la ropa. Como si sirvieran para bombear el corazón.

—Hola, Jérôme. Pensaba que estaba vacío el café. No te había visto. Disculpa.

—Estaba al fondo. Pensando, que es lo que hacen los hombres solos. No quiero preguntar por tu padre, ya sé cómo está todo.

—Gracias por tu ayuda todos estos días en París. No había tenido oportunidad de decirte nada. Gracias por el piso.

—Ni debes. Tranquilo. Estamos para lo que estamos.

—Te lo agradezco, Jérôme.

El hombre del bigote me observa. En sus ojos brilla alguna copa y algo de bondad. De esa verdadera, de la que huele como el alcohol.

—No molesto. Me voy a casa —dice con otro tono más bajo—. Os dejo charlar, pareja. Saludos, bella dama.

Se levanta ligeramente el sombrero mientras entorna los ojos.

Sonreí como agradecimiento.

Étienne me explica.

—Los días que estuve en París buscando a Mercedes me quedé en su casa. Un apartamento por Odéon. No conozco mucho París y me pareció preciosa la zona. Me prestó su casa y allí estuve. Dando vueltas dentro y fuera. ¿Sabes? París embellece. Te recuerdo allí. Y ahora aquí. Con trayecto de ida y vuelta.

No contesto. No sé qué decir. Me siento náufraga de palabras para poder mejorar las suyas.

—Nos vamos.

Estoy a punto de preguntar ¿adónde?

Étienne lo intuye. Nos embarga una timidez inesperada. Caminamos en silencio.

—A tu hotel —responde.

Me hago la dormida en el tren porque no consigo conciliar el sueño. Tilde va callada. Una y otra vez vuelven a mí fragmentos de esa noche en la que apenas hubo palabras. Trato de relajarme cuando busco la llave con cuidado para no hacer ruido en el pasillo y entramos en mi habitación. Al cerrar la puerta creo que cierro también mi vida. ¿O siento que por fin entro? En ese momento no me hago preguntas. Noto cómo me coge la cara con las manos y nos besamos entre lágrimas apoyados en la puerta, todavía de pie. Las suyas y las mías parecen ser diferentes, pero entiendo que al juntarse no son más que lágrimas. Todo es decididamente real. También lo son mis lloros. El beso sabe salado hasta que nos vamos comiendo toda la cara y empieza a aparecer el dulzor de la piel.

Las manos de Étienne se posan en mis hombros, ya desnudos. Trato de controlarme. Trata de dominarse. Y recorre con suavidad hombros, brazos, muñecas y dedos.

No he encendido la luz. Las farolas de la calle iluminan perfectamente la pequeña habitación del hotel de Grenoble. Reconstruyo su cuerpo buscando la piel que aparece bajo la camisa. Trato de ser prudente y fallo. Compruebo que no he olvidado nada de lo que es el deseo. Sin preguntar, sin consultarnos. Seguimos.

Es difícil hablar, pienso.

Necesito saber.

Es él quien me abraza.

Se sitúa a mi espalda.

Me descubre los pechos.

Coinciden los corazones.

Respiro agitada.

Su barba recorre mi cuello.

Busco con mi mano su sexo y él, el mío.

Seguimos de pie.

No dice nada, solo respira.

No digo nada, solo respiro.

Palpita en mi cuerpo.

Sí.

Me doy las respuestas a preguntas que yo misma me hago.

Me doy por vencida. Caminamos hacia la cama, que es asediada sin murallas ni centinelas, libre para que nos dejemos caer en esa huida buscada por los dos.

Nos abandonamos.

Y nos encontramos.

Por fin.

En algún momento me quedo dormida sobre su pecho. Por mi sueño flotan fantasmas. Un Étienne que respira suave con la cabeza inclinada hacia la calle me relaja. Noto sus manos en mi pelo y siento cómo juega con mi ombligo, que hace semanas ha empezado a deformarse hinchándose hacia fuera. Sus ojos se vuelven a mí y respiro tranquila.

Respiro aliviada.

No podía saber si él pensaba en mí, pero yo sí. Y busco su mano entre las sábanas para agarrarla fuerte como si quisiera la respuesta a eso. Étienne me coge la mano, la entrelaza, la aprieta, la lleva a su pecho, noto su respiración y mi corazón en el suyo.

«No me dejes», pienso.

Extiendo sobre la mesa del tren la fotografía que me ha dado Étienne, el padre y el hijo, adolescente entonces, sonriendo a la vida.

Las flores del paisaje se ven florecer entre la nieve y me siento como ellas.

Todavía noto en la boca el sabor de la suya. Aprieto por eso los labios. Estoy inquieta y cansada porque no hemos dormido. Tengo que hablar con Tilde. Es la única que puede entender verdades porque sabe jugar con las mentiras. De nada sirve que me calle. Una versión de todo lo que ha pasado, una versión transformada, solo confundirá la realidad.

Mientras miro la fotografía veo cómo Tilde se gira hacia mí y, después de mirar mucho rato la imagen de padre e hijo que he dejado en la mesa que esta vez separa nuestros asientos, anuncia lacónica:

—Me alegro mucho. Serás feliz.

*

París embellece. A todos. Y oculta todo lo que no es necesario contar. Mercedes ha quitado para siempre la foto de su marido del salón, esa que tenía colgada junto a un reloj de bolsillo. Es su manera de enterrarlo. En su lugar ha puesto una postal de la Torre Eiffel. La foto de O la tiene Tilde, la ha recogido mientras veía cómo la tiraba entre cosas viejas. La ha doblado y la lleva en su bolsillo. Es la relación que nunca ha tenido. La más corta y sin embargo la más larga: un pasillo, una cama y una conversación de despedida. Dominique Brulé ha preparado la cena y se ha sentado solo en el salón con una rebeca de Violeta que le recuerda a Julie.

Siempre hay alguien que nos recuerda a alguien.

Un pájaro descansa nervioso en el alféizar de la ventana, parece que se ha escapado de una jaula porque está desorientado. Picotea buscando alimento.

Y una luz se apaga en la fachada de enfrente.

*

Un vez que el tren desapareció hubo una pausa similar a las que dejan las tormentas. Me quedé solo en la estación.

Las lágrimas me escocían los ojos, pero no podía parpadear. El tren ya no estaba, Violeta tampoco. Y supe que en ese momento mi padre acababa de morir en su habitación porque noté su mano sobre mi hombro como en la fotografía que le había dicho que se llevara Violeta. Su mano invisible me apretó el cuello igual que cuando caminábamos por la calle y me contaba los tiempos de horneado del pan, las claves para que la levadura creciera bien y donde comprar las mejores harinas. Cogía un puñado y sabía, por el olor, si era la idónea para su horno, «nuestro horno». La mano invisible me mantuvo erguido. Un guardia joven que vigilaba la estación salió a mirar las vías y debí de darle lástima porque volvió la espalda y entró apresurado a la estación. «Papá». Me dejé caer en un banco, debilitado por el inmenso vacío que era entonces mi cuerpo, y la mano de mi padre que hundía en ese momento todo su peso sobre mi hombro me secó las lágrimas que empezaron a recorrerme la cara.

«No estás solo».

«Estoy solo, papá».

«Te equivocas. Cuidas de tu madre y has cuidado de mí. Pero no pierdas lo que yo perdí».

«Papá, dime que te vas contento. En este momento me ahogo».

«Te dará la impresión de que crees que intuyo que no me has querido, pero no es cierto. Has sido buen hijo Étienne, has sido bueno. A lo mejor no hemos sabido entendernos. Así suele pasar. No soy de palabras. Pero quiero decirte una cosa antes de que desaparezca como ese humo de aquel tren: sé buen padre».

«¿Cómo lo puedo saber?».

«Lo sabrás».

Busqué la mano que en ese momento perdía fuerza en mi hombro y me encontré a mí. En la boca me creció el sabor extraño de los pellizcos de levadura. Todas esas lágrimas que me había contenido durante más de cuarenta años empezaron a calarme por dentro como la tormenta que inundó Grenoble durante días. Quizá mi destino era mejorar todo lo que ahora en caliente me parecía que no había sido con él. El buen padre.

Otro tren estaba entrando por el andén contrario.

Una multitud empezó a abrir paraguas y se inundó la estación. Gritaban: corre, la lluvia, entrad. Yo estaba calado, no sé cuánto rato pasó desde que un tren se fue y apareció el siguiente. La multitud me rodeaba.

Levanté la mirada. Un poco más allá, una pareja se besaba bajo el paraguas. El resto iba chocando con las maletas en dirección a las puertas que había abierto el vigilante de antes. El que había huido de mi dolor. Noté la vida. Va y viene. La vida va y viene. La multitud bajo los paraguas, la lluvia que formaba ríos limpiando los andenes hacia las vías, los saludos, las bienvenidas, la premura por besarse y correr hacia los coches. Me complací al ver todo aquello. Y también noté la mano enorme de papá apretándome de nuevo el hombro y acariciándome el cuello por detrás.

Ahora me toco muchas veces el hombro buscando la mano de papá. Mi hijo también lo hace. Es un tic que no entiendo que haya heredado de mí.

18

El día que llegamos a Madrid proyectaban *Los días más felices* en la Gran Vía. Me pareció un buen presagio de la nueva aventura familiar que habíamos montado. Violeta quería ver a sus padres y yo, un francés perdido entre el idioma y las circunstancias se llenó de ilusiones en cuanto cruzó la frontera. Resiliencia, dicen. En este caso, resiliencia de amor. Mi padre decía que no vas a ninguna parte sin dejar algo atrás. No recuerdo sus palabras exactas, lo diría de otra manera, estoy seguro. Pero en este nuevo viaje, lo que dejaba atrás no me importaba. Mi capacidad de adaptación tras su muerte había sido positiva. Y yo, que pensaba que arrastraría el dolor durante años por aparecer en su vida cuando se estaba muriendo, me equivocaba. Aparecer, da igual cuándo, es lo importante. Y hablar.

Y eso es lo que hacía yo ahora, no parar de hablar con el niño. Hablaba, hablaba, hablaba... Tanto que Viole me decía, «Ya tendrás tiempo, el niño no deja de mirarte». «No, no —pensaba yo, limpiándole las babas al crío—. No sé cuánto tiempo tendré ni si será como yo creo que debe ser ese tiempo». Por eso me afané en llevarlo casi desde el primer día apretado contra mi pecho, para que sintiera mis pulsaciones, mi corazón, mi respiración y mis pensamientos. Le daba de comer, lo cambiaba, le dormía y mientras todo eso pasaba, la madre, Violeta, me miraba con la confianza de haber elegido bien. Esas cosas se notan. Quizá fuera simplemente el azar, la vida, incluso las flores de Dominique Brulé. El caso es que empezábamos a vivir en serio.

Acepté el cigarrillo de su padre cuando nos acomodamos en su casa. Para mi «suegro» la idea de tomar el aire y charlar se resumía en fumarse un cigarrillo. Nos sentamos en la terraza para, así lo dijo, «dejar a las chicas con sus cosas». Yo lo que estaba deseando era estar con ellas, porque con ellas estaba el pequeño. De hecho, ya no era fumador, pero había que congeniar con la familia y el humo era lo que tocaba. Obliga a estar pendiente de la brasa encendida, de la ceniza, del viento, de dar caladas hondas y a hablar con otra pausa. Más que charla, el tabaco es un boicot preciso a cada palabra. Pero tal vez no me habría salido la conversación sin ese cigarrillo entre los dedos. Él estaba obsesionado en saber qué había sido de Violeta todos estos meses en París, por qué no habían asistido al parto, por qué no se habían enterado de nada... Y yo, qué podía decirle. Iba asintiendo como si le diera la razón y el hombre se daba cuenta de que yo no me enteraba ni de la mitad. Bueno, hacía como que no me enteraba ni de la mitad. Y uno y otro, entre el humo y el mismo cenicero catalizador, entendíamos perfectamente lo que no se decía o no quería decirse en aquel balcón lleno de plantas trepadoras.

Violeta y su madre estaban sentadas de espaldas en el salón, con el bebé en brazos. De vez en cuando se giraban y las miradas tropezaban. Yo sonreía. La madre también.

—Lamento no haber estado todo este tiempo. Mi hija habrá necesitado mil cosas. Solo teníamos su cuenta corriente con dinero. Ya sabes. Pero... Quiero decir, soy su padre y no me he comportado como padre. Pero Viole es así, fuerte. Tenaz y algo rígida con sus asuntos. Y siempre ha sido un poco rebelde. Ya sabrás. Imagino que... Tú...

Me miró con fijeza, eran los ojos de un padre nervioso. Y lo entendí perfectamente.

—Sí, la quiero.

Me esforcé porque se oyera desde dentro.

—Me alegro. No sé qué decir.

—Lo entiendo.

—Me preocupo y estoy feliz. Pero no sé cómo decirlo.

Me tendió la mano como si deseara cerrar un trato familiar. Quizá quería palpar las palabras que acababa de decir. Tal vez nunca había hablado mucho con su hija, pero la quería. Quizá fuera la edad, quizá que los padres a veces hablan menos con sus hijos, quizá que las madres no dejan terreno, quizá que los hombres venimos al mundo con una tara. Quizá fuera simplemente que la vida real no tiene guion ni narrador. Pasa. Y no te das cuenta de eso, de que pasa.

Acepté un segundo cigarrillo con la idea de que fuera una buena manera de que sintiera que no solo quería a su nieto y a su hija, sino que estaba encantado de conocerles a ellos.

—Madrid te gustará. Aquí podéis venir cuando queráis. Hoy mismo os damos unas llaves.

Y así fue.

Levanté la mirada. Violeta estaba de pie con nuestro hijo en brazos.

—Cógele.

Una mano y otra, diferentes, se entrelazaron para intercambiarnos al pequeño. Me era imposible abrazarlo sin emocionarme. Violeta lo sabía. Quería que sus padres me vieran llorar. O quería ella verme conmovido. Todo ese sudor del niño y el olor a colonia fresca se mezcló con mis lágrimas. Tragué saliva. «Qué sencilla es la vida a veces», pensé mientras me recolocaba al niño en brazos. Ganaba terreno, pero a ella le gustaba. No había más. Éramos una familia en un balcón de un edificio, en una gran ciudad. Pero era el centro del mundo. Entonces reconocí la felicidad. Miré sus dedos minúsculos, las uñas perfectas, los pies bailando en mis rodillas, agitados como un ventilador, la sonrisa y dos hoyuelos que le hacían el niño más guapo del universo.

—Ha salido a ti. Es igualito que tú.

—¿Verdad, mamá? —asintió Violeta, mirándome.

Mi propio corazón latía desbocadamente y me dejé llevar por las sonrisas.

Violeta repitió las palabras de su madre: «Ha salido a ti, Étienne, es igualito que tú».

Miré a Viole y vi que susurraba un «Te quiero» en voz baja.

Noté la mano de mi padre en el hombro.

Y la de mi niño acercándose a mi barba.

—Oh, querida Viole. Voy a por tus fotos. Verás, Étienne, cómo era ella de pequeña. Salió con tanto pelo, era un peluche. La podíamos peinar desde que nació.

—Por favor, mamá. No es necesario.

—Sí, sí. Sí que es necesario. Que te vea él.

—Debería haberlas roto.

—Ya me he encargado yo de guardarlas con cuidado. Que te conozco. —Casi a pesar de sí misma, Violeta se echó a reír.

Poco después, la madre estaba en la terraza con un álbum amarillento en el que la preciosa Violeta jugueteaba con una pelota en mil posiciones. Corría con un triciclo. Posaba con dos coletas en la escuela. Salía pintada de mexicana en una fiesta de fin de curso. Abrazaba a una muñeca sin pelo. Sacaba la lengua a la cámara con un helado en la mano y todo el vestido manchado. Encandilaba vestida de hada. Saludaba desde una noria, casi imperceptible. «Es ella, eran las fiestas del pueblo —repetía la madre—. Era tremenda, tremenda...».

—¿Os deja dormir el pequeño?

—Sí —contesté.

—Lo ves. No ha salido a Viole. Ella era un terremoto.

—Mamá, por favor.

—Esperaremos hasta que llegue a la universidad... —dijo el padre riéndose.

—Qué dices.

—Que no es preciso que le cuentes hoy toda la vida de nuestra hija. Pobre.

Viole se mordió los labios y luego le secó la frente al bebé con la bocamanga. Después me rodeó los hombros con su brazo y besó al niño.

Besó al niño y a mí.

Cuando la madre llegó a los días del final de la adolescencia, el padre ya me había hecho todo tipo de gestos de complicidad. Me preguntaba cómo era tan paciente con las dos para rescatarme. Pero no sospechaba del alcance de mi alegría.

No recuerdo cuánto tiempo pasó allí en la terraza. No era consciente más que de los hoyuelos del niño y de los míos. Y de que cuando sonreía yo, el pequeño sonreía.

—Le vais a poner los dos apellidos, ¿no? —preguntó de pronto la madre.

—Todavía no hemos pensado en el bautizo, mamá.

—Eso ya lo imagino. Yo hablo del registro. ¿Francés o español? Porque allí solo le ponen un apellido. Se perderá el nuestro.

—Mamá, el nuestro siempre se pierde. Aquí y allí. Qué más da.

—Entonces, ¿el niño es francés?

—Claro. Ha nacido allí.

—Bueno, así tendrá más idiomas. Los niños aprenden muy pronto.

—Tú sí que eres tremenda, mamá.

—Dijiste que tu padre era español, ¿no? ¿Fue emigrante?

—Sí. Así que el pequeño tendrá apellido español.

—Ah, bueno.

—Mi padre fue emigrante. No de los primeros. Pero optó por irse. Somos de Grenoble. Allí he nacido yo y allí vive mi madre. Están invitados. Es un lugar precioso, si no lo conocen...

—No lo conocemos. Iremos. Habrá que conocer a sus padres —dijo, mirando a su marido.

—Mamá, su padre murió hace poco.

—Ay, cariño, lo siento.

—No pasa nada —respondí para aliviar su apuro—. El nacimiento del niño lo ha cambiado todo.

Violeta sonrió.

—Y... ¿os vais a casar?

—Vas con mucha prisa, mamá.

—Hija, la que ha ido con prisas eres tú.

—A ver, tengamos la fiesta en paz.

El padre cerró el álbum amarillento que se había quedado en la mesa de un golpe y se acercó el cenicero.

—No fumes delante del niño.

—No voy a fumar. Pero no será por ganas.

—¿Qué he dicho mal, eh?

—Mujer, deja que las cosas vayan al ritmo que ellos quieran. No preguntes tanto...

—Son los nervios.

—Ya. Pues será cuestión de tranquilizarse.

—No hago nada bien. No digo nada bien delante de tu padre.

—Mamá, no empieces.

Y la madre se llevó la mano al pelo y suspiró para sí.

—Bueno, será mejor que entremos —respondió el padre—. Vamos a tomar algo dentro. Corre algo de aire y no es bueno para el pequeño.

—Gracias, papá.

—Por cierto, el niño es una delicia. Cómo se porta. Todo el rato una sonrisa. Efectivamente, Étienne ha salido a ti —añadió.

—Gracias a Dios —contestó Violeta.

La madre de Violeta no era de las que habían hecho cosas inesperadas y por eso tenía revueltos todos los esquemas. Seguramente habría querido ser como su hija, pero su hija quiso ser como ella. Paradojas de la vida.

La madre nos abrió la puerta y la seguimos al interior del salón. La radio se había quedado encendida y estaba sonando una canción de Piaf.

—Qué casualidad. —Me sorprendí—. Es la misma que sonaba aquel día en la tetería de Grenoble. ¿Recuerdas, Viole?

—No es una casualidad. No dejo de ponerla.

—Yo también —respondí sin que me preguntara.

Je ne vais plus pleurer,
je ne vais plus parler.

«Me esconderé allí, al mirarte, bailar y sonreír. Y a escucharte», entonó Étienne.

L'ombre de ton ombre
l'ombre de ta main
l'ombre de ton chien.

El niño permanecía sentado con las manitas en su pecho, sin moverse lo más mínimo. La expresión de su rostro era serena. Era como si se diera cuenta de todo lo que sucedía a su alrededor. Movía los dedos y sonreía tecleando el aire. Después de un momento de paz, de esos en calma en los que me quedaba mirándole sosegado, en la suavidad de su aire, lo dijo:

—*Pa-pá.*

Escrito aquí, en la novela, parece una gansada de un bobo que tiene los ojos brillantes por la emoción. Lo es. Pero porque no lo estás oyendo como yo lo escuchaba en ese momento. La imagen de aquel hombrecillo perfecto con un pañal níveo evocaba los mejores sentimientos. Acababa de hablar para mí.

Aguanté la respiración. Violeta me miró y se contuvo de añadir nada más. No sé si esperaba que dijera primero mamá o le daba igual. El caso es que sonreía como respuesta a aquel arranque infantil en medio de un grupo de adultos.

Le observé mientras daba forma a las sílabas. *Pa-pá.*

—¿Le has oído, Violeta? Este niño es...

—Tu hijo, Étienne.

La abuela se agarró la cara y profirió una serie de agudas carcajadas, mientras los demás nos reíamos (yo entre lágrimas) contemplando la escena del niño, con la boca abierta. El abuelo dejó caer sus manos sobre mis hombros, tal y como hacía mi padre, y después los apretó dándome la bienvenida a la familia.

—Esta es una de esas cosas que recordarás siempre —me dijo el hombre, contenido. La madre estuvo a punto de puntualizar algo, pero se frenó.

Yo no apartaba los ojos de la cara del pequeño. Ni él de mí.

Comprendí que a veces las cosas suceden.

Así funcionaba la vida. Así de bien entre Violeta y yo. El niño crecía sano y empezó a dar sus primeros pasos de mi mano. Nos tumbábamos juntos para dormir la siesta. (Violeta aprovechaba para hacernos fotos dormidos). Metía sus dedos en mis hoyuelos y yo en los suyos. Jugábamos. Reíamos. Nos divertíamos. Enredábamos en la cocina. Brincábamos en la cama. Nos encantaba jugar al fútbol con los peluches por el pasillo y hacíamos carreras en bici arrastrando los pies, yo en la grande, él en su triciclo, desgastando suela de los zapatos. Crecía. Y yo volvía a ser lo que fui hace mucho. Tanto que no lo recordaba. Otro niño. Me lancé de cabeza a la piscina y él quiso imitarme. Tragó tanta agua como yo susto. Pero así aprendió a nadar: quería ser como yo. Y yo como él.

Las primeras vacaciones fueron en Ploumanach, en la Bretaña francesa. La familia de mi madre tenía una casa muy cerca de allí, en Perros-Guirec, una aldea de pescadores. Una señora del pueblo la dejó acondicionada para cuando llegásemos, y así estaba: limpia y oliendo a flores y sábanas recién planchadas. «Os gustará», dijo.

En efecto, aquello era tal y como me había dicho: un escenario irreal de costa y acantilados de tonos rosáceos. Casi ficticio. Salimos del coche y nos acercamos a la playa para comprobar si el agua también había cogido el mismo color. El pequeño frunció el entrecejo, sorprendido, porque no estaba seguro de lo que estaba viendo.

—Papá, dónde estamos.

—En un cuento —respondió Viole al ver las rocas de color rosa.

—Ya has oído a mamá, estamos en un cuento. Pasaremos las vacaciones aquí, en una fábula de los colores.

—Y yo... Yo quién soy.

—Tú eres el capitán de todos esos barquichuelos que ves allí amarrados.

—¿De verdad?

—Claro.

—Y tú quién eres, papá.

—Yo soy tu grumete para navegar contigo entre los acantilados.

—Y... ¿mamá?

—Mamá es... —me quedé mirándola mientras el viento agitaba su pelo trepada a una de las rocas—... *una reina del mar*.

> *Où l'amour será roi,*
> *où l'amour será loi*
> *où tu seras reine.*

El pequeño vaciló antes de tocar el suelo, pero al final, no pudo resistirse a la curiosidad.

—Y... por qué son duras si son rosas.

Me incliné hacia delante, con él, obligándome a ver todo aquel paisaje de invención. Me provocó un hormigueo en la piel. Era una mezcla de magia y realidad, de fantasía y mar. Ambos nos arrodillamos a tocar el suelo de roca sonrosada.

Violeta se retiró el pelo de la cara y le respondió:

—¿A que has visto muchas veces nubes del mismo color en el cielo?

—Sí, mamá.

—Pues hace mucho mucho tiempo, una bruja convirtió las nubes en rocas...

—¿Y nunca volverán a ser nubes rosas, mamá?

—Sí, cuando todo el mundo se quiera mucho volverán a serlo...

—¿Blanditas?

—Sí. Volverán a ser nubes de algodón.

Efectivamente, se trataba de una reina.

Y yo, como en la canción de Jacques Brel, era su rey.

Violeta me abrazaba en cada beso y el niño también. Me dejaban notas escritas a medias por los dos, garabateando sus nombres con la huella de los dedos en folios que colgaban de la puerta con pinzas.

¿La vida has dicho, narrador? La Vida.

Así funcionaba la vida con Violeta y el pequeño.

Consciente de que yo no era el amor de su vida. Pero yo sí. Para mí sí era el amor de mi vida. Y así había decidido que fuera.

El cuento de las nubes hechizadas por una bruja lo estuvimos repitiendo durante mucho tiempo. Se convirtió en una leyenda que el niño me obligaba a contar por las noches infinidad de veces. Se acurrucaba en la cama, como invitado por los sueños, sacaba los brazos por encima de las sábanas, ajustaba la almohada y pedía el cuento otra vez.

—Papá, otra vez.

Otra vez.

—Pero ya es tarde...

—¿Qué hora es tarde?

—Más de las diez.

—Pero estamos despiertos, papá.

—Por supuesto, pero debes dormir. Mañana hay colegio.

—Otra vez.

La vida siempre ha sido otra vez. Ni sí ni no. La vida es siempre otra vez. Así que, por supuesto, con el pequeño en la cama, acurrucado entre sus sábanas de barcos y yo sentado a los pies empezaba el cuento. La primera vez solo trataba acerca de las nubes convertidas en rocas por una hechicera. La imaginábamos con harapos grises y un sombrero negro. Luego fui creando un castillo habitado por sapos gigantes y caballos diminutos y paticortos. Y lo completamos con carruajes de calabazas, soldados vestidos como cactus y músicos sin instrumentos. Más tarde, él se preocupaba por saber cómo romper el encantamiento para que aquellas rocas volvieran a ser nubes. Y cuando ya dormíamos en nuestra casa de París le contaba que pronto volveríamos a Ploumanach porque aquellos pescadores eran incapaces de amarrar sus barcas y necesitaban ayuda: las rocas se habían vuelto de algodón.

—Y ahora, ¿cómo atan los barcos?

—No pueden, ahora se pasan la vida en alta mar.

—Me gusta. No quiero volver. Si volvemos, dejarán de navegar.

—Pero ¿no quieres ver aquellas rocas del acantilado convertidas en nubes de nuevo?

—No. Quiero que los barcos naveguen sin parar.

Más de una noche supe que ya me estaba tomando el pelo y que lo que quería era que el cuento de Ploumanach fuera creciendo y creciendo con más imaginación. En mis sueños había oído hablar de Paulina y decidí que el hada que acabó con el maleficio se llamara así.

—Paulina —le susurré— es la que ha hecho que podamos volver. ¿Sabes cómo lo sé?

Arqueó las cejas y me miró fijamente.

—Lo has soñado. Te lo estás inventando. Buenas noches, papá.

—Ya te hablaré de ella.

—¿De Paulina? La conozco. La he visto en los cuentos de mamá.

Y así pasaba la vida. Porque la vida camina sin que le pongas gasolina, solo necesita de días y los días vienen. Y van pasando. Y sin querer, pasan demasiado pronto cuando uno quiere que pasen lentamente. Y otras veces, pasan demasiado despacio cuando lo que uno quiere es que pasen ligeros. No hay opción, ella manda. Y tú te crees capitán de esos barcos que hay bordados en las sábanas de tu hijo porque las has elegido con él para que sueñe con grandes travesías. Sin embargo, la vida, la de verdad, no la de las historias de los libros, corre ligera sin que nos demos cuenta. Un día lloras por las heridas de la caída en bicicleta persiguiendo a tus amigos por la cuesta de San Juan, y sin venir a cuento, esa misma sangre que te curaba mamá es hoy la que brota de un pellizco en el cajón de la oficina. Y no está mamá para ponerte saliva. «Sana, sana, culito de rana, si no sana hoy, sanará mañana». Y recuerdas perfectamente que no entendías su forma de curar, pero echarías todos tus años por volver a escuchar su canción mientras te calmaba. Ayer tirabas perdigonazos de escopeta a las lagartijas que huían sin rabo entre la maleza. Hoy, bajas el volumen de la televisión para que no se escuchen las noticias de las guerras. Porque las batallas, entonces, eran por un trozo de la calle o por una novia. El tiempo corre y no lo ves. A veces paras en el semáforo y se te pasa el color mirando las nubes que anuncian tormenta. A veces subes la persiana para que entre el sol. A veces descubres una foto en un libro que hace mucho que no lees. Y esa foto es de tu abuela, de cuando se limpiaba las manos en el delantal para quitarse la harina, ajustarse los pendientes, retirar las greñas del moño y sonreír para ser retratada. Clic. Allí quedó el momento. Allí quedó la vida. Ahora, la tienes entre las páginas de ese libro que vuelves a cerrar porque duele aceptar que no quisiste probar ninguno de sus platos. «Quiero patatas fritas abuela, quiero patatas fritas». Y hacía patatas fritas para ti. La vida se escapa de una manera cruel, a una velocidad injusta, mientras cierras ese libro, mientras cambia de color el semáforo, mientras bajas el volumen de la televisión, mientras tragas saliva como si tragaras recuerdos.

Hoy mismo giraba una bola de nieve con mi hijo. Y en esa tempestad de plástico estaba la vida. En nuestras manos, juntos, mirando fijamente cómo volvía todo a serenarse en la base de la bola.

La vida siempre es otra vez.

Otra vez.

Para el cumpleaños del niño, Violeta y yo hemos vuelto a Madrid. Al pequeño le encanta viajar en avión, le gusta abrocharse el cinturón y mirar fijamente a la azafata cuando nos hace la mímica de la grabación para nuestra seguridad. Y mientras la chica finge que se pone la máscara, que se cuela el salvavidas, que señala las salidas de emergencias y gira el tarjetón con las indicaciones... yo lo miro a él, porque es mi seguridad. En su sonrisa cuando el avión levanta el vuelo y espera que todas las nubes sean rosas como cuando íbamos a Ploumanach. Me mira y se burla:

—¿Lo ves? Siempre he sabido que era mentira. Que aquello eran rocas, rocas. Rocas de piedra.

—Pero ¿a que te gustaba?

—Bah, ya soy mayor.

—¡Ni se te ocurra hacerte mayor!

—¿Por qué, papá?

—Porque no hay prisa.

Disfruté de aquel cumpleaños, de la comida, de las cinco velitas, como no podía imaginar. Mi objetivo era que la vida fuera despacio, que la importancia estuviera en las cosas más sencillas. Era como si quisiera parar el tiempo pisando el freno de esos instantes únicos y pasajeros: desde cuando el pequeño soplaba una y otra vez las velas ya casi consumidas, hasta las risas mientras buceábamos en la piscina de bolas de colores ayudándole a encontrar sus regalos. Todo aparecía mezclado a unas inapresables ganas de ser feliz y al persistente miedo de que se pueda acabar. Cualquier gesto, cualquier movimiento, por cotidiano que fuera, lo quería retener en la memoria. Tal vez porque echaba de menos a mi padre, me asaltaba la idea de que había perdido el tiempo y no quería repetir el mismo error.

Era una especie de juego del destino, yo disfrutaba siendo lo que era y lo que no había sido. Pero el niño hacía que todo tuviera otra importancia. Adivinaba su sonrisa cuando me mentía y cuando quería jugar.

Mirar.

Eso era lo único necesario. No perderme nada.

Violeta ya estaba recogiendo los papeles de todos los regalos cuando decidimos bajar a la calle para esperarla porque el cumpleañero tenía prisa. «Vamos, papá, vamos».

—Te esperamos abajo.

—¿Dónde?

—Iremos a la heladería de Quevedo. A los italianos.

—No tardo. Esperadme.

Al niño, como a mí, le encantaban los helados de fresa. Supongo que era como comerse aquellas nubes de piedra con las que fantaseábamos en Ploumanach.

—Si tardas, nos comeremos todo, mamá.

—Y yo te comeré a ti con patatas si se te ocurre hacerlo.

Bajamos desde casa de mis suegros por las escaleras, persiguiéndonos en cada rellano en una carrera de relevos en la que —lo confieso— nuestra intención era ir tocando todos los timbres para despertar de la siesta a los vecinos. No lo hicimos. Pero lo sentimos.

Vaciamos el buzón de propaganda y fuimos haciendo barcos de papel por la calle. Dobla por la mitad, haz una pirámide, pliega los bordes, mete los dedos, abre el triángulo, vuelve a doblar y abre. *Voilà*. Otro barquito. Los fuimos dejando por las papeleras y los bancos de madera. Encima, como si quisiéramos convertir Madrid en una ciudad de mar.

Volvían, desordenados, aquellos recuerdos: el jaleo que montábamos mi madre y yo el día de mi cumpleaños. Empezaba peinándome con mucha colonia, marcando la raya del pelo con cartabón, abrigándome bien, bufanda y gorro y tomando chocolate en casa de la abuela. Los dos, cuando salía del colegio y el festín más esperado era comer, comer, comer. Jamás he visto un chocolate tan espeso como el que hacía mi abuela, le dabas la vuelta a la taza y, aunque peligraba un alud de dulce, nunca se caía. «No arriesgues, no arriesgues», decía. Pero arriesgaba cerrando los ojos como si fuera chino con la taza en mi cabeza y volcándola un poco, otro poco, un poco más. «Para, Étienne, para». Los tres merendábamos primero, la abuela, mamá y yo. Y después, invitaba a mis amigos, que llenaban el salón de globos y regalos.

Mientras mi pequeño dejaba un barco en uno de los bancos camino de Quevedo, me acordé de mi amigo Jacques, de una imagen remota, de cuando le atábamos globos a los rizos y él seguía comiendo chocolate sin inmutarse, con la excusa de que le habían dicho que tenía hierro. Se quedaba sentado, apalancado en la mesa, con la servilleta atada al cuello, los globos al pelo, y seguía, una y otra taza hasta que eructaba como un tractor al arrancar. «Vas a estallar», le decíamos. Y le daba igual. Se lo gritábamos y nos poníamos globos bajo la ropa. Después chocábamos entre nosotros para estallarlos y no parar de reír. Por lo que supe luego por mamá, había mucha necesidad en su familia y consideraba el chocolate como el lujo más grande que podía probar. Por eso le daban igual las burlas. Por un lado, un niño comiendo una y otra taza, por otro, una pandilla que se burlaba de forma cansina. Me pareció oír la voz de mi madre cuando me advertía de los actos de los demás: «No se te ocurra criticar a Jacques, ni a nadie, no te sumes a los gritos de los demás. Sobre todo porque nunca sabemos la verdadera razón de las cosas».

—¿Qué vas a pedirte? —le dije a mi hijo mientras pegaba su cara al límite del aparador de helados.

—Dos bolas de fresa.

—Dos es mucho.

—Es mi cumpleaños. Podría pedir cinco. Y solo voy a pedir dos.

—Muy listo tú.

Durante mi infancia el helado me recordaba a la nieve de las montañas de Grenoble. O cuando las calles se quedaban atascadas y costaba salir de casa. No se trataba de una sorpresa, siempre nevaba. Pero la normalidad se convertía en fiesta cuando empezaban a caer los copos. Casi el presentimiento de que las calles serían como en los cuentos me hacía desear que no dejara de nevar durante días.

Aunque ahora pienso que lo que para mí era un juego, para los demás era una contrariedad. Al ir creciendo me fui dando cuenta, y también con una extraña melancolía, de la contradictoria añoranza de algo que cambia de sentido cuando te haces mayor.

Hubo un tiempo en que sospechaba que aquello que me gustaba podía ser un problema para los demás. Como las copiosas nevadas... Intentaba disimular mi ilusión, mis ansias de tirarme en la nieve y hacer el ángel. Cuántas cosas dejamos de hacer al crecer. Cuántas cosas por miedo al ridículo. «Es de locos salir», decían. Y yo... deseaba estar loco.

—Entonces, qué pido. ¿Cuarenta bolas de fresa yo? No lo ves, no puede ser. Si tú pides tantas como años tienes, yo tendré que pedir una barbaridad.

—No es lo mismo, papá.

—Dame una razón.

—Porque... Dos bolas caben en un cucurucho y más de cuarenta no.

—*Touché*, pequeño, *touché*.

El heladero se empezó a reír.

Con la excusa de tocar la nieve y sentir que era niño, salía a comprar. Caminaba pasando la palma de la mano por los coches, escribiendo mi nombre, haciendo estrellas con el dedo, llenándome el puño de nieve y lanzando disimuladamente la bola. ¿Lo has hecho tú también? ¿No has sido pequeño cuando ya eras mayor?

—Bueno, ya lo tenemos claro. Tomaremos dos helados de dos bolas de fresa.

El heladero asintió.

Y no es lo peor. Lo peor viene cuando crees que estás haciendo el ridículo. ¿Ante quién? Ante ti. Maldita manera de crecer. Hoy volvería a comprarme un molinillo para ir soplando por la calle, a hacer pompas de jabón mientras corro a estallarlas, bajaría la cuesta con el jersey atado fingiendo ser Superman, haría ramos con las flores de la vereda para dárselas a mamá, seguiría la trayectoria de un avión con el dedo como si lo pilotara yo desde el suelo, me subiría a los árboles para buscar nidos y desatascar la cometa de las ramas, iría disfrazado a trabajar, me colgaría del cuello de mi abuela, cantaría en voz alta por la calle y, sobre todo, ayudaría a Jacques a tomar otra taza más de chocolate.

—Este es el suyo y este... para ti.

—¿Qué se dice? —dije, mirando a mi hijo.

—Gracias, señor.

En ese momento nos giramos hacia la calle y vi a Violeta en la puerta. No se movía. La calle tampoco. Sus ojos se habían quedado clavados en la mirada del chico que nos acababa de vender los helados. Impávido también. Y yo, que decidí no comentar nada, pero lo veía todo, salí a la calle de la mano del pequeño en busca de algún barco de papel olvidado. No tardé ni un minuto en acabarme el helado. Y casi nada en sentarme en una de las mesas de la calle.

L'ombre de ta main
l'ombre de ton chien.

No sé cuántas vueltas dimos el pequeño y yo. Vueltas y más vueltas en una especie de laberinto que solo estaba en mi cabeza. El niño no entendía qué pasaba, yo sabía que ese chico era Pablo. Y fue aquel silencio el que me lo dijo. Se habían quedado serios, contenidos. Mirándose. «Tenía que pasar», me dije, inquieto. Fue lo único que se me ocurrió. Estaban distantes. Pero en eso me equivocaba. Porque Violeta y Pablo, aquel Pablo, recogían el castigo de haberse amado. Era el silencio que cruje: el de los pensamientos. Callados, sin ninguna palabra, y con todos los reproches sonando de forma violenta. Eran ellos. Aquel primer nosotros en el que no estaba yo.

Tan pegajoso era el silencio que se me hizo asfixiante.

Volvió la inquietud.

Como vuelve la inquietud cuando la traen.

Y no desapareció apretando fuerte la mano del niño. Ni tragando orgullo con el helado. De alguna manera estaban mirándose y yo había desaparecido.

Lleno de dudas decidí no mirar atrás. Pero no dejé de verlos en mi cabeza, ni de escuchar esa afonía seca. Por el amor de Dios. Qué sutil es el dolor, casi suicida. Estuve parado mirando cómo el helado se deshacía en las manos del niño, manchando su cara y su camiseta; igual que se deshacía mi corazón a mi espalda, manchando mi presente y mi mañana.

No quise oír. Bastante ruido tenía en mi interior.

No sabía qué se estaban diciendo. Ni siquiera si hablaban.

Saqué las servilletas —me parece que con demasiada fuerza— y nos limpiamos las manos el pequeño y yo. La calle empezó a moverse, se llenó la terraza, los autobuses frenaban en la parada de enfrente, una pelota pasó bajo nuestra mesa, otros niños jugaban en el parque, junto a los maceteros donde fumaba una pareja, una señora me preguntó la hora y no acerté, pero le enseñé la muñeca para que la viera ella misma. El tiempo, ese que a veces crees que se para, seguía. Porque no se para. Nunca.

Luego, con los puños enrojecidos y el laberinto acabado de mi ansiedad, me giré hacia la heladería y divisé desde la acera las dos figuras delante del mostrador. El chico se despidió de Violeta y ella salió sosegada caminando a la calle.

En cada poro de mi piel había un alfiler. Y lo que más me revuelve es que no me producían ya dolor. Pero eso lo sé ahora. Tras la lenta —lentísima— forma en la que Violeta levantó la cabeza para mirarme.

Entonces, noté cómo ella inspiraba aire profundamente para llenarse los pulmones, el pecho, los brazos, las tripas y los pies para echar a andar desde la puerta hacia nosotros.

Violeta levantó la cabeza como los títeres y me miró. Me pareció que quería decir algo. La miré y forcé una sonrisa. Pero ella no correspondió a mi sonrisa.

—Estoy bien. Ya sabes quién es —se limitó a decir.

Esperé más respuesta pero solo pude preguntar:

—¿Quieres que paseemos?

—No. Quiero que me vea aquí. Si no te importa. Contigo.

Violeta levantó la mano, se retiró el pelo de la cara, se secó una lágrima que discurría hasta su boca y me quitó algo de helado que quedaba en la mía. Luego se chupó el dedo.

—Quiero helado —dijo.

Et à t'écouter
chanter et puis rire.

De pronto me invadió una extraña alegría. La que da sentirse ganador en una carrera absurda donde no ha habido competición. Volver a pasar a por otras dos bolas de fresa me resultaba tan estimulante como cuando salía de casa recogiendo nieve de las lunas de los coches y las lanzaba disimuladamente. Algo infantil.

Nos quedamos sentados en la terraza de Quevedo, que tantas veces había visitado desde que nació el niño y empezamos a viajar asiduamente a Madrid. Pasé a por el helado de Violeta. Él salió de detrás de los frigoríficos donde se había quedado apoyado, entumecido casi. Me pareció que el chico me miraba con desconcierto, con la moderación sobrevenida de quien ya solo debe coger la pinza, limpiarla en el agua, elegir el helado y servirlo.

—Quería...

—Sí, ya sé sus gustos.

Me callé.

Eligió pistacho y clavó una cucharilla azul como quien se desahoga en el lugar equivocado.

—Cuántas cosas han pasado en todo este tiempo... ¡Ojalá yo estuviera ahora en tu lugar! —Al oír esto último, el sorprendido fui yo. Se había quedado muy serio, mirándome. Y añadió—: Cuídala.

De pronto, las palabras del chico se fundieron como esos globos que se escapan al cielo y uno no sabe ni cuándo ni dónde van a estallar. Pero lo dijo. Y yo dejé que volaran.

—Descuida. Lo hago.

Fuimos los tres paseando calle abajo, hacia la glorieta de Bilbao, y de ahí bajamos hasta el templo de Debod. A ratos caminamos con el niño agarrado de la mano, como esas familias de las fotos; otras lo llevé a hombros para que no se cansara mientras Violeta se pegaba a mí con la mano metida en mi bolsillo. La vida puede ser complicada, vulgar, extraña, pero yo decidí hacer el esfuerzo para que fuera fácil. «Está asustada —pensé—. En esos momentos es mejor respirar. Basta con respirar...».

Miré al cielo buscando el globo imaginario.

El tiempo pasa. Siempre. También para bien.

Al fin, cuando llegamos a los jardines del templo de Debod, se me ocurrió hablar.

—Era Pablo, ¿verdad?

—Sí. Era él.

—Te ha preguntado por el niño...

—Sí.

—Y qué le has dicho.

—Que hoy cumplía cuatro años.

—¿Cuatro? Joder, es cierto. Yo mismo he estado diciendo que tenía cinco antes de entrar.

—Lo sé. Me lo ha dicho.

—¿Y?

—Que eres francés, que no te enteras.

—¿Te ha creído?

—Me da igual. No ha puesto mucho interés en preguntar más. Es así. Era así.

—Entiendo el dolor —dije, pasando un brazo por su espalda.

—Ya no hay dolor. Ha sido todo tan frío...

—... Era una heladería.

Eso fue lo que espeté. Sí. «Era una heladería». Tal cual.

Violeta sonrió y me dio un golpe en el hombro por gilipollas. Era una tontería. Sin embargo, eso dije. Ojalá tuviera narrador. ¿Tú qué habrías dicho? Seguramente algo similar.

—¿Le quisiste? —insistí.

—Y tú, ¿no has querido a nadie antes?

—Más que a ti, no.

—Zalamero.

—¿Qué es zalamero?

—Nada. Algo así como embaucador.

—Bueno, ya lo irás viendo.

—Ya lo voy viendo —dijo, abrazándose a mí, mientras el pequeño jugaba con las marcadas sombras que proyecta el templo en la arena al atardecer.

—¿Me perdonas por lo de la heladería?

Violeta le dio un codazo tan fuerte a Étienne que este pegó un brinco y rompió a reír. Se levantó del banco y le ofreció un brazo. Se dirigió corriendo hacia donde un hombre con acordeón repetía insistentemente las mismas canciones. Le pidió la canción en voz baja y el señor asintió. Le hizo una reverencia y le ofreció bailar. «Aquí no, por favor, Étienne». «Dónde si no». Comenzaron a girar abrazados como dos niños que están ajenos a lo que piensen los demás. Sonriéndose. Al principio con vergüenza, pero eso se pasa moviendo los pies y mirándose a los ojos.

Ne me quitte pas
ne me quitte pas
ne me quitte pas
ne me quitte pas.

Muy pronto, sin venir a cuento, varias parejas más que asistían a uno de los mejores espectáculos de Madrid, cuando el sol cae, se levantaron del césped y se pusieron a bailar. Incluido el niño.

... Danser et sourire
et à t'écouter
chanter et puis rire
laisse-moi devenir...

Al acabar la canción aplaudimos entre la gente. Étienne cogió a Violeta del brazo y salieron caminando entre el sonrojo y la felicidad.

—¿Me quieres, Viole? —preguntó.

—Te amo —dijo ella sin saber si estaba mintiendo..., pues no había dicho su nombre.

El sol desapareció devorado por los árboles.

*

—¿Y el niño? —preguntó el narrador.

Sonrió.

Y ahí acabó el asunto, por el momento. Porque, a veces, las dudas acaban simplemente con una sonrisa. Sin más. Recuérdalo la próxima vez que alguna persona se ponga a pontificar sobre el amor.

19

El apartamento sobre la floristería estaba sumido en el silencio, excepto por el viento que hacía sonidos parecidos a voces en la boca de la chimenea y el goteo constante de un grifo de la cocina. Recorrí a tientas el pasillo para no encender las luces hasta llegar a la pila y cerrarlo fuerte después de beber un vaso de agua. Escuché a mi hijo gemir en sueños. Miré en su habitación y estaba dormido abrazado a un oso de peluche que habíamos traído de Madrid. Estaba tapado, pero mi instinto —supongo que le pasará a todas las madres— me llevó a arreglarle la colcha sobre sus hombros y quitarle el flequillo de la frente. Los niños son preciosos cuando duermen, agotadores cuando están de juegos. Mañana iremos a hacer zarpar barquitos de papel en la fuente de los Jardines de Luxemburgo. «Te lo prometo». «¿Me lo prometes?». «Te lo prometo». Me senté a mirarle en la butaca en la que me acomodé por primera vez cuando llegué a esa casa. Mi cuarto era ahora su cuarto y mi vida, su vida. Regresé a esos días de miedo en los que me quedaba mirando el cartel de *Al final de la escapada* desde la misma cama donde ahora estaba mi pequeño y escuchaba los pasos de Dominique por el pasillo que tanta tranquilidad me daban. «Los días pasan, las cosas pasan, jamás tengas miedo». «El miedo de ahora jamás lo había tenido». «Porque los miedos se disfrazan, pero siempre es el mismo: a fracasar». «¿Cierro la floristería?». «Las tiendas de flores nunca tienen cierres metálicos, a nadie se le ocurre robar flores». «¿Has leído a Boris Vian?». «¿Qué te parecen las rosas?». «¿De verdad tenemos que seguir enviando flores a Mireille Corbière? Murió hace doce años». «Mientras yo pueda, sí». «¿Por qué hay flores que no huelen?». «Enviudaron». «No le creo». «Créeme, las flores también aman y de amar pierden el olor». «Entonces... ¿las rosas? ¿Se protegen con las espinas?».

—No son mis espinas las que me defienden, dice la rosa, es mi perfume. Lo escribió Paul Claudel.

—No lo entiendo.

—Piénsalo bien, Violeta, piénsalo bien...

Dominique no me había dicho que me acordaría de todas nuestras conversaciones tanto tiempo después. Tantos miedos después. Así me quedé dormida en el sillón.

A la mañana siguiente temprano, el olor de los cruasanes calientes me despertó.

—¿Qué te parece, Viole? —me susurró Étienne, mientras me invitaba a levantarme—. He preferido no despertarte al verte dormida tan feliz. Espero que haya sido solo un rato... Dime que no has estado toda la noche en el sillón...

—Me duele el cuello.

—Violeta... No está bien que te quedes ahí. Déjame —dijo, poniendo sus manos en mi espalda, subiendo hasta la cabeza, masajeando fuerte mientras caminábamos hasta el salón.

—Huele bien.

—Al salir a correr no he podido resistirme —me explicó—. No es muy simpática la de la panadería, pero cuanto menos habla, más me gusta. Creo que solo se limita a sonreír. Y a veces ni eso.

—¿Despierto al niño?

—Déjale dormir, es domingo. Ahora saldremos.

No es extraño que me enamorara de Étienne. Me miraba fijamente, me tomaba del brazo, me sonreía. En su conversación reunía el mundo dividido por cruasanes para dos. Cruasanes calientes. El hogar que yo tanto anhelaba era un piso lleno de fantasmas, un niño que dormía, un amor y un suelo sostenido por cientos de flores bajo los pies. Cómo no iba a volar.

De repente, la vida era vida.

Después, los tres salimos en dirección a los Jardines de Luxemburgo. El día estaba estupendo y las promesas hay que cumplirlas.

Mientras Étienne ayudaba al pequeño a empujar barcos con los palos, busqué entre los árboles. La gente paseaba con helados, otros se hacían fotos; al fondo, bajo la sombra de unos sauces, un grupo hacía yoga, los menos leían libros en las sillas, los más paseaban por la avenida que baja desde l'Observatoire. Me levanté a ver cómo padre e hijo engañaban a su velero fingiendo tempestades en alta mar. Vislumbré mi reflejo en el espejo del agua. Esa era yo. La del estanque. Agua calmada, sin problemas, con el sol iluminando mis greñas y dos hombres corriendo hacia el otro lado de la fuente para esperar el barco de sus vidas.

—La vida es así.

Me giré y era una señora de pelo cano que, ciertamente, me sonaba.

—Cuánta gente viene aquí, ¿verdad? —le dije por cortesía casi sin esperar respuesta.

—Y seguirán viniendo. Los niños que hoy son niños serán padres y traerán a sus niños. Y así siempre.

La señora manejaba las palabras con elegancia. Mostraba una sonrisa que no hacía pensar que estaba loca, sino demasiado cuerda.

—Me da cosa pensarlo —respondí.

—¿Por qué?

—Porque parece todo muy breve dicho así.

—Noooo, es una eternidad. Todos somos siempre niños, aunque nos arruguemos. Solo es eso.

Pensé que tenía razón. Y me leyó el pensamiento.

—Pero no lo pienses. Una señora que yo conozco dijo: «No querer pensar también cuenta como felicidad». Y tiene razón.

—Suena bien.

—No pasa nada, no es grave.

En ese instante, el presente ya no existía. Parecía que estábamos solas en medio de los jardines.

—No... no es miedo... Es que da vértigo.

—¿Y? Mira esos pájaros. Si tuvieran vértigo, no volarían.

—Son pájaros.

—¿Piensas siempre tanto las cosas?

—Supongo que sí.

—Deja de hacerlo. Hazlas.

—...

—Ya ves que parece una tontería. Pero...

—No, no, no. Tiene razón seguramente.

—Pues hazlas. Vive.

La señora hizo un gesto de levantarse del borde del estanque para irse.

—Me gustaría que se quedara —dije.

—¿Para qué?

—Me da calma. Y todo el mundo parece que tiene prisa.

—Hay quien tiene ganas de que llegue el sábado para descansar, otros de que llegue el verano para lo mismo. ¡Tienen apresuramiento! Y no sirve la velocidad, no saben que al final... nada. No hay nada. Solo tienes que disfrutarla. Eres muy joven... no busques problemas donde no los hay y, si los encuentras por alguna razón, respira hondo y sal a pasear.

—Así suena fácil. Algunos problemas no se solucionan paseando. Aunque, la verdad, últimamente paseo mucho.

—Lo sé. Pero al menos huyes de ellos, se cansan de perseguirte, los obligas a caminar y los agotas. No te instales en ellos. Hay quien se pasa la vida quejándose. Y no creas que tienen más problemas que aquel que está ahora caminando —levantó su mano arrugada y elegante hacia unos señores que venían desde el palacio— o aquellos que están leyendo entre ese grupo. Pero algunos se quejan más. Y otros, menos.

—Verdad.

—Haz como las flores, que los demás solo vean tu belleza.

Me quedé pensando un segundo en lo que acababa de decir. «Haz como las flores».

—¿Cómo sabe que trabajo en una floristería?

—Voy muchas veces. Sigue preciosa.

—Ah, ¿le gusta? Es usted muy amable.

—¿Por qué no iba a serlo? Mantiene el espíritu de L'Étoile Manquante. No hay otra floristería así en todo París.

—Gracias... No sé qué decir.

—No digas nada. Las flores se dan cuenta y los que pasan también.

—Quise dejarla tal cual.

—Es usted la heredera que todo dueño desearía tener.

—Eso es que conocía a Dominique... —Asintió—. ¿Puede decirme quién es?

El sonido del agua de la fuente volvió a escucharse, también los niños que gritaban y los pájaros que atravesaban el cielo. ¿Cómo había desaparecido durante unos minutos?

—Querida —me susurró—, tengo que irme. Debo escribir unos cuentos. Quiero cambiar el final de algunas historias, matar algunas brujas y merendarme a los ogros. Me alegra que estés poniendo un final feliz al tuyo.

—A mi...

—A tu cuento. La vida es un cuento. No es más.

—Gracias. Se lo digo de veras, señora. Muchas gracias. Si viene a por flores, estará invitada.

Alargué la mano para saludarla, pero apenas acaricié con la punta de mis dedos los suyos. No llegué a sentirla. Solo aire.

—Dile a mamá que tu barco vuela —gritó Étienne.

—Mamá, mi barco vuela. Mi barco vuela, mi barco... ¡vuela!

La mujer se giró y nos hizo una monería.

«Como una niña», diría el narrador.

El modo en el que recalcó «la vida es un cuento» me produjo tal bienestar que me quedé un rato mirando el cielo y seleccionando entre las nubes que siempre cubren París las mejores cosas que me estaban pasando. Me preguntaba si esa señora que había desaparecido caminando hacia las escaleras que llevan al bulevar Saint-Michel era también la que había matado mis ogros y mis brujas. ¿Estaba loca? No había nada que decir. Nos cogimos de la mano y devolvimos el barco y la caña al encargado del puesto.

«La vida es un cuento». Caminé reflexionando. No somos dueños del tiempo. Pasa, porque sí, nada más. Llorarlo es perderlo. Quejarse también. Había conseguido... Mejor dicho, había sido capaz de vivir. A cada uno, sus dramas les ocupan un lugar en el pecho. No distinguen tamaño. Algunos muy grandes se esfuman y otros muy pequeños nos oprimen durante más tiempo del necesario. ¿Qué habría ocurrido si no llego a pasar por delante de aquella floristería?

> SE BUSCA AYUDANTE DE FLORISTERÍA.
> RAZÓN AQUÍ.
> ME LLAMO DOMINIQUE BRULÉ.
> P. D.: MEJOR SI TIENES NOMBRE DE FLOR.

*

—¿Quién te ha comprado ese globo, Dominique? ¿Papá?

—Me lo ha dado una señora que se llama Paulina y que dice que escribe cuentos con final feliz.

Levanté la vista.

*

El ritmo de aquella frase me persiguió durante días. «La vida es un cuento». De ahí que por más que me esfuerce, todo lo que ha sucedido desde ese día en los Jardines de Luxemburgo tenga ya poco que ver con lo que habrá pasado en realidad en mi vida. Hui. Hui para que fuera siempre eso, un cuento. Étienne me cogió en sus brazos literal y emocionalmente, y he vivido así con él. A su lado todo ha sido fácil. Y para qué voy a engañar al narrador, yo también he colaborado en ello.

*

Me acuerdo mucho de ti, Dominique. Echo de menos cuando decías que nadie desvalija las floristerías y que por eso no hacen falta cerrojos ni pestillos. «¿Quién roba flores?». Sigo dejando la puerta abierta... por si apareces en busca de peonías. Y ya ha pasado mucho tiempo. Mi hijo se ha hecho dueño de tu sillón y sentado allí hace los deberes. Le gusta jugar con las flores, les da la vuelta y dice que son flores animadas. Las reconoce por el olor y las aplasta en sus libros de clase. Me obliga a que le cuente cuentos al ir a dormir. «¿Cuando nací lloraste, mamá?»

A mí me encanta que me lo pregunte.

20

El primer día de primavera, cuando las peonías iban a estallar en todas las floristerías, Violeta ingresó en la planta de maternidad de un hospital de París.

Unas horas antes, el señor Dominique Brulé y ella habían paseado juntos hasta el Sena, desde la rue Bonaparte, donde los dorados ya competían con las fachadas.

Ninguno de los dos sabía que ese era su último paseo por París.

En el Pont des Arts hablaron de la Maga de Cortázar y fantasearon con su presencia entre una multitud que ataba apresuradamente su futuro en candados a las barandillas como una condena.

—¿Cuántos de los que hay aquí ya no serán pareja?

—Yo no creo en el siempre —contestó Dominique.

—¿En qué crees?

—En ahora.

La novela podría acabar aquí. Pero quedan palabras.

Fueron andando tranquilos hasta quedarse sentados en uno de los bancos dobles que hay en el centro del puente para sentir y ver el río bajo sus pies entre las rendijas de las maderas. Toda la inmensidad de la vida que nace, corre y llega al mar desde hace siglos.

Y, contrariamente a lo que se podía esperar, estalló una nostalgia entre los dos. Como si ambos supieran que se estaban despidiendo. «Estás triste, Dominique, lo sé... pero no quiero preguntarte por qué». Retazos de frases que se dijeron. «Vagamente recuerdo a Julie», dijo apartando los sentimientos de las palabras.

El sol de París a esas horas. La multitud. Esa extraña vida que se va y la que palpita. La sonrisa que ilumina una mueca de tristeza. Un pañuelo que sobrevuela sobre sus cabezas y que alguien ya no echa de menos. Como en aquella otra novela... Y el Sena bajando, huyendo hacia el mar.

«¿Es mucho más fácil hablar de las cosas tristes que de las alegres?», se preguntan recordando a la Maga de Cortázar.

Más adelante, cuando Violeta Gadea recuerde este momento de su vida, volverá a cruzar el puente con ganas de encontrar a Dominique Brulé y de sentir la vida que escapa con prisa bajo sus pies. Las calles desiertas de noche, los escaparates de flores, las cafeterías abarrotadas de gente, las sillas ordenadas, los pájaros volando en masa por el cielo de París. Todo parece igual, todo es diferente.

«Piensa siempre que hay que insistir en la alegría», dijo Dominique volviendo a casa como respuesta a aquella nostalgia inesperada.

El sol se puso más allá de la Torre.

«Insiste, Violeta».

Tilde, inseparable como una abuela postiza, llevaba en un bolso prestado por Mercedes todo lo necesario para el parto: un pijama, unas mudas, zapatillas cómodas, colonia fresca y ropa de bebé.

—¿Quién es ella? —dijo el enfermero, intentando ser amable.

Violeta estaba guapa. Pero tenía un rostro severo y preocupado por la situación.

—Es mi abuela. No tengo a nadie en París. Solo a ella.

Tilde, por dentro, volvió a ser la emigrante que soñó con tener en casa una habitación más y una ventana más.

Una vida más. Estaba radiante de felicidad. Se volvió hacia Violeta:

—Gracias.

—Ni mucho menos.

—Jamás me he sentido así.

No dejaron de mirarse. La cara de Violeta tenía un tono blanquecino y tragaba saliva con dolor. Aun así le sonrió con un amor profundo.

—Ni yo tampoco. Esto también es nuevo.

—Ya verás luego. Va a ser rápido. Y verás qué bebé más guapo.

—Será rápido —dijo el enfermero—. Todo está normal y las cosas van bien. No se preocupen. Enseguida bajamos.

—Verás qué bien —añadió Tilde—. Ya ves que dice que todo va en orden. Tranquila, mi niña. Mercedes y Dominique vendrán en un momento. Hoy llegaban las peonías y ya sabes cómo es nuestro señor Brulé con la primavera... A mí no me gustan, me parecen pomos de puerta. Pero supongo que abrirán alguna...

Violeta resopló forzando una sonrisa con ganas de que estuvieran todos ya allí en la habitación de la Maternidad Sainte-Felicité y hubiera pasado el mal rato del parto. Como si buscase calma, miraba a la ventana repitiéndose: «Insiste en la alegría, insiste».

—Usted, señora, se queda aquí en la habitación —le dijeron a Tilde.

—Sí, sí. Me quedo aquí esperando. Será por esperar... Dame un beso, niña.

Se besaron como abuela y nieta y le enjugó una lágrima con el revés de la mano.

Tilde se quedó apoyada, de espaldas, contra la puerta de la habitación. Le pareció que era la situación más bonita que había vivido jamás: ser abuela simulada. Y otra vez, ella no era la protagonista. Sintió —y esto no tiene remedio, como tantas cosas en la vida— que los últimos capítulos de su larga historia estaban siendo heredados de los demás o a consecuencia de ellos (por decirlo de alguna manera) convirtiéndose en recuerdos propios. «Qué más da», se dijo. Que nada era suyo, ni el amor de aquel hombre de las cartas, ni la vida que llegaba en esos momentos desde otro cuerpo. Pero ahí estaban, como la última vez, cerca de ella.

Esa sensación era frecuente todos aquellos días. Algo parecido a la alegría. «Ya lo avisan, es contagiosa», pensó.

Las ruedas de la cama sonaron yéndose pasillo adelante y a Tilde le vino la imagen de niña, cuando jugaba con muñecas que nunca fueron niños de pañales. Y todo muy deprisa, casi un relámpago, con la sensación de tener todavía los vestidos en la mano y acurrucando bebés siempre dormidos que no huelen a bebés, sino a almidón. Así aparecen los recuerdos. Pueden pasar años, moviéndote en lugares que te son prestados, pero las memorias de niño se quedan atrapadas como migas en la garganta.

—Tilde, bonita, vas a venir ya a comer. Deja las muñecas. Ya serás mamá... Ven a comer... Déjala en su cuna... Vente.

La expresión de Matilde en ese momento era tan desolada como entonces (aunque a su modo). Quizá ya era así. O quizá se había ido apenando con los años. Pero sonrió. Porque Tilde creía que ese era el mejor maquillaje para la vida.

Los recuerdos se levantan en el momento más inoportuno. Pero se apagan también de la misma manera. Entonces sintió el gato que no era su gato bajo los pies. Y una voz de hombre en el pasillo similar a la de Óscar en Grenoble diciéndole un «No me dejes» prestado. «Qué ridícula he sido toda mi vida», pensó.

Al menos esto ha sido felicidad. También.

Hizo girar la manivela y salió al pasillo, donde había ya muchos niños que lloraban y padres que esperaban con nerviosismo.

No sé cuánto tiempo estuvo así. Paseando en la planta de maternidad. Estaba exultante, se pavoneaba como una abuela, más coqueta incluso por ser regalada.

—Qué guapo es su bebé —murmuró, casi tímidamente a una madre que salía en bata a estirar las piernas.

—Gracias. ¿También esperan ustedes?

—Mi nieta. Está de parto.

—Qué ilusión, ¿verdad?

—¡Sí!

Y lo soltó con toda la fuerza de los pulmones de vieja cansada pero feliz. Tanto que el bebé rompió a llorar y a mover los brazos en el aire como si quisiera volar. O escapar, que esto nunca se sabe.

—¿Ha visto? Qué fuerte es.

Tilde prefirió asentir y seguir caminando por el pasillo. Tuvo entonces la certeza de que ese crío iba a desesperar a cualquiera. Cuando se giró, el niño volvía a estar callado en brazos de su madre. Caminó así, entre los mismos olores, los mismos ruidos y los mismos piropos. Todas las vidas se parecen ya en ese momento. Esa confusión de cestas, de familiares idénticos, de puertas entreabiertas, mohines de felicidad y colonias. Todo parece que empieza igual. Luego, con los años, la vida se acelera, se atasca o se duerme.

Étienne apareció llevando una cesta de flores. Llegaba en ese momento de Grenoble.

—Gracias por avisarme, Tilde.

—Sabía que nacería hoy. Intuición.

—¿Cómo está ella?

—La acaban de bajar. No tardará.

Matilde le acarició el cabello, le besó la frente y le dijo que se portara bien.

Étienne adoptó un aire receloso.

—¿Por qué no iba a portarme bien?

Tilde suspiró.

—Mira, tú sabes de mujeres jóvenes. Pero yo sé de viejas.

—Claro, pero Violeta es joven.

—Pues eso, que quiero que llegue a vieja. A vieja feliz.

Étienne no sabía si tenía ganas de reír o de llorar. Miró a su alrededor y la abrazó.

—¡Buen argumento! —exclamó riendo.

Ella hizo un gesto de resignación para disimular lo que acababa de sentir. No era nada nerviosa, pero se puso. Era posible o no, pero el chico llevaba el mismo perfume que su padre.

—Hueles a...

Étienne la besó con dulzura en la mejilla.

Ambos caminaron hacia la habitación para esperar a que Violeta llegara acompañada con el niño. «Es el perfume que utilizaba mi padre —respondió—. He empezado a ponérmelo yo. Me da la sensación de que me acompaña si huelo a él». La imagen de aquella cama con ese mismo olor la empequeñeció, una soledad de un amor que no es amor. Sintió de nuevo tranquilidad.

O un gran vacío.

*

En ese preciso momento, el doctor le dijo a Violeta: «Ya viene. Tranquila. Respira como hasta ahora». Y Étienne, tres plantas más arriba, sintió la mano de su padre en el hombro.

—¿Cómo se va a llamar el pequeño? —le dijo la matrona para relajar a la futura madre.

—Dominique —respondió Violeta entre el sudor y las lágrimas.

Al narrador le gustaría emocionarse, pero se queda mirando fijamente al lector, que sonríe porque le parece bien.

*

—Mercedes.

—¿Qué pasa, Dominique?

—Nada.

—Nadie dice nada a nuestra edad.

Sin apenas terminar de decirlo, se abrazaron. Nadie había abrazado a Mercedes de ese modo. Hundió su cara en el hombro de Dominique casi sin aire. Asfixiándose de felicidad. Vagamente oyó el florista lo que acababa de decir Mercedes, pero era bonito. Y ella estaba preciosa. Llevaba tacones, se había perfumado más que todas las flores y había cogido su buen bolso para ir al hospital.

Pero ahora estaban allí. Ellos dos.

Cuando casi había perdido la esperanza de amar, apareció el sentimiento. Fue cuando Paulina se despistó. «O estaba en el hospital o estaba allí». Pensó la dama de los cabellos blancos que para cuidar de estos dos bastaba con las flores.

—Mercedes, tampoco tenemos todo el tiempo del mundo. Y ahora no somos los protagonistas. Es Violeta. Pero mañana me gustaría volver a pasear contigo como el otro día.

—El otro día. Qué pronto pasan los días.

—Corriendo.

—Y nosotros no podemos.

—Correr no, pero pasear sí.

Se rodearon con los brazos de la misma forma que el señor Dominique ataba las gavillas de flores para colgarlas en el escaparate. Con fuerza.

Aunque los años habían hecho daño en el fulgor de aquella emigrante, todavía resplandecían unos bellísimos ojos, ya grises, que solo se iluminaban desde hacía tiempo con los libros.

Que no espere el lector que hable de besos, ni de fluidos más allá del de las lágrimas de Mercedes en la solapa de la chaqueta de Dominique. Tampoco de mecánica amorosa o de zurcidos del corazón que unen almas ansiosas por quererse. Seres perdidos durante muchos años y que se encuentran tarde. No. Lo último que haría el narrador en este momento es destrozar la intimidad de dos personas que están abrazadas, con el cartel de cerrado colgando de la puerta, y que no quieren sentirse observadas. Quién lo diría. Con lo bonito que sería describirlo... Todo esto lo dejo a la imaginación del lector. Pero opto por mantener la prudencia de la realidad de quienes llevan tiempo esperando, tal vez demasiado, y quieren ser respetuosos hasta con las flores. Y más aún, prudente con las emociones de una señora que desea desaparecer en el bolsillo izquierdo del pecho de un señor que, entrecortadamente, le dice palabras que no se entienden. Mercedes y Dominique.

Salgamos entonces fuera para dejarlos en la floristería. Dejemos que se besen.

¿Cuántas personas se están amando en ese mismo momento en París? ¿Cuántos han decidido pasear? ¿Cuántos tiemblan al saber que todo es «sí»? ¿Número de brindis? ¿Cifra de manos entrelazadas? ¿Quién es el responsable de contarlo? Y... ¿qué nota escribiría Mercedes para esconderla entre alguna novela de Shakespeare and Company con el objetivo de que otro la encuentre?

«Primera persona del verbo sentir».

Eso.

«Primera persona del verbo sentir».

Lo último que recuerdo es que Mercedes volvió a sentir pudor —como los girasoles de noche— y, tras un delicioso escalofrío en la columna vertebral, volvió a hablarle de usted al señor Brulé. No sé qué se dijeron, solo que quedaban suficientes días para pasear. Que la vida, como en la canción, de vez en cuando nos besa en la boca y a colores se despliega como un atlas... Y nos sentimos en buenas manos, toma nuestro paso y uno es feliz como el niño cuando sale de la escuela. Se separaron para mirarse y se miraron.

*

Una alarma sonó dentro del pecho de Dominique. Mercedes se quedó mirándole a través de la ternura. Él señaló la puerta y ella entendió que necesitaba aire.

—¿Por qué? —musitó.

Dominique se señaló entonces el corazón.

—Sí, ya. Yo también —dijo ella.

Dominique cogió unas flores de uno de los cubos de peonías y salió apresurado a la calle. Buscó aire nada más pisar la acera.

Y miró al cielo.

Y miró al cielo...

Ese cielo que tantas veces había contemplado desde la ventana hasta con los ojos cerrados. Un dolor desconocido, una punzada en medio del pecho, le había hecho buscar aire. Y abandonarse así.

Violeta estaba llorando. Gritando de dolor.

—Curve la espalda, tranquila. Tome esto.

—Me voy a desmayar.

—Ya está. Todo va bien.

—Quiero agua.

—No puede ser. Moje una gasa enfermera.

—Tengo miedo...

—Es normal tener miedo. Concéntrate y agarra la correa, tira fuerte y vamos allá.

—No puedo.

—Respira. Recupera el aire y suelta. Respira. Empieza de nuevo. Respira.

—Tengo miedo...

Mercedes debió de notar que la emoción de su florista era mucha y supo que tenía que dejarlo solo. Ella también lo estaba. Tilde le había advertido de que llegara pronto al hospital, que no la dejara sola, que estaba nerviosa y que había que hacer piña para el feliz acontecimiento; así que le hizo gestos y, tras coger su bolso y apartarse el pelo de la cara, salió en busca de un taxi. Si hace unos días le hubieran dicho que iba a tener esa determinación con el corazón a mil por hora, habría respondido: «Ya soy mayor para tantos vaivenes». Solo hay que recordar cómo era Mercedes al inicio (incluso al inicio de su vida).

Dominique Brulé movió la mano para despedirse y ella se sentó con el cuerpo girado hacia la ventanilla trasera sin perder de vista la figura que se había quedado en medio de la calle.

Pero fue por poco tiempo. No había girado todavía el taxi cuando el señor Dominique arrancó a andar. Estuvo primero unos momentos así, parado, como si viera por primera vez el cielo de París. Tenía las manos cruzadas en el pecho con las flores aplastadas entre sus dedos. Pero nadie se dio cuenta de que los pétalos de las peonías empezaban a caerse junto a sus pies. La señora de la ventana, esa que apagaba las luces mucho después que él cada noche, se asomó para que el primer día de primavera iluminara su cara y su casa, y leyó «cerrado» en la puerta abierta de la floristería.

Tenía razón Mercedes, «No querer pensar también cuenta como felicidad». Pero resulta que Dominique había empezado a recordar.

A Tilde le temblaban las piernas de la impaciencia, pero se apoyaba en Étienne. El chico acarició la cabeza de la mujer, con mucho mimo. Como si temiera robarle los pensamientos.

Y lejos de allí estaba Dominique Brulé, caminando por el lateral de Saint-Germain-des-Prés, bajo el primer sol de la primavera de París. Fue entonces cuando sintió de nuevo el ruido de su corazón. Volvió el vértigo y volvió a apretar la mano contra su pecho. Caminaba perdido entre la gente, a paso perezoso, concentrado en el cielo que abría en dos su pecho.

Desde arriba, yo solo soy un pájaro que se ha escapado de una jaula, apenas puedo describir a un señor abandonado entre la multitud, en medio de una ciudad que a esas horas sacudía sus ganas de vida, avivando las aceras y las terrazas con gente; y, para tener las cosas más claras decidí volar más bajo, exactamente sobre su cabeza. Desde esa altura, vi sus lágrimas y cómo su paso se aceleraba al cruzar la calle en dirección a la rue de Rennes.

Yo también sentí un escalofrío.

No era un paseo, era un sonámbulo que escapa no se sabe adónde. Extraviado como un niño al que no buscan sus padres.

La angustia me atenazaba las alas.

La voz entrecortada de Violeta mientras apretaba el brazo de la matrona suplicaba acabar.

—Tranquila, está a punto de llegar.

—No quiero —gritó.

Seguramente se refería al dolor.

Poco a poco, sin apenas darme cuenta, tomé conciencia de la dirección a la que se dirigía el señor Brulé. Y yo no era como él, un hombre acostumbrado a la vida y a escribir notas para hacer feliz a los parroquianos de su floristería, cortar tallos y enviar ramos. Yo solo volaba. Y volando qué puedes decir. Malgastaría aire si explicara aquí que la calle por la que caminaba Dominique me pareció una grieta bajo sus pies. Si os fijáis bien, desde el aire, todas las ciudades están cuarteadas. El callejero es una tarta seca que se fragmenta. Y en ese momento me lo pareció más.

¿Qué decir? Solo hay que tomar distancia para dejar de ver los trozos rotos. O acercarse mucho para no verlos.

Creo, además, que según hagas también con las emociones todo cambia. La nostalgia, la melancolía... Ahí lo dejo. Nunca muy lejos, nunca muy cerca.

Y lo que sucedió con Dominique es que en ese momento no dejaba de lamentarse, sin que nadie notase nada, con la mano en su corazón. ¿O alguien percibe algo de los demás? Bastante que estamos vivos y caminamos como egoístas entre la multitud, dirás. Quiero decir que está fuera de nuestro alcance reparar en todo. Y en él no reparaba nadie.

Pero yo soy un pájaro que se ha escapado de su jaula.

Me pareció que el paseo empezó a convertirse en fastidioso y volví a acercarme a él. En ese instante logré lo que pretendía, sacarle una sonrisa. Ligera, lo que dura una sonrisa de verdad. Solo segundos. Y es curioso, si lo pienso, aunque nadie crea que sea posible, no hizo falta un carrusel de caballos, bastó únicamente con arrimarme a su hombro.

—Hola. ¿No tienes miedo de mí? —me dijo.

—Siento tristeza...

Pero nadie escucha a los pájaros.

—La primavera ha empezado muy bonita en París —dije—. *Mira el cielo azul.*

Y miró al cielo, pero no vio cómo remontaba el vuelo desde su hombro. Desaparecí entre sus pensamientos.

Julie, te echo de menos cada día. Te prometí ser feliz desde entonces y así he vivido. Al principio pensé que era broma, que volverías. Qué absurdo. Y por eso he dormido en mi lado, solo que cambié mi forma de acostarme. De espaldas al centro de la cama, pegado al borde, para que llegaras sin avisar a tu lado y te encontrara al despertarme. Y no ha sido así. Te lo he dicho, ridículo. Pero prefería dejar el espacio a mi espalda... Desde el primer día... Desde entonces... Tanto tiempo... Y no has llegado, pero tu hueco —te lo aseguro— ha completado mi vida.

He cultivado las flores como si cada una de esas niñas fueras tú: ellas siempre jóvenes, yo cada día más mayor.

Qué putada el tiempo. En el fondo tú no has envejecido, esa ha sido mi única suerte. Que tu recuerdo sigue igual. Intacto. Limpio. Cambiaba el agua de las flores para que estuvieran frescas y la realidad de mi obstinación en ese gesto repetido cada día era mantener la memoria viva. La tuya. La nuestra. Dirás que es un poco inhumano, pero así ha sido. Que me haría daño. Qué va. Agua fresca y tallos limpios porque me negaba a que se marchitaran. Por eso he vendido tantas, porque no quería verlas languidecer. Así es el tamaño de la soledad cuando no has estado; y tampoco podía ir explicando a todos que te echaba de menos porque cada cual anda y carga con sus problemas. Así que opté por la felicidad. He insistido en ella. Tal y como dijiste, tal y como dijiste. Y se lo he dicho a los demás, que insistan en la felicidad. Rodeado de flores, qué paradoja. Cuando un niño nace o una persona muere, me ha tocado preparar ramos o coronas. Y en los dos sentimientos estabas tú. ¿Cómo iba a olvidarte? Imposible. Has estado en cada flor. Me impresiona la cantidad de encargos de ramos de enamorados que habré preparado pensando también en ti. Hasta he ido cambiando las dedicatorias para que aparecieras —también— en historias ajenas. Como si volviera a vivir la nuestra en otro lugar.

«Pero no es posible descender dos veces al mismo río», Heráclito de Éfeso.

—¡Mercedes! ¡Ya era hora de que llegaras!

—¿Ha nacido ya?

—Estamos esperando... La han bajado hace apenas unos minutos. ¿Y Dominique?

—... Estaba nervioso. Ahora vendrá. Le he dejado paseando... —Guardó un breve silencio y luego dijo—: ¡Ah! Hola, Étienne.

—Hola, Mercedes.

—No sabía que habías venido.

—Le avisé yo —confesó Tilde.

—Me parece bien.

—Vaya, qué bien que te parezca bien.

—He dicho que me parece bien. Sin más. Hoy todo son buenas noticias. Es primavera.

—Creo que voy a llamar al médico.

—¿Para qué?

—Para que te tome la tensión. No te reconozco —dijo, apartándole el pelo de la cara.

—Eres demasiado cáustica.

—Los nervios —apostilló Tilde.

—¿Queréis bajar a la cafetería? —les preguntó Étienne, acercándose a ellas al acabar la guerra.

—No, no.

—Sí, sí.

—Mejor que esperemos aquí. Por si hay problemas o por si nos avisan.

—En cualquier caso, puedo bajar a por café. O voy a la máquina.

—Ni se te ocurra. Somos dos mujeres mayores. Eso nos mataría. Y hoy no tengo ganas.

—Entiendo —respondió él y se sumieron en el silencio. En ese silencio obvio de las que han vivido mucho, y logran aprender de lo vivido, para llegar a comprender cuándo parar.

Mercedes y Tilde se sentaron en las dos butacas y Étienne se apoyó en el alféizar de la ventana. Un pájaro cruzó de izquierda a derecha y le pareció que había parado a mirar la escena interior. Al principio, pensó que era una tontería, pero cuando volvió a mirar, el pájaro estaba aleteando frente al cristal. Flotando.

—Gracias por la carta, Mercedes —dijo Étienne, girándose hacia ella.

—¿Qué carta?

—Ya te lo explicaré —respondió Tilde, saliendo a la superficie y respirando.

Mercedes echó la cabeza hacia atrás y Tilde aprovechó para decirle con gestos al chico que se callara. Podía sentir cómo la lombriz de los secretos recorría sus tripas mientras su amiga volvía a erguir la cabeza de nuevo. Fue un segundo.

—¿Queréis ver ese pájaro? —preguntó Étienne—. Qué extraño. Está volando todo el rato frente a la ventana.

Pero en ese momento regresé veloz hacia el semáforo de la rue de Rennes con Montparnasse, donde Dominique Brulé se había apoyado para descansar. Desde el cielo el cruce de calles parece una estrella de varias puntas. El florista volvía a sentir la alarma de antes en su corazón.

«Qué pena —me dije— que no tuviéramos toda una vida para gastarla juntos. Con mis errores y tus virtudes». Tengo ganas de verte (muchas ganas); y dirás que soy imbécil por haber roto todas las fotos. Es esa mi suerte, vivo sin nostalgia. Vivo solo esperando verte tal y como eras. ¿O serás tal como soy? Qué extraño será un encuentro en la edad tardía, con todos mis años y toda tu ausencia. Pienso ahora que no quiero que me hagas la jugada de ser como entonces porque me sentiré extraño. Es como si alguno de esos mosqueteros visitara el París de hoy. O como si volvieras a pasar ahora delante de este semáforo con aquella moto nuestra, con tu jersey gordo, tu falda de cuadros y tus bailarinas para correr cuando te perseguía por los Jardines de Luxemburgo. ¿Lo ves? He roto las fotos, pero sigues en mi cabeza donde está todo el álbum que me permite la memoria. ¿Serás así aún? ¿O has ido creciendo donde quiera que me estés esperando? He dicho «me» porque no me cabe otra posibilidad.

Bueno...

Haz lo que quieras, Julie.

Las reglas del juego este al que me dirijo no tienen casillas, ni normas. Y tal vez debo acabar ya de jugar. Me siento afortunado de todos estos años de aprendizaje como hombre en tránsito. Porque si sigo, corro el riesgo de perder.

Ves que no camino triste. Y le he pedido al narrador que no te haga llorar en el caso de que leas esto. Le he dicho que me acompañe sin conocerle. Hasta me sigue un pajarillo como si me fuera a perder por las calles de este barrio de París que nunca piso. Si pudiera decirle que subiera bien alto y te dijera que no tardo, se lo diría. Pero el loco que habla con las flores no va a ponerse a hablar con un... ¿es un gorrión? No lo sé.

Alcé el vuelo para que no viera que era yo.

El pasado —decía Proust— no solo no es fugaz, es que no se mueve de sitio. Con París pasa lo mismo, jamás ha salido de viaje (esto es de Vila-Matas). Y con mi floristería, tampoco. Quieta, parada, repartiendo felicidad. ¿Quién ha dicho que haya que buscarla lejos?, quien no se emociona cuando llegan las peonías jamás será capaz de emocionarse con un beso en el cine, al final de la película, con un café caliente, con una lluvia inesperada que levanta el olor a hierba, con una mirada en el escaparate, con una silla vacía en el bar elegido, con una canción que suena y te gusta, con una nueva mañana... Que estos se creen que esto dura toda la vida. ¿Verdad, pajarillo? ¿Dónde estás? ¿Ya no me sigues?

Qué bonito está París en primavera.

¿Miedo a enamorarme de Mercedes? No. Miedo a que se enamore de mí. Y el corazón se ha dado cuenta. Ha hecho clic. Lo he notado en el pecho, me apretaba, me quemaba. Me ha dado tiempo a coger las flores a pesar del temblor en los brazos y esta ansiedad que me ayuda sin embargo a caminar. Por aquellos primeros días en los que la vi, cuando venía a comprar flores para el jarrón de su ventana, pensaba mucho en si ella sería tu sustituta. Pero lo hacía de manera mecánica, como esos pensamientos que aparecen y escupes para que dejen hueco a tu paz. Lo que más me relajaba era que ella, Mercedes, debía sentir lo mismo, porque acostumbraba a girar la cabeza cuando la miraba. Y no por pudor, sino por huida. Ya no escucha —me lleva avisando siempre— por culpa de mi falta de memoria para poner las pilas al dichoso aparatito. Y creo que a veces ha aprovechado que no oía para «verbalizar». Y ese cordón umbilical nos ha unido todo este tiempo. Cómo no íbamos a cuidarnos ante el derrumbe de dos vidas paralelas. Cómo.

Sabes que le he hablado a ella también de ti. Y ha sido por capítulos, a cambio de compañía mutua. Entre un cliente y otro, en ese abrir y cerrar de puerta, en el trasiego de cambiar agua y cortar tallos, me ha escuchado. También yo a ella. Pero menos. Su capacidad de reflejos es espectacular: jamás ha respondido nada de su viejo dolor, sabe improvisar y, si lo pide el día, sabe también escapar. Qué aburrida es la gente que lo cuenta todo. Su vida, como la mía, yace mutilada en alguna alfombra de nuestras casas.

Pero, mientras tanto, nos hemos hecho compañía. Con esos límites que hoy se han roto.

Que no te hablo de la chica... Oh, Julie.

¿Vergüenza por mirar con deseo a Violeta? Sé que lo piensas. No. Porque te miraba a ti. Y en cuanto a esto no tengo pudor en confesarlo ni siquiera ahora. Mi mirada contrastaba —y esto es real— con su mirada inofensiva o las sonrisas enjabonadas, como las de una hija. Qué honesta ha sido Violeta y qué osado yo comiéndomela con la vista, Julie. Lo sé. Qué soplo de aire fresco en medio de tantos años de pausa, de luto atragantado, de intentar sobrevivir a mí. Sobrevivirme. Me regaló su perfume después de pillarme oliendo su rebeca de lana, supongo que para censurar mi atrevimiento. Me río por no llorar.

La conquista no es mi fuerte, ¿lo recuerdas? Soy como Cristóbal Colón, que creyó haber llegado a las Indias en su búsqueda de seda y era América la que se tropezó con él. Iluso él. Iluso yo.

Me hiciste creer que eras la conquistada —eso sí era una sonrisa pícara— cuando el conquistado fui yo. No ha existido amenaza en mí, ni aún cuando las canas no habían llegado a mi invierno.

Aquí me tienes ya. Con los brazos picados de dolor y el corazón oprimido. Lo sabes, ¿no?

He estado pensando en la muerte mucho últimamente. Pero sin miedo. La pienso mientras me siento en los bancos del Pont Neuf, donde los amantes, ya te diré por qué cuando te vea. Te hablaré de Alex y de Michelle. Y la muerte está allí, en el infinito ese tan cercano que tiene la niñez. «Ya te llamaré yo, si no te importa», le he dicho siempre. Pero últimamente me ha estado llamando ella. Y eso que la busqué cuando te fuiste, «Déjame con ella». Contigo. Pero no coge el teléfono, cuesta comprenderlo cuando el dolor es inmenso, que es cuando más la necesitas. Aquella tarde en la que te vi muerta la llamé constantemente y creo que debo pedirle disculpas porque, qué aburrida es, se cansó de mí y yo acabé poniendo música en casa. Quedarse cuando te has ido es hasta mezquino, pero así es. Que al final acabas poniendo música en casa. Tus canciones. Y no lloras. Sonríes con melancolía.

A veces me daba rabia pensar que tu ausencia ya no era dolorosa, fue la época en la que la floristería comenzó a ir muy bien. El trabajo anestesia, tanto o más que el olor de los jacintos. «Bueno, Dominique, no te preocupes, afortunadamente la vida es así», me decía. Pues, joder, duele hasta la ausencia de dolor. Pero en ese momento entraba otro cliente y aprendí a sonreír. Además, ¿no dijiste que fuera feliz? Pues entumecido lo he sido.

Otras veces me engañaba a mí mismo apoyado en el mostrador, después de haber arreglado todas las flores, para verte entrar. ¿Y si llega? ¿Y si es todo mentira? ¿Y si no murió? Bueno, pues hasta esa mentira piadosa me ha servido para vivir.

Pero me tenía que subir a casa y dejar tu hueco vacío.

Y siempre amanece.

«Si la recuerda, existe», me decía Tilde. De ella no voy a hablarte. Es una mujer maravillosa. Creo que... Bueno, nada. Tilde es el acento de la vida. Una cómplice. Yo le contesté: «Por supuesto. La recuerdo. Y la siento».

Pero eso último era mentira, con la de esfuerzos que he hecho por sentirte y recordar tu forma de besar, de mirar, de tocar, de pasear, de oler... Julie, qué desgracia, se olvida. No me atrevía a decirlo, pero es cierto. ¿Cómo se pueden archivar los tormentos?

Y volvía a sonar tu canción y aparecías.

Y volvía a recorrer nuestros sitios y aparecías.

Y volvía a subir a Montmartre y aparecías.

Y volvía a ver peonías y aparecías.

Pero... ¿dónde? Era yo suplicando amarte, no eras tú. Qué hueco es el hueco, por Dios.

Entraba en la habitación a oscuras y me quedaba de pie frente a la cama, «Aquí está, seguro», decía. Y pensaba: «No la despiertes, ya duerme». Y a base de caminar a tientas me acostaba en mi lado, recomponiendo mi día y mi pasado contigo.

¿Para qué?, dirás. Si el mañana llega. Hoy.

Hoy.

Hoy es mañana.

Yo el más allá me lo imagino como el Café de Flore. Te encuentras a gente que te lleva a otra, desconocidos que piden vino, otros que esperan. Están quietos en su mesa, en grupos o solitarios. Y hay algo que respira felicidad. Supongo que está Ana María, Edith, Alice, Ërno, la señorita Corbière, Elionora, la abuela... y tú. Y cuando paso creo que ocupan las sillas vacías. Por eso no me siento. Llevo toda la vida caminando en tránsito.

Dijo Carmen (Martín Gaite) que «a los muertos hay que dejarlos irse». Añado: «... y dejarlos llegar».

Dominique Brulé cruzó las puertas del cementerio de Montparnasse mientras Violeta Gadea daba su último grito de dolor.

«Vi la eternidad la otra noche —escribió Henry Vaughan en un dramático verso. El florista la sintió en ese momento—, como un gran anillo de luz pura e infinita, tan tranquila como clara». En la tumba de Julie no había flores, era el único lugar al que había sido incapaz de enviarlas durante todos estos años que, en ese instante, se hicieron pesados como la piedra que tapaba su memoria. Me cuesta describirlo. Un hombre viejo como jamás había sido Dominique, sentado, una muerta joven en la foto descolorida, discrepando del dolor con una sonrisa paralizada y unas flores deshechas en la mano que dejó caer con abatimiento, como las tormentas que todos los días posteriores oscurecerían París en un eterno cielo ceniciento.

El corazón volvió a hablar.
La alarma otra vez.
No hay casillas que rellenar.
Tragó saliva.
Evitó su nombre.
Viajó con la mirada entre otras lápidas.
Cuántos muertos, pensó.
Acercó las peonías a su nombre, bajo la foto que él no
[eligió.
Se puso la mano de nuevo en el pecho.
La alarma. La misma que en la floristería.
Otra vez.
«... Más lo que ahora pase ya pasó otra vez».

Y ahí estaba la lápida con su nombre, con las letras secas que iluminaba el sol entre los árboles y que era incapaz de leer: J U L I E V A U V E R T.

*

Dominique Brulé falleció a la misma hora en la que Dominique Martín nacía en el hospital. Mercedes esperó horas a que apareciera el florista. Tilde supo que ya no vendría. Violeta lloró mezclando dulce con salado abrazando a su bebé. Nadie robó nada en la floristería durante aquella tarde. Solo las flores perdieron el color y la fuerza de sus tallos mirando al suelo en señal de luto.

Dominique Brulé fue encontrado muerto sobre la tumba de Julie Vauvert a las 19.07 minutos por una mujer llamada Paulina, que avisó a los encargados del cementerio. Luego desapareció.

*

El pájaro que había escapado de una jaula y que había seguido al señor Dominique durante su adiós le recriminó que no fuera un final feliz y ella se encogió de hombros sonriendo. «Lo es», dijo.

21

Nunca huele mal en una floristería.

Un pájaro que espera en el toldo de L'Étoile Manquante echa a volar hasta el Café de Flore, donde unos hombres vuelcan una silla sin querer. Una señora cierra la ventana después de observar el maravilloso tiempo que hace, dos hombres encienden un cigarrillo y sonríen al ver a una joven que deja el equipaje en la acera y besa a su novio. El pájaro que se ha escapado de una jaula observa a la gente que entra y sale, cruza el semáforo, se sienta y pide café con leche al camarero de siempre. El aire del humo juega con las formas y tose un niño. El pájaro levanta el vuelo, busca lugar entre los tejados de Saint-Germain-des-Prés y decide sobrevolar París en primavera.

AGRADECIMIENTOS

No tenemos toda la eternidad. Da las gracias por todo, dice mamá. Aquí van, por ayudarme con la novela, mis agradecimientos: a Ana Rosa Semprún y Miryam Galaz, editoras, *la fête continue*. A Virginia Pizarro, Marta Fernández, David Linares, Javier Medina y Manu Mercadal, amigos, *c'est merveilleux*. A todas las mujeres de mi familia. A todas las personas buenas. También a ti, Lydia Durán, para siempre aquí. A los lectores. Y a ti siempre, *avec un brin de nostalgie*.